D0612499

REJETE
DISCARD

Bea

LA MAISON SUR LA PLAGE

Georgia Bockoven

LA MAISON
SUR LA PLAGE

Traduction de Vassoula Galangau

PRESSES
DE LA CITÉ

Roman

Titre original : *The Beach House*

© Georgia Bockoven, 1997
Edition originale : Harper Collins, New York
© Presses de la Cité, 2001, pour la traduction française
ISBN 2-258-05272-6

PREMIÈRE PARTIE

Mai

1

Julia tira de sa poche la clé du chalet. Avant d'entrer, elle contempla un instant l'intérieur. La clarté pourpre du couchant pénétrait dans le vestibule par une lamelle manquante du store. La poussière dansait dans le rayon de lumière, alors que tout le reste semblait figé dans une longue expectative.

Elle pensait trouver la maison dans le même état d'abandon que le jardin. Mais ce n'était pas le cas. On eût dit que Ken et elle y avaient passé le week-end précédent. Son sweater traînait sur la chaise où elle l'avait laissé des mois auparavant, le livre de Ken reposait, ouvert, sur la table basse.

Ce soir-là, un doux soir de septembre, lui revint en mémoire. Ils étaient repartis à contrecœur, après un séjour inoubliable sur fond de musique foraine, de promenades romantiques sur la plage, de projets d'avenir mirifiques. Résolus à fonder une famille, ils s'étaient aimés sans aucune protection pour la première fois depuis le début de leur mariage.

Tous les ans, ils revenaient au chalet à partir de septembre, quand la foule des touristes désertait Santa Cruz et que les petites villes des environs étaient rendues à leur population locale, leurs artistes et leurs musiciens.

Et ce fameux soir, en attendant de revenir le vendredi suivant, ils étaient simplement montés en voiture pour prendre la route. Maintenant, certaines nuits, Julia se couchait en se demandant pourquoi le destin en avait décidé autrement. Mais aucune réponse ne jaillissait tandis qu'elle naviguait sur les flots noirs et glacés de la solitude.

Incapable de méditer plus longtemps sur les tristes épaves du passé, elle entra, puis referma la porte. L'absence de Ken lui tomba dessus d'un seul coup. Il lui faudrait du temps pour s'habituer à l'idée que venir ici sans lui ne constituait pas une faute. Ken adorait le chalet. Il était son refuge, son havre de paix, son ermitage de prédilection ; et du coup il semblait en faire partie au même titre que les murs et les fondations. Julia avait tâché de se convaincre qu'elle serait plus forte que les souvenirs mais, en ce lieu, elle ressentait davantage sa faiblesse. A trente-deux ans, elle avait toute la vie devant elle. Une vie entière sans Ken... Et lui, qui était si passionné, aurait été furieux de la voir dans cet état pitoyable à se demander sans cesse si elle parviendrait à lui survivre.

Elle suspendit le sweater dans la penderie de l'entrée, referma le livre et le rangea, avant de passer dans la cuisine pour se servir un grand verre d'eau fraîche. La fenêtre, la seule dont ils n'avaient pas fermé le volet, donnait sur la mer. Ils avaient tant de fois admiré le panorama des vagues déferlantes, les envols d'oiseaux, les ébats d'otaries dans l'écume blanche. D'ailleurs, les jumelles, indispensables à l'observation de l'océan, trônaient à proximité.

Le chalet, qui avait plus d'un siècle, se dressait sur une falaise nichée au cœur d'une large plaine et jouissait d'une vue imprenable de la côte ouest jusqu'à la baie de Monterey. Il appartenait à un îlot de vingt-cinq habitations : un hameau classé, ceint d'une forêt de pins, de séquoias et d'eucalyptus. Le paradis terrestre, selon Ken. Il avait même déclaré un jour qu'il vieillirait ici, avec Julia. Un rêve de trop !

Peut-être que si, dès la fin de ses études, il n'avait pas connu une fulgurante ascension sociale en tant que fondateur d'une grosse compagnie informatique... Peut-être que s'ils n'avaient pas été aussi amoureux l'un de l'autre... Mais à quoi bon ! Songeuse, Julia porta le verre d'eau à ses lèvres.

Une fourmi solitaire errait sur le lambris de bois. Du coin de l'œil, Julia en aperçut une deuxième. Et puis bientôt, une troisième. Elles avançaient en file indienne avant de disparaître dans une fissure. Des fourmis ! Voilà huit ans qu'ils possédaient le chalet et il n'y avait jamais eu le moindre insecte. Julia se mit à ouvrir les placards. Sur le point de conclure que l'invasion venait tout juste de commencer, elle découvrit deux rangées de fourmis autour d'une boîte de sucre entrouverte. Celles aux mandibules pleines montaient, les autres descendaient.

Soudain abattue, Julia regarda l'armée de soldats minuscules poursuivre tranquillement son pillage. Un étrange désespoir la submergea. Pourquoi maintenant ? Pourquoi les maudites bestioles avaient-elles choisi ce moment-là pour attaquer ? Elle eut envie de tourner les talons, de fuir la maison... Or, fuir ne correspondait pas à sa personnalité. Elle avait toujours fait face. C'était du reste la raison pour laquelle elle était venue préparer le chalet, au lieu de confier cette tâche à quelqu'un d'autre.

Ken aurait été fier d'elle.

Une demi-heure plus tard, elle finit de récurer les placards et le plan de travail, convaincue qu'elle avait gagné la bataille. Armée de l'éponge, elle faisait couler de l'eau dans l'évier rutilant, quand le robinet lui resta entre les doigts. Elle s'efforça de revisser la pièce de chrome pour arrêter le jet. En vain !

Comment s'y prendre ? Elle n'en avait pas la moindre idée.

Avec deux frères et un père bricoleurs impénitents, un mari qui s'estimait expert en rafistolages de toutes sortes, elle n'avait jamais eu à mettre la main à la pâte. Pas même à conduire sa voiture chez le garagiste... Comment espérait-elle devenir indépendante si elle était incapable de venir à bout d'un robinet cassé ?

L'indépendance, elle ne l'avait jamais cherchée, au contraire. Elle aimait la façon dont Ken la couvait. Et elle se laissait faire, alors qu'elle aurait parfois pu agir autrement. D'ailleurs, elle passait souvent pour une femme gâtée par un mari trop indulgent. Ses amies la jalousaient, et tous s'accordaient à penser qu'elle n'était rien sans Ken. Cependant, maintenant, elle n'avait plus le choix.

Hagarde, elle mesura l'étendue des dégâts. L'eau jaillissait dans l'évier. Eh bien, elle songerait à la conquête de son indépendance plus tard... Pour l'instant, mieux valait rechercher la solution la plus pratique. Celle-ci avait pour nom Andrew, le propriétaire du chalet voisin.

La porte s'ouvrit sur un homme grand, aux cheveux prématurément gris et aux yeux bleu sombre. Julia ne l'avait jamais vu. Un torchon de cuisine drapait son épaule gauche, et il tenait un verre de vin à la main droite. Une expression de curiosité se peignit sur son visage.

— Oui ?

Un appétissant fumet d'épices, de poivre et d'oignons rappela à Julia qu'elle n'avait rien mangé de la journée.

12

— Je voudrais voir Andrew, s'il vous plaît.

Un sourire resplendissant transfigura le visage mince de l'homme.

— Andrew n'est pas là. La dernière fois que j'ai reçu de ses nouvelles, il s'apprêtait à quitter Hawaï pour la Nouvelle-Zélande, à bord de son bateau.

— Ah... bon?

Première nouvelle! Certes, de temps à autre, il avait la bougeotte : il menaçait alors de tout abandonner et de partir faire le tour du monde. Julia ne l'avait jamais pris au sérieux. Il était trop sédentaire. Et il tenait à son métier.

— Et qui... garde la crèche?

— La personne qui l'a achetée.

Julia considéra son vis-à-vis, bouche bée. Huit mois seulement s'étaient écoulés, et on eût dit que des années étaient passées!

— Andrew a vendu son affaire?

— Il a signé la veille de Noël. Le Jour de l'an, aux aurores, il a levé l'ancre.

— Vous êtes un de ses amis?

— Depuis le collège, oui. Nous appartenions à la même association d'étudiants. Andrew m'a loué son cottage.

— Ah...

Les surprises se succédaient. Julia adressa un sourire perplexe à l'inconnu. Tant pis pour le robinet. On n'importune pas un étranger avec des histoires de plomberie au moment de passer à table.

— Désolée d'avoir interrompu votre dîner. Si vous avez des nouvelles d'Andrew, passez-lui mon bonjour.

— Vous êtes?

— Julia Huntington.

— C'est vous Julia?

13

Il posa le verre et lui tendit la main.

— Enchanté. Andrew m'a recommandé de m'occuper de vous.

— Pourquoi donc?

— Comme ça... Par amitié.

— Je vois...

Andrew et Ken s'entendaient comme larrons en foire depuis quinze ans. Ken décédé, quoi de plus normal qu'Andrew se sente obligé de veiller sur sa veuve? Julia accorda un regard circonspect au voisin, qui toussota.

— Bon, d'accord! Andrew m'a fait un prix, à la condition expresse que je vous vienne en aide si un problème se présente au chalet.

Julia lui serra la main.

— Je n'ai pas saisi votre nom.

— Eric. Eric Lawson.

— Monsieur Lawson, j'ai le regret de vous annoncer que votre logeur a vu juste. J'ai besoin de vos lumières. Avez-vous quelques connaissances en plomberie?

— Quelques-unes.

Elle sortit le robinet de chrome et le lui remit.

— Qu'en pensez-vous?

Il ne l'étudia pas plus d'une seconde.

— Poubelle!

— Très bien. Et comment ferme-t-on l'eau?

— Le robinet d'arrêt ne fonctionne pas?

— Je n'en sais rien.

— Un instant. Je jette un coup d'œil à ma sauce et j'arrive.

— Cela ne sera pas nécessaire. Dites-moi seulement où se trouve... Monsieur Lawson!

Il avait disparu.

Julia jeta un coup d'œil dans le salon, notant au passage les transformations accomplies par le locataire d'Andrew. Un bureau surmonté d'un ordinateur avait remplacé la vieille chaise longue. Des volumes reliés cuir encombraient les étagères habituellement vides. Quelques livres de poche s'y trouvaient également, preuve que le nouvel occupant du cottage n'était pas un de ces snobs qui se délectent uniquement de littérature intellectuelle. La table basse croulait sous une pile de revues médicales.

— Prête?

La voix d'Eric la fit se retourner.

— Navrée de vous priver de votre dîner mais...

— Il attendra! coupa-t-il. Ce ne sera pas long.

Son assurance, sa confiance absolue rappelaient Ken.

— Andrew m'a dit que vous viviez à Atherton, reprit Eric, tandis qu'ils se dirigeaient vers le chalet de Julia. Cette ville vous plaît?

Il meublait le silence de son mieux. Julia avait envie d'évoquer Atherton comme de se pendre.

— Euh... oui. Beaucoup.

— Mon beau-père a sa clinique là-bas. Quand j'ai terminé mon internat, il voulait que je m'associe avec lui. J'ai refusé. J'aimais mieux le style de Sacramento.

Jusqu'à présent, personne de la connaissance de Julia n'avait crédité Sacramento d'un style quelconque.

— Vous êtes médecin? demanda-t-elle.

— Oui. Mais je ne pratique pas actuellement.

— Vous êtes en congé d'études? voulut-elle savoir, sa curiosité piquée au vif.

Il poussa le portail et ils s'engagèrent dans l'allée, qui sinuait dans une anarchique explosion de verdure.

— En quelque sorte. Voudriez-vous que je remonte vos stores demain?

— Je ne suis pas complètement handicapée, vous savez!

— Bien sûr. N'oubliez pas, toutefois, que j'ai donné

15

ma parole à Andrew en échange d'un rabais du loyer. J'ai toujours pris mes obligations au sérieux.

Elle ouvrit la porte du chalet.

— Andrew est bien gentil, mais il a eu tort de vous coller un tel fardeau sur le dos.

— Je vous en prie, Julia ! Cela ne me dérange pas. D'ailleurs, il n'est pas le seul à m'avoir parlé de vous.

— Ah bon ?

— Vous êtes la chouchoute du village.

— Merci. Ça fait plaisir.

Evidemment, le compliment ne lui était pas adressé directement. Elle bénéficiait de la sympathie que les gens avaient éprouvée pour Ken. Et l'affection qu'ils lui témoignaient représentait une garantie de bonheur sans faille, un merveilleux cadeau puisqu'elle avait été toute sa vie une jeune femme timide.

Arrivé dans la cuisine, Eric se précipita vers l'évier où l'eau jaillissait toujours. Il s'accroupit, ouvrit le placard en dessous et fureta à l'intérieur. L'instant suivant, le jet s'arrêta net.

— Oh... merci ! Comment avez-vous fait ?

— Venez. Je vais vous montrer.

Julia s'accroupit près de lui et pencha la tête.

— Voici le robinet d'arrêt, dit-il en indiquant une petite molette. Il en existe un pour l'évier, les lavabos, la baignoire et les toilettes. Il y a aussi une valve d'arrêt, dehors, qui coupe l'eau dans toute la maison.

Julia se redressa.

— Médecin et expert en plomberie, chapeau !

— Mon oncle était entrepreneur. Quand j'étais petit, je travaillais avec lui chaque été.

Elle eut soudain conscience, de façon incongrue, qu'ils se tenaient tout près l'un de l'autre. En fait, ils se tou-

16

chaient presque. Elle recula vivement d'un pas, se prit les pieds dans le tapis et trébucha. Il la retint par le coude.

— Holà! Restez avec moi! Ça ne va pas?

— Si... si...

Esquissant un sourire, elle dégagea son bras.

— Ce que je peux être empotée! Mon second prénom est pourtant Grace.

Il lui rendit son sourire.

— Julia Grace Huntington... Très musical!

Depuis la mort de Ken, elle avait croisé pas mal d'hommes. Certains l'avaient même courtisée. Pourtant, c'était la première fois qu'elle ressentait quelque chose qui ressemblait à un élan. Une sensation tellement inattendue qu'elle en resta sans voix.

— Me... Merci pour la réparation, balbutia-t-elle en battant précipitamment en retraite dans le salon. Quand je reverrai Andrew, je lui dirai que vous avez respecté votre part du marché.

— Je n'ai rien réparé. J'ai opté pour une solution provisoire. Il vous faudra...

— Un plombier, naturellement! Je m'en occuperai demain matin.

Julia le vit froncer les sourcils. Il se rendait bien compte que son attitude avait changé, qu'elle était pressée de le voir repartir. Heureusement, il en ignorait la raison. Il ne pouvait deviner l'effet qu'il avait produit sur elle, d'autant qu'il n'avait pas agi avec préméditation.

Elle ouvrit la porte.

— Dépêchez-vous. Votre repas va refroidir.

Il s'appuya au chambranle.

— Voulez-vous dîner avec moi?

D'un revers de main, elle déclina l'offre.

— Je n'ai pas faim. J'ai déjà dîné.

17

Trop sec! réalisa-t-elle en même temps. Une reine congédiant un domestique n'aurait pas été plus cassante. Elle se reprit.

— Merci beaucoup, Eric. Une autre fois, peut-être.

Il la sonda du regard.

— Ce n'est pas facile, n'est-ce pas? demanda-t-il alors d'une voix douce et compréhensive.

— Quoi donc? s'étonna Julia.

— De réapprendre à vivre.

Que risquait-elle à se confier? Elle le reverrait encore une fois, peut-être deux, et ce serait terminé. Elle savait que l'on se livre plus volontiers à des étrangers, car leur jugement a finalement peu d'importance. Pourquoi ne pas dévoiler à cet homme les sentiments qu'elle dissimulait soigneusement à ses meilleurs amis? Elle avala péniblement la boule qui lui bloquait la gorge, puis répliqua :

— Non. C'est parfois insoutenable.

— Ça s'améliore petit à petit.

— Quand?

— Avec le temps. Au début, on se sent mieux pendant cinq ou dix minutes. Après, ça dure toute une journée.

— Vous avez perdu votre femme?

— Dans un sens, oui. Elle a trouvé quelqu'un d'autre et j'ai dû apprendre à ne plus l'aimer.

— Je suis désolée.

— Moi aussi. Mais ça passe.

— Vraiment?

— Presque! convint-il. En fait, je me sens encore fautif, mais j'ai bon espoir de vaincre ma culpabilité. J'y travaille.

— L'invitation à dîner est-elle toujours valable? demanda-t-elle spontanément.

Le visage d'Eric s'éclaira d'un sourire.

— Vous n'aurez même pas à faire la vaisselle.

18

— Alors, donnez-moi juste le temps de décharger la voiture et de me changer.

— Vous aimez l'anguille, j'espère ?

Elle sursauta, incapable de cacher sa répulsion.

— L'anguille ?

Eric pouffa.

— Excusez-moi. Je n'ai pas pu résister. Mais rassurez-vous, il s'agit d'un simple plat de spaghettis.

Autrefois, elle appréciait les plaisanteries. Elle avait même de la repartie. A présent, elle n'en était plus si sûre, mais cela valait le coup d'essayer.

— Je ne sais pas si je peux vous faire confiance. Pourquoi ne pas commander une pizza ?

— A votre guise. Saucisses et poivrons ?

Là-dessus, lui tournant le dos, il redescendit l'allée.

— Eric ! cria-t-elle. Vous renoncez déjà à me faire goûter vos spaghettis ?

Il ralentit l'allure.

— Ma chère amie, je suis l'être le plus facile au monde. Avant, j'étais compliqué. La vie m'a enseigné la simplicité.

— J'aimerais que vous me racontiez comment.

Rester simple constituait une de ses préoccupations principales. Eric se retourna vers elle.

— Je veux bien essayer, dit-il en la fixant un instant.

Lorsque Eric fut hors de vue, Julia sortit sa valise du coffre de la voiture. De retour au chalet, elle enfila un ensemble en lin pour le troquer ensuite contre un simple chemisier et un pantalon. Après tout, ce n'était qu'une dînette entre voisins, pas un rendez-vous amoureux!

En traversant le jardin, elle eut envie d'offrir un bouquet à son hôte. Pendant ces huit mois de désolation, le jardinier avait continué à arroser les parterres, mais il n'avait pas taillé les lauriers-roses, les massifs d'hibiscus et les haies d'azalées. Les fleurs proliféraient, leurs tiges ployaient sous les corolles. Tout en marchant, Julia ramassait une fleur de-ci de-là, et ce fut une gerbe rayonnante qu'elle tendit à Eric peu après.

— Pour moi? s'étonna-t-il. C'est une première.

— Vraiment? Personne ne vous a jamais offert de fleurs?

Elle avait souvent envoyé des fleurs à Ken, de simples roses aussi bien que des arrangements plus sophistiqués.

— Non... Si! Des plantes vertes, quand j'ai ouvert mon cabinet, mais rien de fleuri.

Elle le suivit dans la cuisine, où il remplit un vase d'eau fraîche.

— Mmm! Ça sent bon! remarqua Julia, dont l'estomac gargouillait.

— C'est fou ce que l'on peut faire avec de la sauce tomate en conserve et un peu d'imagination.

Il posa le bouquet au milieu de la table, parmi les assiettes garnies d'une serviette en papier bleu, les verres à pied et les bougies rouges et vertes. Il retourna ensuite à la cuisine pour remuer la sauce qui mijotait dans une casserole.

— Puis-je vous aider? demanda Julia.

— Le pain à l'ail est prêt. Si vous voulez le découper en tranches, vous trouverez le couteau dans le tiroir.

Ils préparèrent le repas en silence, comme deux vieux copains qui auraient dîné ensemble toute leur vie. Lorsque les pâtes, la sauce et le fromage râpé furent sur la table, Eric alluma les chandelles, servit le vin et avança la chaise de son invitée.

— Merci, dit-elle en prenant place.

Il s'assit en face d'elle et leva son verre.

— Aux robinets cassés et aux nouvelles amitiés.

Julia trinqua avec lui.

— A vos succès dans la périlleuse aventure littéraire.

Les sourcils épais d'Eric, plus foncés que ses cheveux, se joignirent.

— Comment avez-vous deviné?

— Par déduction. Je me suis demandé ce qu'un médecin en congé sabbatique pouvait fabriquer avec un ordinateur.

— Et... vous avez conclu que j'écrivais un bouquin!

— Exactement. A cause de ceci, également.

Elle se leva pour prendre un livre sur l'étagère; il s'intitulait *Comment écrire un best-seller en dix leçons.*

— Alors là! s'écria-t-il. Vous m'en bouchez un coin!

Elle posa le livre et regagna sa place.

— Avez-vous toujours voulu écrire?

— J'en rêve depuis le lycée. Pourtant, je savais que l'écriture ne fait pas vivre son homme. Moins que la médecine en tout cas!

— Que s'est-il passé?

Il prit une tranche de pain à l'ail qu'il goûta parcimonieusement.

— J'en ai eu plein le dos de tous les jeunes cadres dynamiques des assurances-maladie, qui voulaient m'expliquer à tout prix quels examens j'étais censé infliger à mes patients.

Classique! Julia hocha la tête. Fille de médecin, elle ne connaissait que trop bien ce refrain.

— Vraiment? Je croyais que cela s'était arrangé.

— Pas assez à mon goût. Sans parler de mes assistants, qui prescrivaient des traitements aux malades par téléphone.

— Vous avez démissionné?

— Pas tout de suite. Au début, j'ai persévéré. En vain. Les gens, y compris ma chère et tendre femme, m'ont cruellement déçu. Quand enfin j'ai ouvert les yeux, il était trop tard.

Julia sirota une gorgée de vin.

— Vous ne détestez pas, vous, la sagesse tardive?

— Plus que vous ne l'imaginez. Je l'exècre.

— Ken a eu sa crise cardiaque sur le chemin de son bureau, dit-elle tranquillement. Il roulait sur la voie de gauche de l'autoroute.

Du bout de sa fourchette, elle écrasa un champignon dans la sauce tomate, comme pour empêcher l'image de Ken derrière le volant de sa voiture d'envahir son esprit.

— Les autres conducteurs ont pilé. Un carambolage monstre a suivi... Le bouchon a duré des heures.

L'accident avait fait la une des journaux télévisés à

l'échelle nationale. Le fait divers avait continué à alimenter la presse et les télévisions régionales pendant des semaines. Les magazines avaient ensuite pris le relais. Six mois s'étaient écoulés avant que les feuilles de chou se tournent vers des sujets d'actualité plus brûlants. Toutefois, une broutille avait échappé aux médias. Un détail que Julia n'avait jamais révélé à personne. Un secret douloureux qu'elle avait relégué dans un coin de son cœur, de sa conscience, et qui la tourmentait sans répit. Il était grand temps de passer aux aveux.

— J'étais sur l'autoroute, ce jour-là, murmura-t-elle. J'ai quitté la maison une demi-heure après Ken. Je me suis trouvée bloquée dans l'embouteillage créé par son accident.

Le reste était plus dur. Elle respira profondément.

— J'étais furieuse. J'avais rendez-vous chez mon coiffeur et j'allais être en retard. Je...

Elle s'interrompit et risqua un regard furtif du côté d'Eric. Il l'écoutait avec attention, sans aucun signe de réprobation. Il ne semblait même pas choqué.

— J'ai dépassé le lieu de l'accident peu après l'arrivée de l'ambulance, mais j'étais trop occupée à regarder ma montre pour remarquer la voiture endommagée. J'ai su plus tard par le médecin des urgences que Ken était vivant quand on l'a tiré de sa Range Rover. Oh, mon Dieu, si seulement je m'étais arrêtée ! Si seulement j'avais été près de lui au moment où...

— Arrêtez de vous culpabiliser, coupa Eric. Ça n'aurait rien changé.

Il posa sa main sur celle de Julia.

— C'est toujours ainsi quand quelqu'un que l'on aime meurt. On a du mal à comprendre que tous les efforts auraient été inutiles.

— J'aurais au moins pu lui dire au revoir.

— Non, Julia ! Vous n'en auriez pas eu le temps. Les sauveteurs étaient sûrement pressés de le sortir de la voiture. Ils ne vous auraient pas laissée vous approcher. Au mieux, vous auriez été assise sur le siège avant de l'ambulance quand il rendait son dernier soupir.

Il avait prononcé exactement les mots qu'elle avait besoin d'entendre. Pas l'absolution. La réalité.

— Vous étiez sûrement un excellent médecin. Je suis sûre que vous manquez à vos patients.

— Je les ai laissés entre de bonnes mains.

— Avez-vous toujours été fataliste ou l'êtes-vous devenu à force de combattre la maladie et la mort ?

— Je l'ai toujours été un peu. Naturellement, je n'irai pas jusqu'à affirmer que votre robinet s'est cassé parce que nous étions destinés à nous rencontrer.

Une lueur amusée alluma le bleu sombre de ses prunelles.

— Les plus belles choses de la vie sont le fruit du hasard, déclara-t-il d'une voix docte.

Lui faisait-il la cour ?

Déconcertée, elle s'empressa de changer de sujet.

— Parlez-moi de vos écrits. Vous apportent-ils des satisfactions ?

— Certains jours.

Elle fit tourner sa fourchette dans sa cuillère pour attraper les spaghettis.

— Et les autres jours ?

— Bah ! C'est un boulot comme un autre.

— Vous êtes-vous fixé des délais ? interrogea-t-elle.

— Pour quoi faire ? Finir le livre ou réussir ?

— Les deux.

— J'aurai terminé à la fin de l'année. Quant à la réussite, elle ne dépend pas de moi... Et vous ? dit-il en reprenant du pain. Avez-vous posé des limites ?

— A quoi ?

— Vous savez bien : trois mois pour mettre de l'ordre dans vos finances, six pour faire votre deuil, douze pour recommencer à penser à votre avenir, etc.

Elle secoua la tête.

— Oh, non. Je ne suis pas organisée. Je laisse les événements arriver, puis j'avise.

— J'ai toujours admiré l'insouciance.

Elle lécha la sauce tomate qui maquillait sa lèvre inférieure.

— Vous plaisantez ! Je crois que je rendrais les personnes de votre genre folles furieuses.

— Qu'entendez-vous par « les personnes de votre genre » ?

— Tous ceux qui courent après la réussite. Les ambitieux.

Le voyant frémir, elle reposa son verre à moitié plein sans le porter à sa bouche.

— Qu'y a-t-il ? Qu'est-ce que j'ai dit ?

— Rien.

— Voyons, Eric ! Soyez honnête.

— Vous parlez... comme ma femme. Pardon ! Mon ex-femme. Elle s'est servie des mêmes mots quand je l'ai priée de m'accorder une seconde chance.

— J'en suis navrée.

— Pas autant que moi.

Il s'accouda à la table et soupira.

— Je ne vois plus mes enfants qu'un week-end sur deux.

— Oh... Comme ça doit être triste.

— Pas tellement. Je déteste l'admettre, mais je passe plus de temps avec eux maintenant que quand nous vivions sous le même toit.

Julia lui adressa un sourire plein de commisération.

— La fameuse sagesse tardive.

— Changeons de sujet, voulez-vous ? Encore un peu de vin ?

— Non, merci. J'ai assez bu.

Le vin la rendait trop bavarde. La preuve ! Eric se servit en revanche une généreuse rasade.

— Avant son départ, Andrew m'a parlé d'un vieux couple qui venait en juillet. Nous avons été interrompus et je n'ai jamais su le fin mot de l'histoire.

Julia eut un sourire attendri.

— Joe et Maggie. Ils ont vendu le chalet à Ken. Et ils ont fini par l'adopter, en quelque sorte.

— D'après Andrew, ils entretenaient des rapports particuliers.

— Au début, ils ne voulaient pas vendre. Puis Joe a eu une hémorragie cérébrale qui a épuisé leur bas de laine. Ils manquaient cruellement d'argent. A l'époque, Ken était locataire, et il leur a fait l'offre suivante : il achetait le chalet, et ils pouvaient en disposer pendant les mois d'été comme bon leur semblait.

— Et ils le louaient pour joindre les deux bouts.

Un nouveau sourire illumina le visage fin de Julia.

— Ils le louaient, oui, mais Joe donnait l'argent à Ken. Il était tellement fier d'aider Ken financièrement à son tour que celui-ci n'a jamais eu le cœur de lui dire qu'il n'en avait pas besoin.

Pendant dix-huit ans, le même rituel réunissait Ken, Maggie et Joe chaque mois de septembre. Ils dînaient ensemble. Joe remettait à Ken le chèque de la location et Ken portait un toast à leur amitié. Quand Ken avait épousé Julia, elle s'était tout naturellement intégrée au groupe.

— Ils ont l'air spéciaux, fit remarquer Eric.

— Ils le sont. Et les locataires aussi. Joe ne choisit pas n'importe qui.

— Il me tarde de voir un jour ce chalet habité. Les volets clos donnent aux maisons un air de mausolée... sinistre.

Il s'interrompit soudain.

— Oh, mon Dieu, Julia, excusez-moi.

— Ça va. La même pensée m'a traversé l'esprit quand je suis arrivée cet après-midi.

— Une tasse de café ? proposa-t-il.

Elle secoua la tête.

— Non, merci. La caféine m'empêche de dormir. Demain, une grande journée m'attend.

— Je vous raccompagne.

N'ayant pas l'énergie de refuser, elle se laissa escorter jusqu'à sa porte.

— Merci pour le dîner. C'était délicieux.

— Comme je vous l'ai déjà dit, le plat s'appelle : « Une conserve et de l'imagination. » Je vous ferai goûter bientôt une autre de mes spécialités. « Un gâteau et de la créativité. » J'ai visité toutes les pâtisseries de la région avant de trouver la base de mon dessert.

— Attention ! Vous marchez sur mes plates-bandes.

— Quoi donc ? Les pâtisseries ?

— Les recettes en général. Mes tiroirs en sont pleins. Je peux cuisiner des plats du monde entier !

Eric lui adressa un regard circonspect.

— Vraiment ? Savez-vous préparer de la charcuterie fine ?

— Casher ou pas ? riposta-t-elle.

Il leva les bras avant de les laisser retomber le long de son corps.

— Vous avez marqué un point.

Julia lui sourit.

— Bonne nuit. Et merci encore pour la leçon de plomberie.

— Tout le plaisir fut pour moi.

Il se pencha, posa un rapide baiser sur la joue de la
jeune femme, puis s'éloigna sans un mot de plus.

Julia attendit qu'il traverse la rue pour entrer dans le
chalet et refermer la porte. Elle était de nouveau seule.

Seule, mais moins solitaire!

Les choses évoluent d'une drôle de manière, pensa-
t-elle. Et le changement ne vient pas toujours quand on
l'attend. Ni de la direction que l'on imagine.

3

Le vent déchiquetait la brume, et Eric remonta le zip de son blouson. Une vague roula sur la plage, puis se retira, abandonnant sur le sable des palourdes et des pétoncles vides. Il se pencha pour ramasser une coque. Un *Echinarachnius parma*, communément appelé dollar des sables. Il avait promis à son fils de ramasser ces coquillages. Le petit garçon voulait en faire un collier pour l'anniversaire de sa mère. Dès le lendemain, Eric avait découvert qu'il s'était engagé à la légère. Peu de ces coques fragiles arrivaient intactes du fond de l'océan. En trois jours, il n'en avait rassemblé qu'une demi-douzaine, qu'il avait précieusement conservée dans une boîte en carton.

Quant à sa fille, Susan, du haut de ses cinq ans, elle lui avait commandé une étoile de mer. « Bien orange », avait-elle précisé, comme celles qu'elle avait vues à San Francisco avec Roger, le « nouveau copain de maman ». Eric avait choisi la plus belle dans une boutique de souvenirs de Santa Cruz.

Le divorce remontait à deux ans. Pourtant, la jalousie serrait encore le cœur d'Eric quand il apprenait les rendez-vous galants de Shelly. Elle était fiancée. Bientôt, elle épouserait le dénommé Roger. Eric avait dû se faire à l'idée qu'ils ne vivraient plus jamais ensemble. Il n'arrivait cependant pas à l'imaginer avec quelqu'un d'autre. Comme il ne parvenait pas à se figurer qu'un jour il pourrait tomber amoureux d'une autre femme. Il retourna le coquillage. Troué! Il le rejeta dans les flots. Certains êtres sont destinés l'un à l'autre, songea-t-il. Et pourtant, même quand cela arrive, on est trop aveugle, trop accaparé par son travail ou simplement trop stupide pour comprendre que même prédestiné, l'amour a besoin d'être nourri pour éclore.

Une mouette plongea avec un cri aigu et atterrit sur le bord d'une vague. Elle explora un instant les bulles irisées d'écume, prit son envol, puis disparut dans la brume. Avant de louer la maison d'Andrew, Eric ne s'était jamais considéré comme un homme de la mer. Il avait, jusqu'alors, préféré passer ses vacances à la montagne. Ou en Europe. Pourtant, dès l'instant où il avait marché sur l'étroite bande de sable, bercé par le ressac de l'eau sur les rochers, il avait été ensorcelé.

Egoïstement, il se comportait comme le propriétaire de la plage ; il aimait s'y promener le matin de bonne heure, quand un ou deux pêcheurs s'installaient sur la grève, et tard dans la nuit, sous les étoiles. Il n'avait jamais rencontré personne, à part des couples d'amoureux qui ne s'étaient même pas rendu compte de sa présence. Il savait par les voisins qu'à partir de juin, son petit paradis se transformerait en enfer. Des hordes de touristes prendraient d'assaut les hôtels, les auberges et les chambres d'hôtes. De Santa Cruz au paisible hameau, la population déculperait. Les vacanciers envahiraient les plages et y rôtiraient toute la journée, tandis que leurs radios brailleraient les tubes de l'été et que les surfeurs strieraient les flots bleus.

Oui, Eric était prévenu que sa chère plage regorgerait de corps rouge écrevisse dégoulinants d'huile solaire, qu'il serait privé aussi bien de ses promenades solitaires que de son intimité. Bizarrement, il attendait ce moment. Plus jeune, il avait aimé le bruit, le brouhaha, les rires, tout ce qu'il détestait à présent. Ses enfants seraient bientôt appelés à choisir entre la vie mondaine et l'existence d'ermite qu'il leur offrait. Nul doute qu'ils opteraient pour la première. Là aussi, il allait devoir s'adapter. Mais pour l'instant, il avait encore le temps... Le temps de revivre ses souvenirs.

Une vague lui lécha les pieds. Se rappelant sa mission, il écarta un écheveau d'algues vertes et brunes, à la recherche de coquillages.

Julia s'arrêta en aval de la ligne humide que la marée haute avait tracée sur le sable la nuit précédente. Elle roula son pantalon kaki sur ses mollets, ôta ses chaussures, puis esquissa un pas sur le sol détrempé et froid. Elle n'était généralement guère matinale. Mais aujourd'hui, elle avait eu envie de sortir, avant même d'avaler sa première tasse de café.

Les mains enfouies dans les poches de son sweat-shirt, elle avança au bord de l'eau. Ses pieds nus s'enfoncèrent dans le sable mouvant, mais elle réussit à garder son équilibre. Exercice quotidien depuis la disparition de Ken : toujours lutter pour rester debout. Chaque fois qu'elle se croyait enfin solide, quelque chose, un événement, un signe, s'était produit, qui l'avait déstabilisée.

A la mi-décembre, par exemple, alors qu'elle commençait à espérer que peut-être elle parviendrait à passer

Noël sans Ken, un paquet était arrivé au nom de M. Huntington. Il contenait un bibelot signé Fabergé que son mari avait acheté à une vente aux enchères. Un lis incrusté de perles et de diamants, dans un vase de topaze... La miniature avait dû coûter une fortune et Ken l'avait sans aucun doute choisie pour faire plaisir à Julia. Elle avait attendu l'anniversaire de leur mariage, en mars, avant de répandre les cendres de Ken en mer, selon les dernières volontés de celui-ci. Geste qui, croyait-elle, symboliserait les adieux qu'elle n'avait pas pu lui adresser lors de la cérémonie funèbre. Erreur! Elle avait regagné leur appartement convaincue que le lien qui l'unissait à Ken demeurerait à jamais indestructible. La mort qui les avait séparés avait encore renforcé l'image du couple parfait qu'ils incarnaient. Depuis le jour de leur rencontre, ils s'étaient retirés dans une bulle. Un univers qui n'appartenait qu'à eux. Ils se passaient parfois de paroles. Un regard, un sourire remplaçaient aisément les mots.

Après le bonheur, l'heure du malheur avait sonné. Peut-être était-ce le propre de tout grand amour? Si leurs chemins ne s'étaient pas croisés, si Julia s'était éprise d'un autre homme, elle ne serait pas aussi pitoyable aujourd'hui. Elle comprit que cette passion sublime la condamnait à une perpétuelle solitude.

Souvent, au milieu d'une nuit blanche, la révolte flambait dans son cœur, au détriment du terrible sentiment de perte qui l'habitait. Pourquoi Ken l'avait-il abandonnée? Comment avait-il osé? Pourquoi ne lui avait-il jamais dit que son père et son grand-père avaient été terrassés par un infarctus avant cinquante ans? Elle l'aurait forcé à se surveiller, à passer plus souvent des visites médicales. Ne savait-il donc pas qu'il tenait entre ses mains sa vie et celle de Julia?

Ses orteils s'enfoncèrent une fois de plus dans le sable ; elle rétablit son équilibre. Le reflux laissa ses pieds exposés. De cet implacable combat intérieur, il y avait sûrement une leçon à tirer. Laquelle ? Elle l'ignorait encore.

Quelque chose s'accrocha à sa cheville : l'emballage en plastique d'un pack de Coca-Cola. Julia le ramassa et l'enfouit dans sa poche. Ken lui avait inculqué le respect de la nature, à moins qu'elle ne l'ait toujours eu sans le savoir. Elle ne savait plus où son esprit s'arrêtait et où commençait celui de Ken.

Le regard perdu vers l'horizon brumeux, elle perçut une voix dans le vent. Quelqu'un l'appelait. Elle se figea, s'efforçant de déterminer la source de la voix. L'appel retentit une seconde fois. Cela ne venait pas du large, mais de la plage. Se retournant, elle vit un homme courir dans sa direction.

L'espace d'une seconde, elle le prit pour Ken.

Mais ce n'était pas lui.

— Bonjour ! lança Eric en se rapprochant. Quelle belle journée !

Il plaisantait.

— Superbe !

S'arrêtant à sa hauteur, il balaya une mèche poivre et sel de son front.

— J'adore ces matins gris ! s'exclama-t-il. Presque autant que les orages.

— Vous avez dû vous régaler cet hiver.

— Hélas, non. Le temps s'est amélioré à partir du moment où je me suis installé ici. Dites, j'allais prendre mon petit déjeuner. Voudriez-vous vous joindre à moi ?

Julia fit non de la tête. Elle voulait rester seule ce premier matin, sans savoir comment l'annoncer à Eric. Heureusement, il n'insista pas.

— A plus tard, alors.

Bizarrement, maintenant qu'il était sur le point de partir, elle aurait aimé qu'il reste un peu.

— Qu'est-ce que vous avez ramassé?

Il leva la main. Dans sa paume luisait un petit coquillage.

— J'ai promis à mon fils de lui ramasser des dollars des sables, mais je n'ai pas eu de chance.

— Essayez du côté de Sunset State, près de Watsonville, à l'endroit où le Pajaro se jette dans la mer. L'estuaire grouille de mollusques.

— Merci. J'irai dès cet après-midi.

Il fit mine de s'éloigner, puis se retourna.

— Voulez-vous m'y accompagner?

Elle ne se donna pas la peine de considérer l'invitation.

— Non, merci. J'ai mille choses à faire et le temps presse. J'attends le plombier. Je ne sais pas à quelle heure il va venir.

— Vous l'avez appelé?

Il l'avait vue quitter le chalet à six heures du matin, heure à laquelle aucun plombier ne répond au téléphone.

— Non, bien sûr, mais j'ai regardé dans l'annuaire. J'ai noté plusieurs numéros. J'essaierai d'en avoir un qui puisse me dépanner aujourd'hui.

Il lui décocha un sourire plein de mystère.

— Je vous propose un marché. Vous m'aidez à ramasser des coquillages pour Jason, et je répare votre robinet.

— Mais...

Pourquoi résister? Il lui demandait deux heures de son précieux temps, pas la journée entière. Julia rectifia le tir.

— Je ne me suis même pas brossé les dents.

— Cela veut-il dire que vous viendrez après l'avoir fait, ou est-ce un prétexte pour refuser?

— Je viens. Mais pas pour longtemps. Vraiment, Eric!

J'ai un millier de choses à faire dans cette maison avant la semaine prochaine.

Un éclat de verre luisait dans le sable ; elle se pencha pour le ramasser.

Eric tapota la poche de son blouson.

— Mettez-le ici, avec le reste.

Lui aussi avait la manie du nettoyage écologique.

— Encore une chose, dit-elle.

— Je vous écoute.

— Du café. Je suis complètement inopérante tant que je n'ai pas eu ma dose.

Il lui entoura les épaules d'un bras amical, l'entraînant vers le chalet.

— Nous nous arrêterons en route. Je connais un troquet...

— Lequel ?

La panique avait assailli Julia, qui s'était arrêtée net. Déconcerté, Eric la scruta, puis une expression compréhensive se peignit sur ses traits.

— Il se trouve à Soquel, en bas de la grand-rue.

— Je ne me rappelle pas...

— Normal. Il a ouvert il y a trois mois.

— Oh...

— Preniez-vous le petit déjeuner dehors, avec Ken ?

— Cela nous arrivait. Il avait un faible pour le moka.

— Et moi, pour le café au lait.

Julia fronça le nez.

— Quel gâchis ! Le vrai café se doit d'être noir et corsé.

— Nous débattrons de ce sujet en route. Mon dernier voyage à Watsonville a frisé la catastrophe. C'était plein de déviations et d'embouteillages à cause d'un tournage dans les parages.

— On tourne des films à Watsonville ? De quel genre ?

— Sérieux. Des ouvriers agricoles immigrés, qui se soulèvent contre leur patron.

— Mon frère est chef de sécurité aux studios Kramer. S'agit-il d'une de leurs productions?

— Je n'en sais rien. Et de toute façon, je ne suis pas fichu de citer le nom de trois producteurs.

— Alors, renseignez-vous, si vous ne voulez pas vendre à n'importe qui les droits de votre best-seller.

Ils éclatèrent d'un même rire.

— J'en prends bonne note, dit Eric en s'essuyant les yeux. Et vous, n'oubliez pas votre carnet de chèques. Nous ferons halte à la quincaillerie.

— Vous voulez dire que le robinet ne fait pas partie du marché?

Depuis quand n'avait-elle pas taquiné quelqu'un? Elle ne s'en souvenait plus.

Eric sourit.

— Je ne suis qu'un pauvre écrivain, ne l'oubliez pas.

— Qui, néanmoins, boit du vin millésimé tous les jours.

Eric lui plaisait. Il restait lui-même et ne paraissait pas impressionné par l'empire que Ken avait construit et dont Julia avait hérité. D'autres personnes se laissaient prendre à ce piège, et leur attitude créait immédiatement une gêne.

— Je ne vous ai pas tous les jours à ma table, remarqua-t-il.

— Menteur! Vous aviez débouché la bouteille avant que je vienne sonner à votre porte.

— Oooh! souffla-t-il, la main sur la poitrine, à l'instar d'un blessé. Touché! Je passe vous chercher dans cinq minutes?

— Dix!

— Huit!

En riant pour la seconde fois de la matinée, elle tourna les talons. Les stores baissés ménageaient à l'intérieur du chalet une pénombre oppressante. Hier, la même atmosphère lui avait paru paisible, amicale. Aujourd'hui, la maison semblait hostile à sa subite bonne humeur.

Le soleil perça les nuages dans l'après-midi. Les chromes de la Mercedes étincelèrent, des reflets mouvants de lumière dansèrent sur les vitres et la surface de l'eau. Le matin gris se mua en une journée magnifique. Julia résistait tant bien que mal au plaisir d'apprécier le beau temps. Elle s'était mise à bêcher rageusement les parterres, alors qu'Eric réparait les stores. En se redressant, elle contempla, perplexe, la terre grasse qui gantait ses mains et s'incrustait sous ses ongles. La maison serait mise en vente en septembre. Pourquoi se donnait-elle tout ce mal, alors qu'elle ne serait plus là pour recueillir les fruits de son labeur? En revenant de Watsonville, elle s'était ruée chez la fleuriste et avait littéralement dévalisé le magasin. Le pick-up d'Eric regorgeait de dahlias, de zinnias, de gueules-de-loup, de giroflées et de capucines.

— Ça va être formidable, s'exclama Eric en sortant du garage.

Assise sur ses talons, Julia leva le regard.

— Voilà des siècles que je voulais replanter l'allée. Demain, je m'occuperai du potager. Dans quelques mois, les tomates, les melons et les pissenlits salueront le printemps.

— Ne s'agit-il pas de pissenlits qui poussent dans l'arrière-cour d'Andrew?

— Oui. Il les aime bien en salade.

— A propos de salade... Je meurs de faim. Pas vous?

— Maintenant que vous le dites, je grignoterais bien un petit quelque chose.

— Sandwichs ? Plat cuisiné ?

— Sandwichs ! dit-elle en se levant et en frottant ses paumes sur son vieux jean. Il y a un excellent traiteur dans la grand-rue. Ken adorait ses sandwichs... C'est moi qui invite !

Eric se contenta de la regarder, les pouces dans son ceinturon.

— Ecoutez, Julia, je sais que ce n'est pas mon affaire...

— Mais ? coupa-t-elle en lui lançant un coup d'œil acéré.

Elle espérait ainsi lui ôter toute envie de prodiguer ses sages conseils.

Il ne se laissa cependant pas impressionner.

— Mais, reprit-il, implacable, ça ne sert à rien de remuer le couteau dans la plaie. Si j'ai bien compris, vous avez été très heureuse avec Ken. Ruminer vos souvenirs ne fera que vous détruire.

Le visage de Julia se durcit. La fureur lui coupa le souffle. Pour qui se prenait-il ? Qui était-il pour s'autoriser à juger de quelle manière elle devait porter le deuil de son mari ?

— D'accord, murmura-t-il, l'air chagriné. Je suis allé trop loin. Désolé.

— Les conseilleurs ne sont pas les payeurs, Eric.

— On a envie de vous protéger, se justifia-t-il. De vous aider.

— Je ne veux pas de votre aide !

— Et moi, je me passerais bien de vos reproches.

La colère de Julia retomba soudain. Comment en vouloir à quelqu'un qui n'avait même pas connu Ken ? Cet homme ne pouvait deviner le vide que son mari avait

38

laissé derrière lui. Au prix d'un effort surhumain, elle esquissa un sourire.

— Entendu. Je ne vous reprocherai plus rien, sauf de rechercher ma compagnie.

La remarque le prit au dépourvu. En scrutant Julia, il fut frappé par la profondeur de sa solitude. Elle ressemblait à un brave petit soldat laissé pour compte sur un champ de bataille meurtrier. Il brûlait d'envie de voler à son secours. Pourtant, il n'existait aucun moyen pour adoucir sa peine, et il le savait.

— Pickles ? demanda-t-il.

— Pardon ?

— Désirez-vous des pickles avec votre sandwich ? Si vous voulez, je vais y aller tout seul, pendant que vous jardinez.

— Oui.

— Oui, vous voulez des pickles, ou oui, vous préférez rester ici ?

— Les deux. Les pickles à part, s'il vous plaît.

— C'est noté. Quel genre ?

— La marque importe peu.

— Je veux dire : quel genre de sandwich voulez-vous ?

— Jambon-fromage.

— Pain de seigle ?

— Oui. Avec une tonne de mayonnaise. Mais pas de moutarde.

— Frites ?

— Pourquoi pas. Sauce barbecue.

Il fit une grimace.

— C'est comme si c'était fait. Rien d'autre ?

— Des macaronis en salade.

— Un dessert ?

Elle réfléchit une seconde.

— Gâteau de carottes. Nous pouvons partager, bien sûr.

— Non, merci. Je suis puni et, donc, privé de dessert.

Julia se tut un instant.

— C'était ma faute, avoua-t-elle finalement. Sans le savoir, vous avez touché une corde sensible. Le point faible que j'essaie de soigner depuis des mois. Je n'aurais pas dû me mettre en colère. Je vous demande pardon.

— Ne vous excusez pas. Je me suis mêlé de ce qui ne me regardait pas, vous m'avez remis à ma place, ce n'est que justice.

— Vous avez raison, dit-elle d'une petite voix contrite. Je passe mon temps en pèlerinage. Je retourne partout où je suis déjà allée avec Ken. Pour conjurer le sort. Pour surmonter mon chagrin. Et j'y suis presque parvenue...

La main en visière, elle contempla l'océan.

— Mais depuis que je suis revenue ici, j'ai l'impression de me retrouver à la case départ.

— Parce que vos nombreuses occupations en ville vous avaient fait oublier le chalet?

— Non, murmura-t-elle. Je ne l'avais pas oublié.

Eric hocha la tête. Il avait compris.

Rien ne pouvait faire oublier le chalet à Julia. Ni le travail, ni la famille, ni les amis. La maison de la plage représentait le seul et unique endroit au monde qu'elle n'arrivait pas à affronter depuis la mort de Ken.

Pourtant, elle était revenue. Elle avait eu ce courage.

A présent, elle fixait l'horizon. Eric en profita pour étudier plus attentivement la jeune femme. Comment était l'ancienne Julia, avant que la tristesse lui dérobe les toutes petites joies qui tissent une journée? Il en avait eu une vision fugitive quand elle l'avait aidé, tout à l'heure, à ramasser des coquillages. Une femme merveilleuse.

Ken avait connu cette femme-là. Existait-elle encore, ou était-elle morte en même temps que lui?

4

Des pas crissèrent sur le gravier. Croyant Eric de
retour, Julia s'exclama :

— Enfin ! Il était temps !

— Je serais venu plus tôt, mais je viens seulement de
remarquer ta voiture.

Avec un cri de ravissement, la jeune femme laissa tomber son râteau et son plantoir.

— Peter ! Quel plaisir de te revoir !

Le nouveau venu la souleva dans ses bras et la fit tournoyer.

— Je me suis fait un sang d'encre, dit-il en la reposant.
Tu ne m'as pas donné signe de vie depuis des lustres.

— Je t'aurais appelé, mais tu sais ce que c'est. J'ai été
complètement débordée.

— L'important, c'est que tu sois là, Julia.

Peter Wylie était le plus vieil ami de Ken en Californie. Grand, la mâchoire carrée, les yeux d'un bleu
intense, les cheveux noir de jais, il avait plus l'allure d'un
maître nageur que d'un artiste peintre. L'hiver précédent,
Julia l'avait chargé de dégivrer le réfrigérateur et de fermer le chalet.

Peter, qui était né en Californie, avait enseigné à Ken

les rudiments du surf et du bateau à voile. Grâce à lui, Ken s'était parfaitement intégré dans la population locale. Il en était même venu à se comporter et à penser comme un autochtone. Depuis leur folle jeunesse, les deux hommes s'entendaient merveilleusement. Peter avait vendu sa première aquarelle le jour où Ken avait décroché son premier contrat d'ingénieur en informatique. La célébration de leur succès avait duré des jours et des jours.

Aujourd'hui, les aquarelles de Peter Wylie, très prisées par les amateurs d'art, étaient exposées dans la plus grande galerie de la côte ouest. Peter avait les moyens de vivre où bon lui semblait, mais son choix s'était porté sur le petit cottage de cinq pièces qu'il habitait lorsqu'il avait fait la connaissance de Ken. Il y résidait dix mois par an.

Il disparaissait généralement en juin et en juillet pour échapper à l'invasion des touristes, faire le tour des galeries et rendre visite à ses amis.

Une fois, Julia lui avait demandé pourquoi il revenait toujours en août, en plein cœur de l'été. Sa seule réponse avait été un mystérieux haussement d'épaules. Dépitée, la jeune femme s'était tournée vers son mari, qui n'avait pas semblé en savoir plus. Elle avait alors finalement cessé de se poser des questions.

— Tu pars bientôt, je présume ? s'enquit-elle.

— C'est exact.

Julia hocha la tête. Une sensation de malaise l'assaillit. Du vivant de Ken, son amitié avec Peter allait de soi ; à présent, ils évoquaient les deux pieds d'un trépied bancal.

— Je vends la maison, déclara-t-elle à brûle-pourpoint.

— Je m'en doutais. Quand ?

— A la fin de l'été. Je voudrais que les locataires en profitent une dernière fois.

Elle ne savait pas encore comment annoncer la nouvelle aux familles qui avaient l'habitude de passer leurs vacances au chalet. Surtout à Joe et à Maggie. Ken leur avait promis qu'ils pourraient venir tant qu'il serait le propriétaire de la maison. Compte tenu de leur âge, ils en avaient déduit qu'ils en auraient pour longtemps, jusqu'à la fin de leurs jours. Qui aurait deviné que Ken partirait le premier?

— Préviens-moi quand tu mettras officiellement la propriété en vente, dit Peter.

Julia lui lança un regard interrogateur.

— As-tu des projets?

— Je ne sais pas encore, répondit-il, songeur, en se frottant le menton. Je crois que je ne supporterai pas de voir des étrangers dans la maison de Ken.

— Penses-tu l'acheter, Peter?

Comme il ne répondait rien, elle reprit :

— Tu ne peux pas peindre ici, la lumière n'est pas bonne. Tu me l'as dit cent fois.

— Mais il est parfaitement possible que je vive ici et que je transforme mon cottage en atelier... J'en ai assez de travailler dans l'espace où j'habite.

L'idée semblait plaisante. Julia se demanda si elle n'avait pas annoncé son intention de vendre à Peter dans l'espoir de l'appâter. Céder le chalet à un ami lui procurerait une sorte de soulagement. Une maigre consolation en vérité.

— Quand t'en vas-tu? demanda-t-elle.

— Au début de la semaine prochaine. Je laisse le cottage à la belle-fille d'un copain, qui tourne un film à Watsonville.

Julia sourit.

— Il paraît que l'acteur principal a loué la maison de la colline.

— Toute la troupe loge dans les environs. J'en ai aperçu quatre ou cinq l'autre jour. Un comédien et des techniciens. Ils jouaient au volley-ball et sirotaient du Perrier.

— Tu as l'air déçu, observa-t-elle.

— Et comment! On dit qu'ils sont tous allumés pendant le tournage. Je m'attendais à ce que le whisky coule à flots.

— Comme dans tes vernissages?

Peter eut un petit rire.

— Absolument! Mes vernissages assommeraient n'importe quel insomniaque sur-le-champ.

— Et quand reviens-tu?

— Fin juillet.

C'était toujours pareil.

— Nous reparlerons de la vente du chalet à ce moment-là, dit Julia. A moins que...

Elle s'interrompit. Sans doute ne voudrait-il pas la revoir maintenant que Ken était décédé.

— A moins que quoi? Je suis toujours partant pour une bonne affaire.

— Mais d'ici là, nous avons le droit de changer d'avis, non?

De son côté, elle savait qu'elle garderait probablement la même idée, mais elle ne voulait surtout pas acculer Peter à un engagement ferme.

— Excuse-moi, reprit-elle pensivement. Actuellement, je n'arrive pas à suivre une idée jusqu'au bout. Je ne sais plus où j'en suis, Peter.

— Tu as pourtant meilleure mine que quand je t'ai vue la dernière fois.

— Merci, sourit-elle. Je n'ai aucun mérite.

Peter avait sonné à la porte de sa villa le jour où elle avait reçu la miniature commandée par Ken. Il avait

45

annulé tous ses rendez-vous d'affaires à San Francisco pour rester avec elle. Elle avait fondu en larmes, et il l'avait écoutée sans lui infliger les platitudes et autres lieux communs de circonstance.

Une portière claqua. Eric descendit du pick-up et avança dans leur direction. A en juger par la taille des sacs qu'il portait à bout de bras, il y avait de quoi nourrir un régiment.

— Salut, Peter, cria-t-il. Où étais-tu passé?

Le regard de Peter papillonna de Julia à Eric, pour revenir à la jeune femme. La surprise se peignit sur son visage, cédant aussitôt le pas à la confusion et à l'interrogation. La culpabilité tétanisa Julia. Se sentant fautive, elle adressa à Peter un petit sourire penaud.

— Je vois que vous vous connaissez, murmura-t-elle.

Elle aurait souhaité disparaître sous terre.

— Nous nous sommes rencontrés dans des circonstances étranges, confirma Peter. Eric m'a trouvé sur la plage, inanimé. Un pêcheur m'avait tiré dessus, alors que je me promenais en bateau. Plus tard, mon agresseur a prétendu m'avoir pris pour le phoque qui dévorait son saumon.

Julia écarquilla les yeux.

— Seigneur! Quand est-ce arrivé?

— Il y a deux mois.

— Et... tu es rétabli?

— Ce n'était qu'une blessure superficielle, expliqua Peter en agitant son poignet avec désinvolture.

— Il a failli perdre son bras, rectifia Eric.

Se tournant vers Peter, Julia remarqua la cicatrice. Une balafre pâle et luisante, sur le bras gauche, au-dessus du coude.

— Oh, mon Dieu! s'exclama-t-elle. Mais tu es gaucher. Ta peinture...

— C'est la première chose à laquelle j'ai pensé, moi aussi.

Julia lui toucha le bras, comme pour s'assurer que la blessure avait été réelle.

— Et l'affreux bonhomme? Qu'est-il devenu?

Un sourire vengeur éclaira les traits de Peter.

— Je n'ai pas cessé de me répéter le numéro de sa barque, tandis que je regagnais le rivage. Lorsqu'il a accosté à Monterey, la même nuit, les flics l'attendaient sur le quai.

Eric posa les sacs sur le gazon.

— Tu as déjeuné? demanda-t-il.

Une nouvelle fois, le regard de Peter alla de l'un à l'autre.

— J'ai un rendez-vous, répondit-il finalement.

— Une bière? proposa Julia.

— Non, merci.

Elle refoula une furieuse envie de crier que, en dépit des apparences, rien ne se passait entre Eric et elle. Et que d'ailleurs, rien ne se passerait plus tard non plus : Julia ne regarderait jamais un autre homme. Elle aimait Ken. Son mari. Son défunt mari.

Oui, Ken était mort. Sa loyauté, son affection planaient dans les limbes du souvenir.

— J'emporte le repas à l'intérieur, déclara Eric.

Elle se retint pour ne pas l'arrêter.

— Pourquoi ne pas déjeuner dehors, sur la table de jardin? proposa-t-elle.

Il haussa un sourcil.

— Comme vous voulez. Je sors les chaises du garage?

— Non! rétorqua-t-elle d'un ton cassant, avec la sensation d'avoir commis une nouvelle gaffe. J'avais oublié que les chaises se trouvaient dans le garage, précisa-t-elle, comme si cela avait une quelconque importance. En fin de compte, on peut déjeuner dans la cuisine.

Elle avait fait en sorte de s'exprimer d'une voix neutre.

— Préférez-vous que nous allions chez moi? offrit Eric.

Décidément, ça allait de mal en pire. A chaque instant, la faute s'aggravait. Elle articula un «pourquoi pas?» dépourvu de tonus. Mais que lui arrivait-il? Elle n'avait de comptes à rendre à personne. Et Eric ne méritait pas d'être traité comme un importun, un vendeur de porte-à-porte. De nouveau, elle se tourna vers Peter.

— Tu es sûr que tu ne veux pas nous rejoindre?

— Il faut vraiment que je m'en aille.

— Peut-on se voir avant ton départ?

Il inclina la tête et posa un baiser sur la joue de Julia.

— Bien sûr. Es-tu libre demain soir?

— Naturellement! Pourquoi ne serais-je pas libre?

Eric brisa le silence pesant qui suivit.

— Je vais ranger ces emplettes, dit-il en prenant la direction de son cottage.

Peu de temps après, Julia frappait à sa porte.

— Pas de fleurs aujourd'hui? demanda-t-il en ouvrant le battant et en s'effaçant pour la laisser passer.

— Désolée.

— Ce n'est pas grave. Celles que vous m'avez apportées hier sont encore magnifiques.

Un soupir gonfla la poitrine de Julia.

— Je ne parlais pas de ça.

Il tendit la main pour ôter une brindille des cheveux de la jeune femme.

— Je sais. Ne vous faites pas de souci. Tout va bien se passer.

48

— Peter et Ken étaient très amis.

— Peter me l'a dit.

— Vous avez parlé de Ken?

Eric hocha la tête.

— Oui. Et de vous aussi.

Encore une surprise!

— Vraiment? Et qu'a-t-il dit?

— Que vous étiez la plus belle femme qu'il avait jamais vue, et que Ken et vous formiez un couple parfait. Je crois qu'il a même précisé que vous étiez faits l'un pour l'autre.

Belle! Toute sa vie, les gens l'avaient décrite ainsi. Julia n'accordait aucune importance à cet adjectif. Pour elle, cela n'avait pas plus de sens que de dire «la mer est bleue». Son image ne présentait aucun intérêt à ses yeux. Et de toute façon, elle aurait volontiers sacrifié sa beauté pour ramener Ken à la vie. Ne serait-ce qu'une heure.

— Je ne sais quoi répondre.

Une lueur d'amusement dansa dans les prunelles d'Eric.

— Rien. Essayez de convaincre vos admirateurs du contraire. S'ils vous comblent de compliments, faites des grimaces, tirez la langue, plissez le nez. Ça devrait marcher.

Un rire involontaire, presque joyeux, échappa à Julia.

— Vous êtes gentil, Eric. Voulez-vous devenir mon ami?

Il la prit par les épaules et la conduisit dans la cuisine.

— Je le suis déjà. Une grande amitié est née entre le moment où j'ai fermé le robinet d'arrêt, et celui où vous avez fait une tache de sauce tomate sur votre corsage.

— Comment? Mais je n'ai pas fait de tache...

Il lui adressa un clin d'œil.

— Ah! Ah! Je vous ai eue!

Il avait gagné la partie, mais cela avait peu d'importance.

A vrai dire, elle appréciait beaucoup son sens de l'humour.

5

Deux jours s'écoulèrent. Eric était plongé dans l'écriture de son livre, Julia récurait le chalet et recevait les visites des voisins.

Les travaux ménagers la changeaient de son existence citadine. Dans sa résidence en ville, tout resplendissait, chaque pièce d'argenterie brillait de mille feux grâce aux domestiques engagés par Ken.

Lorsqu'ils s'étaient connus, elle venait d'avoir sa maîtrise de lettres et avait commencé à travailler dans une agence de publicité. Ken ne lui avait jamais demandé de quitter son emploi. Il lui avait simplement proposé de l'accompagner à ses réunions à Londres, à Paris ou à Munich, la laissant libre de décider si elle voulait le suivre ou pas.

Ils étaient sortis ensemble pendant un trimestre. Leurs fiançailles avaient duré deux mois. Ken possédait une infaillible capacité de choisir les personnes qui resteraient auprès de lui pour toujours, qu'il s'agisse de son épouse, de ses amis ou de ses employés. Par-delà la mort, leur loyauté subsistait. Les amis continuaient à évoquer Ken comme s'ils l'avaient vu la veille, et aucun de ses collaborateurs n'avait démissionné. Et depuis que Julia avait repris les rênes de la compagnie, tous, du membre du conseil à la stagiaire, lui avaient témoigné le même dévouement qu'à Ken. Toutefois, rien ne pouvait lui faciliter la tâche. Plus elle apprenait et moins elle en savait. Si elle avait eu l'entrain et l'enthousiasme de Ken, elle aurait sûrement mené à bien sa mission. Hélas, malgré ses bonnes résolutions, malgré ses efforts, elle traînait des pieds. Cependant, par respect pour la mémoire de Ken, elle continuait. Elle lui devait au moins cela.

Elle recula afin d'admirer le salon qui rutilait. Différentes senteurs saturaient l'air. Elle les huma avec satisfaction : parfum citronné de l'encaustique, fragrance de lavande du nettoyant à vitres, arôme fruité du shampoing pour tapis. Elle avait épousseté chaque livre de la bibliothèque. Elle aurait pu convoquer l'équipe de nettoyage habituelle, mais elle avait tenu à effacer elle-même les dernières traces de la présence de Ken. Ses amies l'auraient traitée de folle. Pourtant, ce grand ménage lui avait apporté, outre une saine fatigue, une sensation de catharsis.

Un grattement à la porte attira son attention. Elle alla ouvrir. Eric se tenait sur le perron.

— Vous arrivez juste à temps pour boire le café avec moi, dit-elle.

Il déclina l'offre.

— Je vais au supermarché. Avez-vous besoin de quelque chose ?

— De lait. Un quart de litre. Ecrémé.

— C'est tout ?

— Vous étiez sans doute trop occupé pour remarquer que les voisins m'ont gavée de nourriture ces derniers jours.

— La plupart ont regretté de ne pas avoir pu vous aider lors du décès de votre mari. Alors ils se rattrapent.

— Je ne comprends pas. Après les obsèques, j'ai clairement signifié à tous qu'ils étaient les bienvenus chez moi.

Eric la regarda.

— Franchement, Julia! Avez-vous cru un instant que quelqu'un du village vous rendrait visite à Atherton?

— Pourquoi pas?

Il secoua la tête.

— L'air n'est pas le même en ville qu'à la campagne. Il faut être habitué aux mondanités pour mettre les pieds là-bas.

— Je suis la même partout

— J'en doute...

— Ah oui? Insinuez-vous, par hasard, qu'avant de venir au chalet, je troque ma garde-robe Armani contre des hardes?

— Holà! Je n'ai pas l'intention de me disputer avec vous.

— Je ne suis pas une snob, Eric!

Il eut un sourire.

— Je n'ai jamais dit une chose pareille.

— Ce n'est pas parce que j'ai un peu d'argent...

— Un peu... pour Bill Gates et le Vatican! Pour le reste de l'humanité, vous êtes richissime.

— Oh, zut! Pourquoi me persécutez-vous?

— Parce que vous avez besoin d'un ami qui n'a pas peur de vous dire vos quatre vérités.

Il avait réussi. Pendant un instant, elle resta sans voix.

— Maintenant que nous avons réglé ce problème, reprit-il, voulez-vous autre chose que du lait écrémé?

— Non. Je pars après-demain.

A son tour, il perdit l'usage de la parole.

— Si... vite? réussit-il à articuler.

53

— Les Sadler et les McCormick seront là vendredi prochain.

— Je croyais qu'ils n'arriveraient pas avant juin.

— Je leur ai suggéré d'avancer la date.

— Quand?

La question semblait singulière. Néanmoins, elle répondit :

— Il y a un mois. Pourquoi me le demandez-vous?

— Pour rien.

— Eric, insista-t-elle. La vérité!

— Eh bien, je me suis demandé si je n'étais pas pour quelque chose dans ce revirement.

Elle considéra cette déclaration dépourvue de sens.

— Je ne comprends pas ce que vous voulez dire.

— Ma présence vous met-elle mal à l'aise?

— Pour quelle raison? Nous avons pris la décision d'être amis, non?

Les secondes s'égrenèrent, interminables, tandis qu'il la sondait du regard.

— Ça ne fait rien, dit-il enfin. Ce n'est pas grave.

Cette fois-ci, elle ne demanda aucune explication.

— Attendez. Je vais chercher mon porte-monnaie.

— Pour quoi faire?

— Vous payer le lait.

Il leva la main.

— Je vous en prie. Je peux faire face à cette dépense.

Elle referma la porte.

La situation n'avait pas été clarifiée. L'esprit encombré d'incertitudes, elle se planta devant la fenêtre et le regarda s'éloigner. On devinait à ses longues enjambées assurées qu'il s'adonnait à l'athlétisme, à la course ou à la natation. A un sport non violent, qui exigeait une discipline de fer, un solide engagement. Eric n'avait besoin de personne. Il aimait bien les autres, mais ne s'attachait

54

pas ; une manière d'être qu'elle n'avait pas bien saisie jusqu'à sa rencontre avec Ken.

Sans doute le livre d'Eric en dirait-il davantage sur son caractère, sa personnalité, ses aspirations les plus secrètes, le genre de femme qui lui plaisait. Passant en revue ses amies, Julia s'efforça d'imaginer Eric avec l'une d'elles. Anne, peut-être. Non ! Elle ne supporterait pas qu'un homme la délaisse pour lire un bouquin, encore moins pour l'écrire. Judy refusait de sortir avec quelqu'un dont la fortune n'égalait pas au moins la sienne. Eileen, quant à elle, ne fréquentait que les mâles éblouis par son physique de star.

Eric semblait apprécier la beauté sans toutefois se laisser subjuguer. Apparemment, il avait suffisamment d'argent pour subvenir à ses besoins et à ceux de ses enfants, tout en s'offrant le luxe d'une année sabbatique... Il n'en avait cependant pas assez pour acheter une maison sur la plage. C'était apparemment un homme tout à fait capable d'écouter la pluie aussi bien que de l'opéra... Non, il ne correspondait définitivement pas à l'idéal masculin d'Anne, de Judy ou d'Eileen.

Julia soupira. Elle venait de brosser des portraits peu reluisants de ses amies, tout en ayant abouti à une analyse intéressante de la personnalité d'Eric. Elle eut la conviction que Ken et lui se seraient bien entendus.

Mais qui ne s'entendait pas avec Ken ?

Lorsque, plus tard dans l'après-midi, Eric lui apporta le quart de lait, Julia l'invita à prendre un apéritif. Il déclina l'offre sous prétexte qu'il devait retourner à ses écrits. Il avait suffisamment perdu de temps aujourd'hui, ajouta-t-il. Le lendemain, elle ne le vit pas. Elle commença à suspecter qu'il s'appliquait à l'éviter. Pourtant, le vendredi matin, de bonne heure, il vint lui proposer de se promener.

— Je suis contente que vous soyez venu, dit-elle, tandis qu'ils descendaient les marches de pierre qui menaient à la plage. Je voulais vous parler avant mon départ, mais je n'osais pas vous déranger.

Elle fit une halte à mi-chemin pour remonter la fermeture de son blouson. Eric claqua la langue.

— Vous ne m'auriez pas dérangé. Ce matin, j'ai relu sur écran ce que j'avais écrit hier. Nul! J'ai tout effacé.

— Ça vous arrive souvent? voulut savoir Julia en enfouissant ses poings dans ses poches.

— Non, Dieu merci. Même si je trouve toujours un passage à reprendre ou à supprimer, j'ai tout de même parfois de bonnes surprises.

Il posa un pied sur le sable humide, près de l'eau.

— De quoi voulez-vous me parler? questionna-t-il.

— J'ai un service à vous demander.

— Allez-y.

— Vous avez le droit de refuser. Je ne serai pas vexée.

— Julia, ne vous justifiez pas. Dites-moi ce que vous voulez.

— Andrew a une clé du chalet en cas de besoin. Puis-je compter sur vous pour garder un œil sur ma maison?

— C'est tout?

— C'est déjà pas mal! Alors?

— Pas de problème.

Une grosse vague roula; ils s'écartèrent vivement.

— Merci, dit Julia. Je dirai aux locataires que vous avez un double. Ils ont chacun leur clé, mais Margaret s'enferme souvent dehors... Vous aimerez bien Margaret, ainsi que Chris, son fils. J'apprécie moins les McCormick. En fait, je ne peux pas sentir leur fille. Elle est... comment dire...

56

Elle s'interrompit brutalement.

— Je suis navrée. Je n'ai pas l'habitude des cancans. Je ne sais pas ce qui m'a pris.

— Ooh! s'écria Eric, les yeux plissés, en s'agitant et en pointant le doigt vers le large. Là-bas. Est-ce que vous la voyez?

— Quoi? Où ça?

Il l'attira vers lui, afin qu'elle s'aligne sur son champ de vision.

— Là-bas. Au creux des vagues...

— Je ne vois rien...

Soudain, elle aperçut une loutre de mer qui se laissait flotter sur le dos. Le courant la faisait dériver.

— Ça y est! s'exclama-t-elle. Comme elle est mignonne!

Elle appuya son dos contre la poitrine d'Eric. Ils restèrent ainsi un moment, comme s'ils avaient fait ça toute leur vie, lui, entourant la taille de la jeune femme, elle, riant comme une enfant.

— Quel beau spectacle!

Une lame de fond déferla. Eric se mit à courir, entraînant Julia, tandis que l'eau froide, écumante, partait à l'assaut de la plage. Pendant leur fuite, la jeune femme ne quitta pas la mer des yeux.

— Je l'ai perdue! cria-t-elle soudain. Regardez par là, je regarderai de ce côté.

La petite tête sombre et luisante émergea peu après entre la crête des vagues. Ils suivirent son voyage pendant une demi-heure environ. Enfin, l'animal marin disparut derrière le cap.

— Merci de m'avoir invitée à vous accompagner, dit Julia sur le chemin du retour.

Les pêcheurs et les promeneurs matinaux peuplaient peu à peu le bord de mer. Bientôt, les goélands et les mouettes s'envoleraient vers des endroits plus propices à la quête de leur petit déjeuner.

— De rien, répondit tranquillement Eric.

— J'ai l'impression de me répandre en remerciements depuis une semaine. Puis-je vous inviter à déjeuner avant mon départ? Je connais un excellent restaurant à Aptos.

— En êtes-vous sûre?

Elle saisit le message. «Etes-vous sûre de vouloir m'emmener quelque part où vous êtes déjà allée avec Ken?»

— Certaine! répliqua-t-elle. Midi et demi vous convient?

— Je serai prêt.

Après le déjeuner, ils firent une halte à la quincaillerie. Elle y acheta un gond pour son portail, et, malgré les protestations d'Eric, se chargea toute seule de remplacer l'ancien.

— Bravo! la félicita-t-il, tandis qu'elle rangeait la pince, la tenaille et le tournevis. Lors de votre prochain passage, je vous montrerai comment fixer la porte du placard de la cuisine.

Il n'y aurait pas de prochain passage, mais elle ne voulut pas relever ce détail, afin de ne pas gâcher la beauté de l'instant présent.

— Il ne me reste plus qu'à ramasser un bouquet pour Margaret et à m'en aller avant que le trafic soit trop dense.

— Margaret, répéta-t-il d'abord sans comprendre. Ah, oui, la locataire de juin. Si j'ai bien compris, les fleurs sont une tradition?

Elle ferma la boîte à outils et commença à ramasser des dahlias roses.

— C'est ma manière de souhaiter la bienvenue à quelqu'un.

Soudain, se redressant, elle lui mit le bouquet entre les mains.

— Et de dire au revoir.

Les doigts d'Eric étreignirent les tiges fragiles.

— Je les mettrai près de l'ordinateur. Peut-être m'apporteront-elles un peu d'inspiration.

— Mon jardin est à votre disposition. Ramassez autant de fleurs que vous voulez. Ça fait du bien aux plantes d'être moins touffues.

Elle se remit à cueillir des fleurs et lui en tendit une de temps à autre. Quand les deux gerbes furent prêtes, elle prit la direction du chalet. Il la retint par le bras.

— Julia ! Prenez soin de vous.

En plongeant ses yeux dans les siens, elle sut qu'il n'avait pas proféré une platitude dépourvue de sens, mais qu'il était sincère.

— Entendu, murmura-t-elle.

Alors, il l'embrassa. Leurs lèvres se touchèrent plus longuement que pour un simple baiser platonique, mais avec tout de même moins d'insistance que s'ils avaient été amants. Au tréfonds de son esprit, ou peut-être de son corps, Julia éprouva le vague frisson d'une réponse.

Eric lui relâcha le bras, puis brandit son bouquet de dahlias.

— Je vais les mettre dans un vase.

Elle inclina la tête.

— Allez-y. Et merci pour tout, Eric.

Il ne dit rien, lui adressa un sourire, puis, après un petit signe de la main, pivota sur ses talons pour s'en aller.

Julia le suivit du regard. A mesure qu'Eric s'éloignait, la solitude lui pesait de nouveau. Cette sensation, elle la connaissait aussi bien que la route d'Atherton qu'elle allait emprunter dans une heure. Le plus drôle, c'était que ces derniers jours, elle ne l'avait que trop souvent oubliée.

DEUXIÈME PARTIE

Juin

1

Margaret Sadler gara sa Volvo poussive dans l'allée et actionna le levier qui commandait l'ouverture du coffre. Se tournant vers son fils, elle demanda :

— Avant de descendre à la plage, peux-tu m'aider à décharger la voiture ?

Poussant la portière, Chris émergea.

— Mmm ! Sens-moi ça !

L'air salin faisait bruire les feuilles longilignes du grand platane et lui ébouriffait les cheveux.

— Un jour, je vivrai au bord de la mer ! affirma-t-il.

Sa mère retint de justesse un commentaire caustique sur les prix exorbitants des résidences dans la région. Depuis le divorce de ses parents, trois ans auparavant, Chris avait assumé un nouveau rôle. Les économies destinées à ses études étant parties en fumée et les revenus de sa mère ayant été réduits de moitié, il n'avait plus évoqué l'université de la Californie du Sud, pas plus que Yale ou Stanford. Il s'était adapté à la nouvelle situation et avait renoncé à l'achat d'une voiture d'occasion. Pour le moment, il poursuivait ses études au lycée. Malgré le règlement qui interdisait aux élèves de travailler, il s'était fait embaucher comme serveur dans le restaurant de son oncle, ce qui lui avait permis de s'offrir ses cours de combat. Il semblait avoir oublié les rêves qui faisaient partie intégrante de sa personne, au même titre que ses cheveux blonds comme les blés ou son corps mince et musclé.

A son tour, Margaret sortit de la voiture. Elle jeta un coup d'œil désolé à la Volvo, que le trajet depuis Fresno avait transformée en un tas de ferraille recouvert de boue et de poussière. Avec un peu de chance, et moyennant un peu d'argent, elle parviendrait à persuader Chris de la laver.

— Rappelle-toi, quand tu achèteras cette maison sur l'océan... commença-t-elle.

— Oui ?

— N'oublie pas de vérifier qu'il y ait une chambre d'amis. Je viendrai te rendre visite... très souvent.

— Pas de problème. Mais tu devras me prévenir à temps afin que je fasse disparaître les traces d'orgies.

Margaret pouffa.

— Comme c'est gentil.

— Je suis un gars prévenant, tu sais.

Il attendait que sa mère ouvre le coffre pour commencer à décharger les bagages.

Dix minutes plus tard, il effectua le dernier voyage.

— Où dois-je mettre la grosse boîte ? cria-t-il en refermant la porte du pied.

— Qu'est-ce qu'il y a écrit dessus ? demanda Margaret, affairée dans la cuisine.

— P.N.

— Produits de nettoyage. Apporte-la ici.

Elle poussa le vase de fleurs, et Chris posa la boîte sur la table de la cuisine.

— Je ne comprends pas pourquoi tu t'encombres de tout ce bazar, dit-il en soulevant le couvercle pour découvrir un nombre incroyable de tubes et de vaporisateurs. La maison est nickel.

— Et c'est ainsi que nous la rendrons, ponctua Margaret.

D'une main prompte, elle écarta son fils de son chemin.

— Je parie que ces produits sont déjà dans l'armoire.

— Tout ce qui est ici appartient à Julia et à...

Elle s'interrompit. Elle ne pouvait songer à la mort prématurée de Ken sans éprouver un sursaut d'indignation. Pourquoi des milliers d'individus oisifs, improductifs, continuaient-ils à vivre, alors que des hommes aussi doués que Ken mouraient en pleine force de l'âge?

— J'ai peine à croire que Ken nous a laissés, murmura-t-elle. Il était si jeune...

Elle remit à Chris le liquide vaisselle et le paquet de poudre à récurer et lui indiqua du doigt le placard sous l'évier.

— Oui, je sais. Cinq ans de moins que papa et toi. Comment va Julia?

Il s'accroupit, rangea les deux articles sur l'étagère du dessus et se releva sans effort, avec une grâce féline. Sa mère lui passa le décapant et l'eau de Javel.

— Je n'ai pas osé le lui demander, répondit-elle. C'est une question tellement banale...

— Je ne crois pas.

— Elle a dû l'entendre un million de fois.

— Ça ne la rend pas banale pour autant.

— Chris, il s'agit d'une question purement rhétorique. Comme quand on dit « enchanté » à quelqu'un qui vient de vous être présenté. Je voudrais que Julia sache que je pense beaucoup à elle, mais je ne sais pas comment le lui dire.

— Tu trouvais cela banal quand les gens te demandaient comment tu allais, après le divorce?

Margaret regarda son fils, dissimulant de son mieux sa
surprise. Son petit garçon était devenu presque adulte,
doté d'un solide sens de l'observation. Il avait mûri trop
rapidement à son goût... et elle en était la première responsable! Elle l'avait laissé endosser trop de responsabilités par rapport aux autres garçons de son âge.

— Après un grand changement dans sa vie, on a du
mal à franchir le cap, dit-elle.

— Tu n'as pas répondu à ma question.

— Ce que j'ai pu éprouver à l'époque est révolu, Chris.
A force de trop regarder en arrière...

— ... on rate les possibilités qui se trouvent devant soi,
acheva-t-il à sa place.

Margaret eut un petit rire.

— Je me répète peut-être?

— Seulement une petite centaine de fois.

— Cela ne veut pas dire...

— ... que ce n'est pas vrai, compléta-t-il.

Elle lui passa les derniers produits ménagers et referma
la boîte.

— Range ça et disparais avant que je te frappe!

Il fit semblant d'esquiver des coups.

— Qu'est-ce que tu vas faire? s'enquit-il en se relevant.

Un soupir de pur plaisir gonfla la poitrine de Margaret
à la perspective de s'adonner au doux farniente pendant
quelques heures. En ville, entre son travail et la maison,
elle était toujours débordée.

— Je voulais laver la voiture mais ça peut attendre. Je
vais sûrement bouquiner, et peut-être même m'accorder
une petite sieste.

Chris hocha la tête.

— Tu vieillis, maman.

— Jeune homme, surveillez votre langage, sinon vous aurez une fessée !

Il se mit en position de combat, la défiant d'un regard espiègle.

— Essaie ! Avec une main attachée dans le dos, je t'envoie en trente secondes au tapis.

— Oh, tu me sous-estimes ! rétorqua-t-elle. Tu as de la chance que je n'aie pas envie de te corriger.

A l'aide d'un livre de poche, elle lui tapota le derrière.

De tous les sports de combat, Chris avait choisi celui qui déplaisait le plus à sa mère : la lutte. Pendant trois ans, elle l'avait vu se frayer péniblement un chemin dans les différentes étapes du championnat mais n'avait jamais réussi à comprendre comment il pouvait quitter un match avec le sourire, alors qu'il était couvert de bleus.

Il passa un bras autour de ses épaules et la serra gentiment.

— Mère possessive, va !

Elle lui flanqua la boîte vide entre les mains.

— Mets ça au garage avant de sortir.

Il obtempéra mais se retourna sur le seuil de la pièce.

— Au fait, à quelle heure arrivent les McCormick ?

Margaret consulta la pendule murale du regard.

— Leur avion atterrit à San Francisco à trois heures et demie. Le temps qu'ils récupèrent la voiture de location, plus trois heures de route... ils ne seront pas là avant six heures et demie ou sept heures, à condition qu'ils ne décident pas de dîner en route.

Elle s'était exprimée d'une voix naturelle. Chris s'efforçait de lui cacher qu'il était encore amoureux fou de Tracy McCormick. Les deux familles passaient ensemble leurs vacances en juin depuis seize ans, et une décennie plus tôt, Chris avait eu le coup de foudre pour Tracy. Chaque été, il arrivait le cœur en bandoulière, avec le secret espoir,

67

sinon la conviction, que durant les onze mois écoulés, Tracy serait devenue la jeune fille de ses rêves. Il se plaisait à penser qu'elle aurait compris qu'il l'aimait et envisagerait la réciprocité de ce sentiment.

Margaret, quant à elle, caressait l'espoir que Tracy serait suffisamment mûre cette année pour éconduire Chris avec délicatesse. L'amour-propre de son fils, tel un tendre bourgeon, ne demandait qu'à s'épanouir, mais ne manquerait pas de geler au vent froid de l'indifférence. A Fresno, Chris ne se rendait même pas compte que les lycéennes se retournaient sur son passage. Ses muscles, si patiemment travaillés, lui servaient pour le sport, pas pour séduire. Il était poli, généreux, gentil, bien élevé, mais ces qualités qu'une femme recherche chez un homme, les jeunes filles les trouvent ennuyeuses chez un garçon.

— Cette Beverly! maugréa Chris. Je ne sais pas pourquoi elle tient tant à San Francisco. San Jose est plus près.

— Parce que c'est un vol direct de St Louis. Elle déteste les correspondances.

— Beverly déteste un tas de choses.

— Chris!

— Ben quoi? C'est vrai, non?

— Disons qu'elle a des opinions toutes faites, admit Margaret. Et qu'elle n'hésite pas à les exprimer. Tout comme Tracy, d'ailleurs.

Elle se tut, consciente d'aborder un terrain glissant. Chris ne tolérait aucune remarque mettant en doute la perfection de Tracy.

Heureusement, cette fois-ci, il n'opposa aucune objection.

— Peu importe, marmonna-t-il.

— Maintenant, si tu ne sors pas, je peux te trouver une autre corvée.

Il leva son bras libre puis battit en retraite sans demander son reste.

— D'accord, d'accord. A plus tard.

Margaret retourna à la cuisine où elle se mit à déballer les emplettes. Elle avait fait une razzia chez son épicier en attendant d'aller au village le lendemain avec Beverly. Tandis qu'il contournait le chalet en direction de la plage, Chris tapa sur la vitre, et Margaret lui sourit. Elle agita la main et le regarda s'éloigner. Il disparut dans l'escalier menant en bas de la falaise, puis réapparut sur le premier banc de sable. Il mit le cap au nord, à travers le promontoire rocheux qui séparait l'endroit des autres plages privées. Il effectuait de longues enjambées, souples, gracieuses, sans effort.

Lorsque Chris fut hors de vue, Margaret s'éloigna de la fenêtre. Elle remit le vase de fleurs sur la table et ajusta une rose jaune qui s'affaissait. Les différentes fragrances lui rappelèrent le fameux jour où, en arrivant au chalet, huit ans plus tôt, elle avait trouvé un bouquet semblable. Juste avant de partir de Fresno pour rejoindre les McCormick à Santa Cruz, une violente dispute avait éclaté entre Kevin et elle. L'espace d'une seconde, contre toute logique, Margaret s'était laissé bercer par l'illusion que Kevin lui avait envoyé des fleurs pour se faire pardonner.

Elle avait osé lui demander d'où venait le mégot taché de rouge à lèvres carmin qu'elle avait découvert dans le cendrier de sa voiture; et il était monté sur ses grands chevaux. La discussion avait vite dégénéré quand il l'avait accusée de jeter l'argent du ménage par les fenêtres et qu'elle s'était déclarée prête à reprendre son métier. Il avait alors mis fin à l'entretien en annonçant avec désinvolture qu'il n'irait pas en vacances. Elle était donc partie seule avec Chris.

Elle avait réalisé soudain qu'aucun fleuriste ne lui avait livré le bouquet. Les fleurs avaient été ramassées dans le jardin où elles poussaient à profusion. Depuis, été après été, un splendide bouquet les accueillait au chalet, avec un mot de bienvenue. Bizarrement, cette année, il n'y avait que les fleurs.

Chris emprunta la pente rocailleuse qu'il descendit en zigzag vers la plage. Il faisait exprès d'écraser les coques vides, afin d'entendre leur crissement sous ses semelles. Dans le lointain, un surfeur glissait sur les vagues. En repassant sous le chalet, il leva les yeux dans l'espoir d'apercevoir sa mère sur la terrasse. Il se faisait du souci pour elle. Que deviendrait-elle quand il irait à l'université ? Referait-elle sa vie ? Et la Volvo ne la lâcherait-elle pas avant qu'il ait les moyens de lui offrir une nouvelle voiture ? Telles étaient ses inquiétudes.

Margaret n'aimait pas qu'il l'incite à sortir davantage. En revanche, quand il sortait, elle ne cherchait jamais à savoir avec qui ou jusqu'à quelle heure. Elle était chic pour ça. Même si elle se doutait pour Tracy et lui, elle n'avait jamais posé de questions indiscrètes.

Tracy et lui ! Quelle blague ! Il n'y avait pas plus de Chris et Tracy que de Chris et Stanford ou Yale. Toute sa vie, il avait cru que les études lui seraient offertes sur un plateau. Son père lui avait laissé entendre que le livret d'épargne qu'ils avaient ouvert à sa naissance y pourvoirait.

Après le divorce, sa mère avait insisté pour que l'argent reste au nom de Chris et à celui de son père. Elle avait commis la faute de faire confiance à son ex-mari. Quand celui-ci s'était remarié avec une femme qui avait trois enfants, les fonds avaient commencé à s'envoler. Chris ne s'en était pas aperçu tout de suite. Un jour où il s'était rendu à la banque pour déposer sur son livret les pourboires gagnés au restaurant de son oncle, il avait découvert le pot aux roses : il ne restait plus qu'une somme ridicule.

Le même jour, il s'était rendu au bureau de son père pour lui demander des explications. Kevin avait évoqué sa nouvelle situation familiale. A présent, il avait d'autres priorités, avait-il expliqué. Et d'ailleurs, il n'y avait jamais eu de convention par écrit au sujet du livret.

En quittant la compagnie où son père travaillait, Chris était sorti par le garage. Armé de la clé de la vieille Volvo de sa mère, il avait tracé une éraflure indélébile sur la rutilante carrosserie rouge de la nouvelle BMW de son père.

Il lui avait fallu des mois pour réaliser que l'argent n'avait qu'une importance relative au regard de la trahison de son père. Celui-ci avait créé un rêve pour le détruire par la suite.

Aujourd'hui, un an avant la remise des diplômes au lycée, Chris n'avait pas la moindre idée concernant son avenir. A dix-sept ans, il ignorait toujours quel métier il souhaitait exercer. Absorbé par ces sombres méditations, il ne vit pas la balle de volley-ball arriver dans sa direction. Par pur réflexe, il frappa dans le ballon. Un garçon aux longs cheveux bruns, affublé de lunettes noires, une casquette de base-ball de guingois sur la tête, renvoya la balle d'une volée impeccable au-dessus du filet. La balle revint au serveur. Celui-ci la passa à Chris, qui entra machinalement dans le jeu.

L'équipe adverse perdit un point quand un joueur envoya la balle hors limites. Le jeune homme aux cheveux longs, qui devait à son tour servir, fit signe à Chris de se mettre en position. Il devait avoir vingt ans et était un peu plus jeune que ses compagnons. Il portait un pantalon de jogging défraîchi, un tee-shirt déchiré, de petits anneaux d'or aux oreilles.

— Tu veux jouer? demanda-t-il.

— Pourquoi pas?

Il n'avait rien de mieux à faire.

Les deux équipes prirent place. Ils avaient joué jusque-là à deux contre trois. L'arrivée de Chris rétablissait l'égalité.

De nouveau, le match s'engagea. Les équipes jouaient avec entrain. A chaque volée, des cris et des commentaires fusaient. Les joueurs se houspillaient et se taquinaient sans merci. Ils semblaient avoir l'habitude de jouer ensemble.

Quand le service leur revint de nouveau, le garçon aux cheveux longs présenta ses copains au nouvel arrivant, en terminant par lui-même.

— Antonio Gallardo. Tony pour les intimes.

— Chris Sadler.

— A toi, Chris, dit Tony.

Chris effectua un service parfait. La balle atterrit devant le filet, dans le camp adverse. Tony poussa un cri de triomphe en battant l'air de ses poings.

— Génial! Encore une fois!

Miraculeusement, Chris réitéra l'exploit. Cette fois-ci, tout le monde l'acclama.

Il leur fallut près de quarante-cinq minutes pour gagner la partie. Les adversaires dénoncèrent la tricherie. D'après eux, Chris était un «pro» que Tony avait fait venir à ses frais de Los Angeles. Au début, il crut qu'ils plaisantaient. Mais ils étaient sérieux.

Lorsqu'ils changèrent de côté, Chris en profita pour étudier Tony de plus près. Il n'avait pas l'air assez riche pour assurer les frais de déplacement d'un joueur professionnel, sans parler de son cachet.

72

Durant la partie, Chris accorda plus d'attention aux rapports des cinq garçons. Il semblait évident que les quatre autres témoignaient à Tony une amitié mitigée de respect. Comme s'il occupait une position sociale légèrement plus élevée que la leur, à l'instar d'un contremaître dans un chantier.

Mais quel que fût leur métier, il devait être temporaire, car la plupart se plaignaient d'avoir laissé leur petite amie qu'ils avaient hâte de retrouver.

Le second match fut plus serré. L'équipe de Tony gagna d'un point, bruyamment controversé. Alors qu'ils s'apprêtaient à changer de côté une nouvelle fois, Chris demanda l'heure. Un grand Afro-Américain tira une montre de sa poche.

— Six heures vingt-cinq.

— Je dois partir, dit Chris.

La balle sous le bras, Tony s'approcha de lui.

— Demain, même heure même endroit ?

Chris enfila son tee-shirt qu'il avait retiré après la première partie.

— Ce n'est pas sûr, répondit-il.

Le troisième membre de l'équipe de Tony, un géant qui semblait sortir tout droit d'un film de gladiateurs, s'avança.

— Hé, mec, lança-t-il, tu ne vas pas nous laisser tomber avec ces trois buses.

— Fous-lui la paix ! intervint l'un de leurs adversaires. Si ce n'est pas sûr, ce n'est pas sûr et voilà tout.

— Va te faire voir, Mason ! riposta Tony en riant. Tu n'as pas envie de perdre encore, c'est ça ?

— J'essaierai, promit Chris.

Il avait apprécié le jeu autant qu'eux. Mais même s'il avait très envie de recommencer, Tracy passait en premier.

Il salua ses nouveaux amis et s'en alla en courant. Un peu plus loin, il rejoignit un chemin parallèle à l'autoroute. Il arriva juste à temps pour apercevoir la tignasse blonde de Tracy, tandis que la voiture de location de sa mère négociait avec grâce le tournant qui menait au chalet.

Il suspendit sa course. Ou il arrivait sur leurs talons, essoufflé, en nage, ou il s'attardait un peu de manière à afficher un air décontracté, voire surpris de les trouver là

2

— Ce n'est pas Margaret, là-bas ? dit Tracy, alors que la voiture dépassait le cottage voisin.

Beverly jeta un coup d'œil dans le rétroviseur.

— Oui, mais l'homme à qui elle parle n'est pas Andrew.

Margaret agita la main dans leur direction, puis vint au-devant d'elles.

— Tu es superbe ! dit-elle à Beverly en l'embrassant, quand cette dernière fut sortie de voiture.

Elle se tourna vers Tracy.

— Toi aussi, Tracy.

Le bras autour des épaules de Beverly, Margaret sourit à la personne qui accompagnait les nouvelles arrivantes.

— Et à qui avons-nous l'honneur ?

— Janice Carlson, l'amie de Tracy, expliqua Beverly. Clyde ne pouvait pas nous accompagner. Janice a pris sa place. Elle restera avec nous tout le mois.

Margaret surmonta aisément la surprise.

— Ravie de vous connaître, Janice.

— Moi aussi, madame Sadler.

Margaret regarda Beverly.

— Clyde va bien?

— Il allait très bien, en tout cas, quand il nous a conduites à l'aéroport.

L'expression inquiète de Margaret arracha un sourire à Beverly.

— Ne te fais pas de souci. Tu connais Clyde : quand il est sur un projet, il travaille vingt-quatre heures sur vingt-quatre. Au fait, où est Chris?

— Il est allé courir sur la plage.

— Dommage! soupira Beverly. J'espérais qu'il serait là pour nous donner un coup de main avec les bagages. Tu ne peux pas imaginer le nombre de valises que ces demoiselles ont apportées.

Tracy échangea un regard avec Janice.

— Qu'est-ce que je t'avais dit? chuchota-t-elle, afin que sa mère et Margaret ne l'entendent pas.

— Il n'y a pas de mal à courir sur la plage, observa son amie.

— Sauf quand ça devient une obsession. N'importe qui serait parti voir où ça bouge dans le coin, mais pas cet imbécile de Chris.

— Si ça se trouve, il est en train de draguer.

Tracy haussa les épaules.

— Quand tu le verras, tu comprendras mieux.

Tracy éprouvait quelques réticences au sujet de Janice. Même si elles étaient toutes deux chef des supporters d'équipe, elles n'avaient jamais été très proches. Mais c'était la seule de ses amies qui était libre pendant un mois. En avril, quand sa mère avait commencé à faire des projets de vacances, Tracy, en désespoir de cause, avait fait appel à la compréhension de son père. Il était hors de question, avait-elle déclaré, qu'elle s'embête «comme un rat mort» en Californie. Cette fois-ci, elle refusait de s'y rendre sans une copine.

Son père était allé jusqu'à lui promettre des leçons de golf, mais elle avait tenu bon. Elle aurait été moins obstinée si elle avait su qu'il n'avait pas les moyens de payer un billet d'avion supplémentaire, chose qu'elle avait découverte trop tard : elle avait déjà invité Janice. Et puis tant pis ! Son père ne cessait de se plaindre qu'il manquait de temps pour se consacrer sérieusement à un projet. A présent, il aurait tout un mois devant lui.

Beverly remit une valise à chaque jeune fille.

— Ce que c'est beau, ici ! s'exclama Janice. J'ai hâte d'aller à la plage.

— C'est la première fois que vous venez en Californie ? demanda Margaret.

— Je ne suis jamais allée nulle part, madame Sadler. Nous avons visité Disney World quand j'avais dix ans. J'ai vu la mer pour la première fois quand nous étions dans l'avion.

Tracy poussa un soupir exagérément bruyant.

— Je t'ai déjà dit de ne pas étaler ton ignorance. Les gens vont te prendre pour une arriérée mentale.

Cette Janice ! Elle lui aurait tout fait ! pensait-elle, agacée. Trop conforme à la société du Midwest, elle risquait de passer pour une plouc selon les standards californiens.

— Pas du tout ! objecta Beverly. Moi je trouve la réaction de Janice tout à fait charmante.

Tracy fusilla son amie d'un œil noir.

— Charmante ! répéta-t-elle d'une voix chantante. Tu vois ce que je veux dire ?

Margaret sortit un sac à dos du coffre.

— Ecoutez ! Quand vos affaires seront rangées, nous pourrions aller toutes les quatre à la plage ? Le dîner ne sera pas prêt avant une bonne heure.

— Tu n'aurais pas dû préparer le repas ! dit Beverly.

— Oh, ce n'est pas grand-chose : carottes râpées, bœuf bouilli et salade de pommes de terre.

— Je veux un dîner mexicain ! objecta Tracy. Janice n'a encore jamais goûté la cuisine mexicaine.

Elle avait intérêt à poser tout de suite des limites, si elle ne voulait pas que les deux «vieilles biques» lui dictent sa conduite et l'emmènent dans des endroits où elle ne voulait aller pour rien au monde. C'étaient aussi ses vacances, après tout, et elle estimait avoir son mot à dire.

— Demain, répondit Beverly, lui intimant des yeux le silence.

— Désolée, dit Tracy à son invitée. Apparemment, il va falloir que tu attendes.

Mais soudain, une idée lui traversa l'esprit.

— A moins que nous ne sortions toutes seules ! s'exclama-t-elle.

L'horrible voiture que sa mère avait louée représentait à présent sa seule issue de secours.

— Ça va aller, s'empressa de répondre Janice. Ça m'est égal. De toute façon, je ne tiens pas trop à la cuisine mexicaine.

A la fois furieuse et stupéfaite, Tracy souleva sa valise et se dirigea vers le chalet. Une conversation s'imposait entre Janice et elle. Elle mettrait les choses au point. Avant de venir, elle avait pourtant exposé son plan, mais son amie semblait déjà se désolidariser. Tracy l'avait prévenue que, par exemple, si elles emmenaient Chris avec elles, elles n'auraient pas la moindre chance de connaître d'autres garçons.

— Quand je pense que tu m'as dit que la maison était pourrie ! murmura Janice dans l'entrée. Elle est magnifique.

— Arrête de t'extasier toutes les cinq minutes ! Ça fait ringard !

— Tracy, Janice et toi pourriez vous installer dans la chambre que j'occupe habituellement avec ton père, suggéra Beverly.

— Pourquoi?

Tracy aimait bien sa chambre; elle était située à l'arrière de la maison et il y faisait sombre jusque tard dans la matinée. De plus, la fenêtre lui permettait d'aller et venir sans que personne ne le sache.

— Pour que Chris ne soit pas obligé de dormir sur le canapé comme chaque année, lui expliqua sa mère.

— Et où allez-vous dormir, Margaret et toi?

— Dans ton ancienne chambre... Si cela ne te dérange pas, Margaret.

— Pas du tout. Ce sera comme au bon vieux temps, Beverly. Tu étais une parfaite colocataire.

Tracy n'en croyait pas ses oreilles.

— Vous voulez que je couche dans le même lit que Janice? s'offusqua-t-elle.

— C'est un lit double, Tracy, remarqua sa mère.

— Je m'en fiche! Je ne suis pas d'accord.

— Attends, dit Janice, conciliante. Moi, à la maison, je dors avec ma sœur...

— La ferme! coupa Tracy. Et quant à toi, maman, tu n'as qu'à prendre la chambre au grand lit avec Margaret.

— Ça m'est vraiment égal, déclara cette dernière.

Beverly regarda son ancienne colocataire.

— En es-tu sûre?

— Certaine.

Tracy eut un sourire victorieux. Enfin, les choses allaient dans son sens.

— Formidable! Maintenant que ce problème est réglé, allons poser nos valises. Janice et moi irons tout de suite à la plage. Nous rentrerons pour le dîner.

Janice adressa un coup d'œil impuissant à Beverly.

— Vous n'avez besoin de rien, madame McCormick?

— De rien qui presse, Janice.

— Pourquoi ne venez-vous pas avec nous? On peut vous attendre, vous savez.

Un gémissement désespéré échappa à Tracy. Si elle avait su que Janice était une telle lèche-bottes, elle l'aurait laissée dans son gourbi.

— Maman ne bougera pas avant d'avoir défait ses bagages, dit-elle. Si tu l'attends, il fera nuit quand tu descendras à la plage et tu ne verras rien.

— Allez-y, les filles. Margaret et moi viendrons plus tard.

Beverly et Margaret retournèrent à la voiture. Lorsqu'elles revinrent, chargées des derniers bagages, les deux jeunes filles s'étaient volatilisées.

— Je suis navrée, murmura Beverly, abattue. Tracy est infernale ces derniers temps. Rien ni personne ne trouvent grâce à ses yeux.

Ce n'est pas nouveau, songea Margaret, s'efforçant néanmoins de consoler son amie.

— L'adolescence est un âge difficile.

— Clyde se demande si ce n'est pas dans la façon dont nous l'avons élevée que nous devons chercher l'origine du mal.

Margaret eut le bon goût de n'émettre aucun commentaire.

— Tu sais, reprit Beverly, les déménagements n'ont pas arrangé les choses. Nous n'avons vécu nulle part plus de deux ans. La pauvre Tracy changeait constamment d'école. C'était toujours la «petite nouvelle», et elle devait fournir des efforts considérables pour prouver sa valeur. Oui, tout ce remue-ménage a dû la traumatiser, tu ne crois pas?

— J'ai vécu la même chose, et c'est vrai que ce n'était pas facile, répliqua Margaret.

Son père, sergent dans l'aviation, avait décidé de faire faire à sa famille le tour du monde aux frais du gouvernement américain.

— Comment t'es-tu débrouillée?

— Je n'avais pas le choix.

Margaret fouilla dans sa mémoire, à la recherche d'un indice qui aurait pu aider Beverly.

— Je pense que c'est pour cette raison que je suis restée à Fresno et que je permets à Kevin, chaque fois que l'on se voit, de m'en mettre plein la vue avec son grand bonheur. Après le divorce, l'envie d'avoir enfin des racines m'a empêchée de changer une nouvelle fois de paysage. Je l'aurais peut-être fait si j'avais su que Kevin ne s'occuperait pas de Chris.

— Je me demande si Tracy sera comme toi, dit Beverly.

Elle ouvrit le sac de voyage, sortit les vêtements de sa fille, les étala sur le lit.

— As-tu des problèmes avec ton fils? s'enquit-elle d'une voix si pleine d'espoir qu'elle en était pathétique.

Margaret ne s'inquiétait que d'une seule chose : elle trouvait Chris trop parfait pour son âge. Il ne rentrait jamais tard, l'appelait toujours pour lui dire où il était et l'aidait à la maison sans qu'elle le lui demande. Le divorce de ses parents lui avait volé une partie de son enfance en lui inculquant une sagesse d'adulte. Un soupir lui échappa. Au moins qu'il soit heureux! pria-t-elle. Qu'il fonde une famille, qu'il ait des enfants.

— Non, pas encore, admit-elle, réalisant qu'elle n'avait pas répondu à la question de son amie. Mais cela ne devrait pas tarder.

Elle prit le sac à dos aux initiales de Tracy et le porta dans la chambre où se trouvaient les lits jumeaux.

— J'ai toujours espéré que Tracy et Chris se mettraient ensemble, dit Beverly. Comme tous les deux iront à l'université l'année prochaine, c'est leur dernière chance de mieux se connaître. Tracy ne le sait pas, mais Clyde a renoncé à son billet pour cette raison. Il avait peur qu'elle ne vienne pas du tout, s'il ne cédait pas.

— Moi, je ne serais pas déçue si cela ne marchait pas, avoua prudemment Margaret. Ils se voient seulement un mois par an. Pour les jeunes de leur âge, les onze mois restants sont une éternité.

Dieu merci ! ajouta-t-elle mentalement, car tout en connaissant les sentiments de Chris à l'égard de Tracy, elle ne pouvait imaginer une union plus terrible.

Beverly rangeait les vêtements de sa fille. Avant de les suspendre sur un cintre, elle fouillait méthodiquement les poches, comme si elle sacrifiait à un rituel. Margaret la suivait du regard, étonnée. Cherchait-elle quelque chose de précis ou était-ce une habitude ? Elle n'aurait jamais eu l'idée de fureter ainsi dans les poches de son fils.

— Clyde estime beaucoup Chris, déclara Beverly.

— Euh... fit Margaret, tirée brutalement de ses méditations. Chris apprécie également Clyde, ajouta-t-elle machinalement.

La porte de l'entrée s'ouvrit.

— Je suis là ! annonça Chris d'une voix forte.

Margaret se rendit dans l'entrée.

— Viens. Nous sommes dans la pièce du fond.

Le sourire radieux du garçon s'effaça quand il ne vit Tracy nulle part. Il regarda par-dessus l'épaule de Beverly, qui lui faisait gentiment la bise, et sa mère pointa le doigt en direction de la plage.

— Regarde-moi toutes ces fringues ! s'exclama-t-il. Elle a vidé ses penderies, ma parole.

— Tracy a invité une de ses amies, lui expliqua sa mère.

— Elle s'appelle Janice Carlson, compléta Beverly. Elle est chef des supporters avec Tracy.

Le garçon haussa les sourcils.

— Tracy est chef des supporters ? Depuis quand ?

Le sourire de Beverly témoignait d'un mélange de satisfaction suprême et d'admiration condescendante.

— Je l'ai pourtant dit à ta mère, j'en suis sûre. Elle a simplement oublié de te le rapporter.

Beverly ne lui avait rien dit du tout, songea Margaret, et elle aurait mieux fait de s'abstenir sur le sujet : Chris n'appréciait pas beaucoup les chefs des supporters de son lycée. Il n'hésitait d'ailleurs pas à les qualifier d'adjectifs peu flatteurs.

— Clyde ne pouvait pas venir, alors nous avons emmené Janice à sa place, poursuivit Beverly. C'est la première fois qu'elle voit la mer.

— Ah, cool, dit le jeune homme sans enthousiasme.

— Je ne t'ai pas encore dit la meilleure, reprit Beverly, intarissable. Cette année, tu auras ta chambre. Fini, le canapé, mon jeune ami.

— Je déménagerai tes affaires ce soir, après le dîner, renchérit Margaret.

— Et où tu dormiras, toi ?

— Avec Beverly.

— Tu n'es pas obligée de faire ça, maman. Le canapé me convient parfaitement.

La réaction de Chris à propos de leurs arrangements nocturnes était trop diamétralement opposée à celle de Tracy pour ne pas susciter une remarque.

— Quelle gentillesse ! s'écria Beverly. Je t'emmène

chez moi, si tu veux. C'est peut-être la seule façon d'enseigner les bonnes manières à Tracy.

Chris adressa un regard suppliant à sa mère, qui changea ostensiblement de sujet.

— Où es-tu allé? Tu as l'air d'avoir fait l'aller-retour entre Santa Cruz et Monterey.

— Je sens le fauve! dit-il en souriant.

Il leva le bras pour renifler son aisselle.

— Pouah! Je vais prendre une douche. A quelle heure allons-nous dîner?

— J'ai dit aux filles dans une heure.

Margaret consulta sa montre.

— Il y a une demi-heure déjà.

Une heure et demie plus tard, Tracy et Janice brillaient toujours par leur absence. Chris partit à leur recherche et les aperçut qui montaient les marches.

— Oh, zut! marmonna Tracy. Chris! Il vient nous chercher.

Janice leva les yeux et s'arrêta net.

— C'est lui, Chris Sadler?

— Oui. Inutile de hurler. Tu vas ameuter le quartier. Ferme la bouche et arrête de le regarder comme une vache amoureuse. Je n'ai jamais dit qu'il était moche.

— Il est superbe, tu veux dire! murmura Janice.

— Attends qu'il dise un mot, pauvre bécasse.

Elle gratifia Chris du sourire réfrigérant qu'elle adressait aux garçons de son lycée, quand ils la sollicitaient.

— Salut, Chris.

— On s'inquiétait, dit-il.

— J'avais prévenu maman que nous ferions un tour.

Elle attendit qu'il s'efface pour la laisser passer, puis se remit à grimper les marches.

— Le dîner est prêt, ajouta-t-il.

Quand Janice fut à sa hauteur, il la salua.

— Bonjour. Je suis Chris.

Etonnée par une telle marque de politesse, elle serra la main qu'il lui tendait.

— Enchantée. Janice Carlson.

— J'espérais que vous auriez dîné sans nous, lança Tracy. Janice voulait vraiment manger mexicain, ce soir.

Chris se tourna vers Janice, qui confirma mollement :

— C'est vrai. Nous en avons parlé dans l'avion.

— Demain, nous pourrions y aller... commença Chris.

— Après-demain peut-être, coupa Janice. Nous avons tout le mois devant nous.

Les trois jeunes gens poursuivirent ensemble la montée.

— Que penses-tu de la mer, alors ? s'enquit Chris. Beverly a dit que c'était ta première fois.

Les deux filles éclatèrent de rire, amusées par ce sous-entendu involontaire.

— Oh, j'adore, répondit alors Janice en souriant. Mais l'eau est trop froide.

— Le courant de l'Alaska, expliqua Chris. On est très au sud, mais il parvient jusqu'ici. C'est également l'une des raisons pour lesquelles les requins blancs infestent le triangle entre Santa Cruz, San Francisco et les îles Farallon.

— Oh, non ! gémit Tracy. Elle te dit que l'eau est froide et tu te lances dans un cours de biologie marine.

Janice paraissait cependant bien plus intéressée que son amie.

— Et moi qui pensais que les grands blancs apparaissent seulement sur la côte est, comme dans *Les Dents de la mer* !

Chris en savait long sur le film, le tournage et la vie

sous-marine dans la baie de Monterey, mais il se tut. Il ne voulait pas que Tracy se méprenne sur ses intentions, ou qu'elle le considère comme un crétin cherchant à impressionner Janice avec ses connaissances.

— Si ça vous dit, nous pourrions visiter l'aquarium de Monterey demain, proposa-t-il. Si vous avez envie d'en savoir plus sur les requins...

— Sans moi! coupa Tracy. La dernière fois que nous sommes allés dans cet horrible endroit, je me suis juré de ne plus y mettre les pieds. C'est mortel!

— Il y a une nouvelle exposition...

Chris s'interrompit. Tout en prononçant ces mots, il sut qu'il commettait une erreur. Tracy ne changeait jamais d'avis, sur rien.

— Je me fiche pas mal de la nouvelle expo! Ils peuvent nourrir les requins avec de la chair humaine, ça m'est complètement égal! Janice et moi sommes venues ici pour nous amuser, pas vrai, Janice?

3

Le lendemain, alors que les mères étaient parties faire les courses, les filles ne songèrent plus qu'à leur bronzage. Chris, qui les rejoignit sur la plage, ne put tenir plus d'une heure sous les rayons brûlants du soleil.

— Je vais nager, déclara-t-il en se redressant. Je crève de chaud.

Tracy se tourna sur le côté, la tête calée dans sa paume. Ses longs cheveux blonds ruisselèrent et une mèche s'enroula autour de son poignet comme un bracelet d'or. Le petit triangle vermillon de son soutien-gorge glissa un peu plus sur son sein. Encore un centimètre et on en verrait la pointe.

— Avant que tu ne partes, puis-je te demander une faveur? susurra-t-elle.

Chris attendit les ordres, le regard fixé sur le visage de la jeune fille. S'il regardait plus bas, il risquait de se trahir. Elle allait sûrement le prier de rentrer au chalet afin de leur apporter des boissons.

— Peux-tu m'en mettre sur le dos? demanda-t-elle finalement en tendant au jeune homme un tube de crème solaire.

Avec un sourire suave, elle se coucha sur le ventre.

— Défais les bretelles, ordonna-t-elle. Je ne veux pas qu'elles deviennent huileuses.

Le garçon se rassit et prit le tube. Il ne respirait plus. Dans ses rêves les plus fous, il dénudait Tracy et passait ses mains sur son corps... Mais pas de cette façon-là. Dans ses rêves, ils étaient seuls. Ils s'embrassaient et elle réagissait à ses caresses par de petits gémissements.

Un voile brûlant recouvrit les joues de Chris, des gouttelettes de sueur perlèrent sur sa poitrine et sur sa nuque. Bon sang, il avait une érection!

— Qu'est-ce qui ne va pas?

Tracy voulut rouler sur le côté, mais la main de Chris sur son épaule la força à rester immobile.

— Le capuchon est collé, bougonna-t-il.

— Appuie dessus. Il ne se dévisse pas.

Il s'exécuta, après quoi, les doigts tremblants, il dénoua le cordon rouge qui ceignait le dos de Tracy.

— J'enlève aussi celui autour de ton cou?

— Oui, s'il te plaît.

D'un revers de la main, la jeune fille écarta sa longue chevelure blonde. Chris tira doucement sur le nœud, qui se défit tout seul. L'espace d'un instant, il crut que Tracy se redresserait, les seins nus, les yeux passionnés.

— Dépêche! se plaignit-elle. On ne va pas y passer la journée!

Il remplit sa paume avec suffisamment de crème pour enduire une bonne demi-douzaine de dos. Alors qu'il essayait d'en remettre une partie dans le tube, il ne réussit qu'à en répandre la moitié sur son bermuda. Janice détourna la tête, étouffant un rire dans sa main.

Déterminé à mener sa mission à bien, Chris étala le reste de la lotion sur le dos de Tracy. Le geste ferme, il la massa jusqu'à la taille. Ensuite, il jeta le tube sur la serviette de bain et annonça, non sans effort :

— Bon, je vais nager.

Dieu merci, son bermuda dissimulait son désir. Il se mit à courir vers la mer. A mi-chemin, il entendit les deux filles rire. Elles devaient se moquer de lui, pensa-t-il, honteux. Sans se retourner, il piqua une tête dans l'eau en se traitant de lâche.

Lorsqu'il émergea des flots, Tracy et Janice n'étaient plus à leur place. Il les chercha pendant un moment, puis noua sa serviette autour de ses reins pour remonter au chalet. Personne. Il se prépara un sandwich au rôti de bœuf et retourna à l'escalier. Du haut de la falaise, il apercevait toute la plage. Ne les voyant nulle part, il essaya de se convaincre qu'il les avait ratées. Il redescendit, le cœur lourd.

Il discuta pendant deux heures avec un sauveteur qu'il avait rencontré l'été précédent. L'homme le régala d'anecdotes. Il avait passé l'hiver à voyager à travers le pays et avait été embauché comme artificier. Il avait décidé de quitter cet Etat «de chômeurs», acheva-t-il. Chris répondit qu'il n'imaginait pas de vivre ailleurs.

Quand un autre sauveteur vint remplacer le premier, il n'y avait toujours aucun signe de Tracy et de Janice. Chris partit voir si le match de volley-ball avait commencé.

La journée suivante fut identique, à ceci près que Tracy demanda à Janice de lui mettre de la crème dans le dos, et que cette dernière vint nager avec Chris. Mais elle ne resta pas plus d'un quart d'heure dans l'eau froide... Cette fois-ci, les jeunes filles disparurent avant que Chris remonte prendre sa douche.

Il resta alors jusqu'à la fin du match de volley-ball. Quand il rentra, le chalet était vide. Un mot de sa mère l'avertit qu'elles étaient parties toutes les quatre dans un restaurant mexicain. Son dîner était dans le réfrigérateur. Margaret finissait ses explications par la promesse de rapporter à son fils des chips et de la sauce mexicaine.

Il réchauffa son repas dans le micro-ondes, et s'installa sur la terrasse où il mangea en regardant le crépuscule. Le vent était tombé, le soleil descendait sur une mer d'huile. La plage, presque déserte à cette heure-ci, s'étirait comme un mince ruban blanc. Durant la nuit, la marée haute effacerait les traces des humains ; elle laisserait le sable vierge aux créatures diurnes qui viendraient chercher leurs proies.

Chris mastiquait lentement, les yeux fixés sur le couchant. Chaque fois qu'il songeait à son avenir, la même conclusion s'imposait invariablement à son esprit. Tout n'était qu'une question d'argent ! Le moindre bungalow à la ronde, même le plus minable, valait plus d'un demi-million de dollars. Il n'osait imaginer les prix dans dix ans, quand il voudrait en acheter un.

Contrairement à Tracy, Chris avait du mal à envisager un été ailleurs. Le plus dur serait quand la jeune fille ne passerait plus ses vacances ici. A ses yeux, elle faisait partie du paysage, comme les vagues ou le sable.

Chaque année, il se disait qu'il était impossible qu'elle soit mieux que dans son souvenir. Et chaque année, il la découvrait plus belle que jamais. Tracy pouvait s'habiller avec un sac à pommes de terre, elle éclipsait toutes les filles endimanchées au bal de la promo. Tout en elle confinait à la perfection : sa peau, ses cheveux, ses yeux, sa bouche. Même ses seins étaient parfaits, ni trop gros ni trop petits.

Il n'avait pas sa classe. Dans son esprit, c'était clair. Il connaissait ses faiblesses, comme il décelait les défauts de ses adversaires sur le ring. Pourquoi son cœur ne voulait-il pas se rendre à l'évidence ?

Une voix masculine brisa le silence :

— Sublime spectacle, n'est-ce pas ?

Chris se retourna si vivement qu'il renversa son verre de thé glacé.

— Désolé, dit Eric. Je ne voulais pas vous faire peur.

— Je n'attendais personne.

Chris releva son verre et essuya la chaise en fer forgé à l'aide d'une serviette en papier.

— Vous êtes le locataire du cottage voisin ?

— Oui. Je m'appelle Eric Lawson.

— Voulez-vous du thé glacé ? Ou bien une bière ?

— Non, merci. Je revenais d'une promenade quand je vous ai aperçu. Je me suis dit qu'il était temps que je me présente.

— Maman m'a dit que vous êtes écrivain.

Eric cala son épaule contre le poteau de la mangeoire des oiseaux.

— J'essaie.

— Qu'est-ce que vous écrivez ?

— Un roman.

— De quel genre ?

Eric sourit.

— Un thriller médical. C'est du moins l'appellation que mon agent donne à mes écrits. Mon petit doigt me dit que vous êtes un fan de science-fiction.

— Oui, mais j'aime aussi la littérature générale.

Eric ne correspondait pas à l'idée que Chris se faisait des écrivains. Loin d'être «fêlé», il paraissait si normal que c'en était décevant.

— Vous êtes médecin ?

— Félicitations. Vous êtes le premier à faire le rapprochement.

— Ce serait drôlement difficile d'écrire sur un sujet qu'on ne connaît pas à fond.

Mais les médecins ramassaient l'argent à la pelle. Pourquoi celui-ci avait-il abandonné la belle vie pour écrire des bouquins?

— De toute façon, ce n'est pas facile. Si je n'avais pas quitté mon cabinet, j'y serais sans doute retourné.

Chris sourit. Le dénommé Eric lui plaisait bien. Il semblait sincère et droit, et ne s'adressait pas à lui avec le ton condescendant des adultes, sous prétexte qu'il était adolescent.

— Allez-vous rester tout l'été? s'enquit-il.

— Je resterai pendant l'absence d'Andrew. Il fait le tour du monde, alors j'en ai sûrement pour un an. Peut-être deux, s'il s'attarde en chemin.

— Quelle chance!

— De partir en bateau?

— Ah! Ah! Non, monsieur! De rester ici. J'ai toujours rêvé de passer l'hiver au chalet.

— Vous ne reconnaîtriez pas le décor, répondit Eric. La plage est déserte, à l'exception de trois surfeurs dingos et de quelques cinglés comme moi. Nous autres, irréductibles, défions les éléments. Aucun orage, aucune pluie battante ne peuvent nous confiner à la maison. Ce qui explique pourquoi je ne suis pas très avancé dans mon livre.

— Avez-vous des délais pour le finir?

Eric changea de position.

— Personne ne l'attend, en dehors de mon agent.

— Je parie que vous ne tenez pas en place. Vous voulez savoir coûte que coûte ce que les autres en pensent.

Eric hocha la tête.

— Oui, parfois, admit-il. Mais la plupart du temps, j'ai sacrément peur.

— Ce sera génial, vous verrez! affirma Chris avec une conviction toute juvénile.

Des phares de voiture éclairèrent soudain l'allée.

— Je crois que votre maman est de retour, fit remarquer Eric.

— Elles sont allées dîner sans moi.

Il considéra un instant sa phrase, puis rectifia :

— Je jouais au volley et je me suis attardé.

— Je vous ai vu.

— Ah, vraiment? s'étonna Chris, à la fois surpris et content.

— Vous êtes sacrément bon. C'est votre sport favori à l'école?

— Je suis inscrit dans l'équipe de lutte. Le volley-ball me sert à conserver la forme, déclara-t-il d'une voix ferme.

— Et vous êtes aussi doué pour le combat?

Chris sentit la fierté le suffoquer. Il avait accumulé de nombreuses médailles mais n'en parlait pour ainsi dire jamais.

— Je me débrouille, répondit-il avec modestie.

— J'ai l'impression que vous faites mieux que vous débrouiller. Est-ce que vous serez là, la semaine prochaine?

— Nous restons jusqu'à la fin du mois. Pourquoi? demanda-t-il avec curiosité.

— Un de mes amis viendra dîner avec moi. Je pense que vous serez content de le connaître. Si vous n'avez rien de mieux à faire, ce soir-là, vous êtes cordialement invité. Il s'appelle Charlie Stephens.

Il fallut à Chris une seconde pour enregistrer le nom.

— Le champion?

Il n'en croyait pas ses oreilles. Charlie Stephens avait ramassé plus de médailles d'or aux jeux Olympiques que n'importe quel lutteur américain.

— Lui-même. Je l'appellerai pour qu'il apporte ses

trophées. Il n'aime pas ça, mais il le fera pour me faire plaisir.

La porte vitrée coulissa derrière Chris.

— Ah, te voilà, dit Margaret. Tu as trouvé ton dîner?

Voyant Eric, elle sourit.

— Comment se porte le chef-d'œuvre?

— Il compte quatre pages de plus qu'hier, à la même heure.

— Sont-elles satisfaisantes?

— J'ai vu pire.

— Vous ne connaissez pas le reste du groupe. Nous avons rapporté un gâteau du restaurant. Voudriez-vous le goûter avec nous?

— Non, mais ce n'est que partie remise. Ma pause est terminée pour aujourd'hui.

Margaret prit le plateau de Chris.

— Passez nous voir quand vous voulez. Les filles seront ravies de rencontrer un écrivain.

Eric sourit.

— D'accord, merci. J'en suis flatté.

Il adressa à Chris un signe d'au revoir.

— A bientôt. Je vous ferai savoir quel jour Charlie sera là.

— A un de ces jours, lança Chris, tandis qu'Eric s'éloignait.

Lorsqu'il fut hors de vue, le jeune homme attrapa le bras de sa mère.

— Maman! Tu ne croiras pas ce qui m'arrive.

Elle le couva d'un regard anxieux.

— Dis-moi que c'est une bonne chose, au moins. J'ai passé la pire soirée de ma vie. Au restaurant, Tracy et Beverly n'ont pas cessé de se chamailler. Tout y est passé, des tacos, pour savoir s'ils sont de la cuisine authenti-

94

quement mexicaine, aux bienfaits et aux méfaits du bronzage artificiel.

Chris lui prit l'autre bras et la fit s'asseoir. Quand il eut fini son récit, il eut une fois de plus la preuve qu'il avait la mère la plus cool du monde. Car non seulement Margaret se montra aussi excitée que lui à la perspective d'une rencontre avec Charlie Stephens, mais elle savait qui il était.

4

Le samedi matin, au petit déjeuner, Chris annonça négligemment que le soir-même, il était invité à une fête. Il ajouta ensuite deux pancakes dans son assiette et les arrosa abondamment de sirop d'érable. Il restait impassible, mais son cœur battait très fort. Tracy n'avait pas cessé de décliner son ennui sur tous les tons durant la semaine. Il allait enfin lui offrir un divertissement.

— J'ai demandé si vous pouviez venir, Janice et toi, et on m'a dit qu'il n'y avait pas de problème, reprit-il en luttant pour parler d'un ton calme.

Il attendit la réaction, sur des charbons ardents.

Le visage de Tracy s'éclaira.

— Oh, chic! s'exclama-t-elle. Si tu sors, on ira sur la promenade s...

Elle s'interrompit net et pouffa dans sa main.

— Bonjour le lapsus! s'esclaffa-t-elle à l'intention de son amie.

Chris se rembrunit. A l'évidence, le mot manquant était «seules». Il aurait voulu mourir. Là, à table, tout de suite. Tracy lui aurait asséné un coup de couteau, que ç'aurait été un cadeau.

— Une fête, ça pourrait être marrant, remarqua Janice platement. Qui est-ce qui invite?

— Des copains...

Chris n'eut pas le courage de finir sa phrase. Il coupa un bout de pancake et le laissa intact. Décidément, il n'y avait pas moyen d'impressionner Tracy sans en prendre plein la figure!

Margaret entra dans la salle à manger avec une assiette de bacon supplémentaire, tandis que Beverly, en peignoir, émergeait de sa chambre.

— Bonjour! lança-t-elle en bâillant. Mon Dieu! Je ne me rappelle plus le jour où je me suis réveillée aussi tard.

— Tu es en vacances, dit posément Margaret. Quoi de plus...

— Maman, on a besoin de la voiture! coupa Tracy.

— Que se passe-t-il? demanda sa mère.

— Nous allons sur la promenade, ce soir.

L'adolescente plongea un doigt dans son jus d'orange, puis le fourra dans sa bouche, comme si une seule goutte suffisait à son régime draconien.

— J'aurai besoin d'argent, dit-elle à brûle-pourpoint. Tu es allée au distributeur?

Beverly regarda Chris.

— C'est quoi cette histoire? Tu les accompagnes?

— Il est invité à une fête! lança Tracy à la place de Chris.

Margaret posa l'assiette de bacon sur la table et s'installa face à son fils.

— Où ça? voulut-elle savoir.

— Chez les gens avec qui j'ai joué au volley, expliqua-t-il. Leurs petites amies viennent pour le week-end. Tony reçoit tout le monde chez lui.

Beverly se servit une tasse de café.

— Voilà qui est sympathique. Pourquoi n'iriez-vous pas avec Chris, Tracy?

— Maman!

— Je t'en prie! Je suis sûre que tu peux lui demander cette petite faveur. N'est-ce pas Chris?

Aucun doute ne perçait dans sa voix. Chris respira profondément. Il avait l'impression qu'on le prenait pour un toutou. Un brave bâtard de qui l'on peut tout exiger — «Couché! Assis! Va chercher! Apporte!» — mais qui n'a pas le droit de souiller de sa présence le salon où se prélassent les chiens de race. Ecœuré, il repoussa sa chaise et se leva.

— Ça dépend de Tracy, madame McCormick.

— De Tracy? répéta Beverly. Je ne comprends pas.

— Maman, ça suffit maintenant. Nous avons nos plans!

— Rien d'important, je présume. Ecoute, ma petite, tu me feras le plaisir de...

Chris se précipita hors de la pièce. Il n'avait nulle envie d'entendre la suite.

Il prit le chemin de la plage, en faisant une halte sur le pic de la falaise. En bas, c'était noir de monde. Il préféra revenir sur ses pas et coupa à travers le sentier rocailleux en direction de l'autoroute. Il entendit soudain sa mère l'appeler. Sans doute voulait-elle essayer de le consoler? Il préférait cependant rester seul. En levant la tête, il la vit sur la terrasse et agita la main dans sa direction. Elle lui rendit son geste avec un sourire.

Il s'élança de nouveau dans le sentier, sous l'ombre mouvante des platanes. Il passa devant l'entrée du parking public et déboucha peu après à la croisée des chemins. Le rugissement d'un moteur déchira le silence. Chris regarda par-dessus son épaule. Une Jeep apparut. Avec sa carrosserie noire et ses chromes peints en or, elle semblait sortir d'une revue de mode. Elle le dépassa et suivit le panneau indiquant l'autoroute. Cinquante mètres plus loin, elle s'immobilisa dans un crissement de pneus. Un conducteur paumé, pensa Chris, qui força l'allure, prêt à donner des renseignements. La tête brune de Tony passa par la fenêtre ouverte.

— Hé, mec! Dépêche-toi.

Chris arriva en courant à sa hauteur.

— Salut, Tony. J'ai cru comprendre que tu travaillais, aujourd'hui.

— Justement, j'y vais. Je t'emmène?

— A ton boulot?

L'invitation semblait incongrue.

Tony hocha la tête.

— Monte, on causera après. Tu ne sais pas qui je suis, hein?

— Non... Je devrais le savoir?

— C'est mon agent qui va être déçu!

Soudain, Chris fit le rapprochement.

— Ça y est, j'y suis. Tu es acteur. Excuse-moi, tu me disais bien quelque chose, mais je ne te remettais pas.

— On tourne à Watsonville. Et je suis en retard, dit Tony en consultant sa montre. Alors, tu viens?

Depuis le départ de son père, Chris ne cédait que très rarement à ses impulsions. Les impondérables de la vie, ses nouvelles responsabilités l'avaient rendu prudent. Sa première réaction fut de grimper dans la Jeep, mais il se retint, déchiré par la pensée que sa mère aurait peut-être besoin de lui, même si elle lui avait dit et répété qu'il était libre de s'amuser pendant les vacances. Un second élan fut contrecarré par l'idée désagréable qu'il abandonnait lâchement Tracy et Janice. Toute réflexion faite, les deux adolescentes seraient plutôt satisfaites.

— Oui, d'accord, répondit-il finalement.

Il contourna la Jeep et s'installa à côté de Tony.

Le film fascina Chris à tous points de vue.

Au chaos apparent succédaient des moments d'intense concentration. Les acteurs et les techniciens semblaient à la fois désinvoltes et sérieux. Tout s'orchestrait sur le plateau entouré d'immenses projecteurs, de caméras et d'une multitude de câbles et de fils. Entre deux prises, le maquilleur faisait irruption parmi les comédiens, armé de tubes, de pinceaux et de houppettes.

Pour une raison inconnue, le réalisateur décida de filmer indéfiniment la même séquence. L'unique tâche d'un des assistants consista à remplir de bière le verre d'un acteur et à lui procurer une cigarette consumée aux trois quarts. Chris tomba en admiration devant une femme qui maniait une caméra aussi grosse qu'elle.

Il fut déçu quand le spectacle s'arrêta pour la pause-déjeuner.

Tony déambula sur le plateau vide.

— Ça t'a plu? demanda-t-il.

Chris esquissa un sourire béat. Tony, dans le rôle d'un jeune ouvrier agricole des années soixante en révolte contre l'idéologie pacifiste de César Chavez, l'avait subjugué.

— Oh, oui, répondit-il, enthousiasmé. J'ai adoré.

Il éprouvait la même excitation qu'à son premier championnat : ses jambes étaient molles, sa tête légère.

— Tant mieux, approuva Tony. Allons avaler un morceau.

A la place des sandwichs et des chips auxquels il s'attendait, Chris découvrit un buffet beaucoup plus somptueux que celui du deuxième mariage de son père.

100

— Sensas ! dit-il en sifflant. Vous mangez toujours autant ?

Tony s'effaça pour le laisser passer devant lui dans la file.

— Que veux-tu, ça s'impose. On brûle pas mal de calories quand on joue.

Chris attrapa une assiette. Se considérant comme un invité de dernière heure, il choisit de petites quantités dans chaque plat. Lorsqu'il prit deux crevettes du bout de sa fourchette, Tony saisit la grande cuillère de service et en ajouta une bonne douzaine dans l'assiette de Chris, qui se servit ensuite plus librement.

Ils mangèrent dans la roulotte climatisée de Tony, en compagnie de deux autres joueurs de volley-ball. La conversation roula sur différents sujets : la réception de la soirée, le tournage de la veille, les travers d'un tel ou d'une telle. Il était question de personnes que Chris ne connaissait absolument pas. Pourtant, il suivit l'échange de propos si religieusement que Tony lui rappela de se nourrir.

Après le déjeuner, ils retournèrent sur le plateau.

— Tu te plais avec nous, on dirait, commenta Tony.

— C'est vrai, admit Chris. Je ne connais rien au cinéma, et je découvre plein de choses. Je n'ai plus tellement les moyens d'y aller et quand ça m'arrivait, avant, j'étais trop jeune pour me demander comment les films étaient fabriqués.

— Aimerais-tu jouer ?

— Qui, moi ?

— Pourquoi pas ?

— Oh, non, Tony, je ne saurais pas faire ce que tu fais. Tu sais, pendant un moment, tu étais vraiment dans la peau de ton personnage. C'était fantastique.

Le comédien lui sourit.

101

— Merci, mec !

Tandis que Tony allait se faire maquiller, Chris regarda les techniciens. La prochaine séquence exigeait un éclairage différent, et ils s'appliquaient à changer les projecteurs, afin d'obtenir un effet de nuit. Une femme équipée d'un porte-voix pria Chris de déplacer son escabeau. Il obtempéra et, de sa nouvelle place, aperçut Tony. Ce dernier se tenait à la porte du studio, l'air étrangement lointain. Et, sous le regard émerveillé de Chris, l'incroyable transformation s'opéra une fois de plus. Le Tony avec qui il avait joué au volley-ball sur la plage, et qui l'avait emmené ici, disparaissait peu à peu. Bientôt le jeune ouvrier révolté aux yeux farouches se tint à sa place.

Plus tard dans l'après-midi, sur le chemin du retour, Chris bombarda son nouvel ami de questions. Il reçut un cours rapide sur l'art du comédien.

— J'ignorais que l'on pouvait apprendre ce métier. Je pensais qu'on l'avait dans le sang ou pas du tout.

— D'après mon vieux prof de théâtre, la réussite d'un acteur dépend à quatre-vingt-dix pour cent de sa ténacité et à dix pour cent de son talent, dit Tony.

— Mais toi, qu'est-ce que tu en penses ?

Tony fit descendre la vitre, laissant l'air moite du soir se mêler à l'air conditionné.

— La réussite est l'amalgame de plusieurs facteurs. La chance, par exemple, en est un non négligeable.

— Tu te considères comme un chanceux ? interrogea Chris.

— Et comment ! Je ne serais pas ici si je n'étais pas tombé malade, il y a quelques années. Cloué au lit, je rate la croisière que je dois animer. Mais, à peine rétabli, je reçois le coup de fil d'un copain. « Si tu veux gagner trois sous, il y a un type à Malibu qui cherche un barman pour sa réception», me dit-il. Ne faisant ni une ni deux, je me pointe à l'adresse indiquée. Et, une fois sur place, qu'est-ce que je découvre? Je te le donne en mille. J'étais chez l'agent que j'essayais de joindre depuis des lustres. Le genre de monstre inaccessible, tu saisis?

Chris hocha la tête.

— Génial! J'adore ce genre d'histoires.

Tony émit un rire.

— Moi aussi! Surtout quand elles parlent de moi.

5

Chris trouva la maison vide. La déception noya son enthousiasme. La voiture de location de Mme McCormick n'était pas garée à sa place habituelle. Il avait appelé sa mère du studio pour la prévenir qu'il aurait un léger retard, mais il ne lui avait rien expliqué, préférant tout lui apprendre de vive voix. Et maintenant, elle n'était plus là.

Abominablement frustré, il chercha en vain un indice qui lui révélerait la destination de ces dames, puis fit le tour du jardin afin de s'assurer que sa mère n'arrosait pas les plates-bandes. Personne! Résolu à attendre, il prit un soda dans le réfrigérateur, sortit sur la terrasse et s'assit. Mais un instant plus tard, il se levait d'un bond. Impossible de tenir en place.

Il lui tardait de raconter sa merveilleuse aventure à sa mère. Et au fond, la réaction de Tracy lui importait plus encore. Son esprit, à l'instar de celui des enfants, s'attachait à une vengeance puérile. «Un jour, tu verras! Un jour, tu le regretteras.» Eh bien, le jour tant espéré était survenu plus tôt que prévu. Combien de fois cela arrive-t-il, dans une vie?

Tracy ne perdait rien pour attendre! pensa-t-il, avec

une délectation rancunière. Quand elle saurait qui l'avait invité, elle le supplierait à genoux de l'emmener à la fête. Les yeux fermés, il laissa son imagination vagabonder. Quand l'image d'une Tracy défaite se dessina derrière ses paupières closes, il ressentit une drôle de sensation, une sorte de grand vide. En proie à la confusion, il battit en retraite vers la cuisine.

Il n'avait pas faim après le déjeuner pantagruélique qu'il avait avalé. Il se mit cependant à fureter dans les placards dans l'espoir d'y découvrir quelque chose qui apaiserait sa nervosité. Il mit la main sur un paquet de chips. Alors qu'il s'apprêtait à l'ouvrir, sa mère poussa la porte d'entrée.

— Ah, tu es là, dit-elle en le voyant surgir de la cuisine.

— Depuis une dizaine de minutes seulement. Où sont-elles passées ?

— Tu penses à quelqu'un en particulier ? le taquina-t-elle gentiment. Elles font du shopping. Tracy voulait acheter une robe neuve pour ce soir. Et quand Tracy veut quelque chose, le Bon Dieu en personne doit se plier à sa volonté.

Margaret avait enfilé un short par-dessus son maillot de bain, signe qu'elle revenait de la plage. Elle s'était exprimée d'un ton réprobateur que Chris ne lui connaissait pas.

— Je suis content qu'elles ne soient pas là, dit-il, surpris de sa propre sincérité. Attends que je te dise où j'étais aujourd'hui. Oh, maman, c'était géant ! Tu ne peux pas savoir.

Son exultation la fit sourire.

— J'ai l'impression que je saurai tout dans une minute.

Chris se lança dans son récit. Margaret ne le décevait jamais. Elle l'écouta attentivement, posa les bonnes questions et fit preuve d'un enthousiasme raisonnable.

— Vraiment! Tu ne savais pas qui il était? s'enquit-elle quand il eut terminé.

— Non, franchement. Je les ai pris pour des maçons, tu te rends compte?

— Eric m'a dit qu'on tournait un film à Watsonville. Mais qui aurait cru que la tête d'affiche jouerait au volley sur la plage, comme n'importe quel quidam.

— Tu sais, tu ne l'aurais pas reconnu toi non plus. Il a les cheveux longs, il porte des lunettes noires et une casquette.

D'un geste affectueux, Margaret ébouriffa les cheveux de son fils.

— Même si Antonio Gallardo ressemblait trait pour trait au personnage qu'il a joué dans son dernier film, tu ne l'aurais pas reconnu, dit-elle gentiment.

— Ce qui veut dire?

— Que tu n'es pas ébloui par les vedettes de cinéma.

Sans réfléchir davantage, il demanda :

— Veux-tu venir à la fête, ce soir?

— Non, merci. J'ai un rendez-vous.

— Avec Eric?

Surprise, Margaret écarquilla les yeux.

— Pourquoi dis-tu cela?

— Il est célibataire, toi aussi. Vous avez le même âge. Il a l'air chouette... et tu n'es pas mal non plus.

— C'est vrai, comment pourrait-il résister à mon charme!

— Eh bien?

— Désolée de te décevoir, mais non, je ne sors pas avec Eric. Beverly m'emmène au cinéma... après avoir déposé les deux péronnelles sur la promenade.

— Tracy sait-elle que vous prenez la voiture?

— Ça, c'est le problème de sa mère.

Il hocha la tête avec sagesse.

— Je comprends mieux pourquoi tu n'es pas allée faire du shopping cet après-midi.

Un rire échappa à Margaret.

— Tu es trop intelligent, mon garçon, et cela pour ton malheur.

— Hé, maman, fais-moi une faveur.

— Oui?

— Ne parle à personne du tournage, d'accord?

— Je suppose que tu veux en mettre pleine la vue à tes amies?

Chris haussa les épaules.

— Justement, je n'en sais rien en définitive. Je n'en ai pas très envie.

— Tracy voudra sûrement aller à la soirée avec toi, quand elle saura.

— Mais moi, je ne suis pas sûr de le vouloir.

— Dis donc! Je suis impressionnée, s'esclaffa Margaret.

— Ne le sois pas. Je peux toujours changer d'avis.

Quand Beverly et Tracy regagnèrent le chalet, la dispute à propos de la voiture battait son plein. Janice se glissa dans le vestibule derrière elles. Tête basse, elle disparut dans la chambre qu'elle partageait avec Tracy, puis réapparut en robe de plage, une serviette sous le bras. Elle déclara qu'elle allait nager, avant de s'éclipser à nouveau.

Margaret regarda son fils.

— Pourquoi ne vas-tu pas avec elle?

Chris alla docilement enfiler son bermuda.

Il sortit peu après. La voix haut perchée de Beverly et celle plus stridente de Tracy le suivirent pendant un moment avant de se fondre dans le silence de la nature.

La plage était bondée. Il fallut plusieurs minutes à

Chris pour localiser Janice. La jeune fille était dans l'eau, droite comme un piquet, les bras écartés comme pour arrêter l'incessant va-et-vient des vagues. Elle était aussi bronzée qu'un pain d'épices, ce qui n'avait rien d'extraordinaire vu le nombre d'heures qu'elle passait au soleil avec Tracy. Des mèches mordorées striaient sa chevelure brune.

Chris la trouva jolie. Pas autant que Tracy, naturellement, qui incarnait la beauté parfaite à laquelle celle d'aucune autre fille ne pouvait se comparer.

En général, Chris appréciait les filles qui ne se souciaient pas de leur brushing et qui se maquillaient le soir, mais pas dans la journée. Son regard remonta le long du corps de Janice. Les filles qui nagent sans perdre leur maillot de bain... S'il n'était pas amoureux de Tracy, il aurait cherché quelqu'un comme ça. Quelqu'un qui pourrait aussi le battre à un jeu quelconque, en dehors des jeux télévisés.

Il fendit les flots en direction de Janice.

— Salut! lança-t-il. Est-ce que tu as changé d'avis?

Elle ne montra aucune surprise de le sentir à son côté.

— A propos de l'océan?

— Oui.

— Je l'aime un peu plus chaque jour, dit-elle, campée sur la pointe des pieds pour résister aux vagues. Mais je commence à devenir égoïste. Je déteste tous ces gens qui prennent d'assaut ma plage.

Elle se tourna et adressa un sourire penaud à Chris.

— Je la veux pour moi toute seule.

Les mêmes mots dans la bouche de Tracy auraient été pour Chris un ordre de déguerpir. Dans celle de Janice, ils revêtaient une autre signification.

— Il faudra que tu te lèves très tôt si...

— Je sais, l'interrompit-elle.

Il la scruta plus attentivement.

— Vraiment?

— Oui. La meilleure heure se situe juste avant le lever du soleil. Il n'y a encore personne. On n'entend pas les radios, ni les gamins. Juste le cri des oiseaux et le bruit des vagues.

Elle prit de l'eau claire dans sa paume et la laissa ruisseler entre ses doigts.

— Tu viens toute seule? s'étonna-t-il.

Elle émit un rire.

— Sois sérieux, Chris. Tom Cruise en personne n'arriverait pas à tirer Tracy du lit si tôt le matin.

— Fais attention, tout de même. Il ne faut pas nager sans escorte.

— Pourquoi?

— La mer recèle des dangers insoupçonnés. Il faut toujours nager à deux si l'on veut aller au large.

Il donnait ce conseil à tous ses amis.

— Je refuse de vivre dans la crainte, riposta-t-elle. Ça ne veut pas dire que je suis inconsciente. Il existe un tas d'endroits à St Louis où je ne m'aventurerais pas seule. D'ailleurs, mes frères n'y vont pas non plus.

— Si tu veux, je viendrai avec toi.

— Je n'ai pas besoin d'un garde du corps. Je suis parfaitement capable de prendre soin de moi.

— Je ne voulais pas dire ça. Moi aussi j'aime mieux la plage quand elle est vide.

Elle se tourna pour le dévisager.

— Comment se fait-il, alors, que je ne t'aie jamais rencontré?

— Je viens la nuit. Quand tout le monde est au lit.

— Ta mère le sait?

— Non.

— J'en étais sûre!

— Pourquoi dis-tu ça ?

— D'après Tracy, ta mère t'a drôlement serré la bride autour du cou, depuis que ton père est parti.

Chris frissonna. Ainsi, il fournissait un sujet de conversation à Tracy et à son amie.

— Eh bien, elle se trompe ! lâcha-t-il.

— Voyons Chris ! Je l'ai bien vu, moi aussi. Ta mère abuse ; elle te contrôle entièrement. Elle n'a qu'un coup d'œil à te jeter pour que tu fasses la vaisselle ou les courses. Je parie qu'elle t'a dit de me retrouver.

Mais de quel droit jugeait-elle sa mère ?

— Et alors ? Elle se fait du souci pour toi, voilà tout. Où est le problème ?

— Puisqu'elle s'inquiète tellement, pourquoi n'est-elle pas venue elle-même ?

Et dire qu'il avait commencé à apprécier Janice !

— Où veux-tu en venir ? s'enquit-il d'une voix blanche.

— Je pense qu'elle ferait mieux de te lâcher les baskets et de se trouver un homme.

La déclaration laissa Chris sans voix. Lorsqu'il recouvrit l'usage de la parole, il cria :

— Espèce de garce ! Tu peux te noyer, tiens ! Je m'en fiche !

Il rebroussa chemin. Janice le vit courir sur le sable en direction de l'escalier de pierre creusé dans la falaise. Il commença à gravir les marches puis, comme s'il avait changé d'avis, mit le cap vers un autre endroit de la plage.

Janice soupira. Bon sang, qu'est-ce qui lui avait pris ? Elle avait ouvert la bouche, et c'étaient les paroles de Tracy qui en avaient jailli. Elle avait fait de la peine à Chris pour rien. Le pire, c'était qu'elle ne croyait même pas aux âneries qu'elle avait débitées. Elle aurait payé cher pour avoir une mère comme Margaret.

Elle avait subi l'influence de Tracy. Celle-ci n'avait pas

cessé de décrire Chris comme un perdant. Visiblement, il avait le béguin pour Tracy ; or celle-ci lui aurait préféré Quasimodo. Au lycée, Tracy adorait être courtisée par les garçons. Ici, elle prenait les égards de Chris comme une insulte.

Janice plongea, sans se soucier de ses cheveux. Ce soir, elle les laverait et tant pis s'il lui fallait des heures pour les coiffer. Au moins, pendant que le sèche-cheveux marcherait, elle n'entendrait pas les plaintes de Tracy contre sa mère et contre Chris.

Chris enfila un jean propre et une chemise blanche. Il se regarda dans la glace et regretta de ne pas avoir une tenue de soirée. Bah ! Ce n'était qu'un barbecue, après tout, pas un dîner mondain. Les paroles venimeuses de Janice avaient terni sa joie, mais il n'était pas d'humeur à les laisser ruiner sa soirée.

La réception avait lieu chez Tony... Ou plutôt dans la propriété que la société de production avait mise à sa disposition. Dès que Tony lui avait donné les premières indications, Chris avait su instantanément de quel endroit il s'agissait. La maison de la colline ! Tout le monde en parlait au village mais personne n'y était jamais allé. Bâtie sur les falaises, du côté méridional, elle jouissait d'une vue panoramique sur toute la baie de Monterey, de Santa Cruz à Pacific Grove. Chris s'était d'ailleurs demandé qui avait les moyens de louer ce petit palais en dehors d'un nabab de Silicon Valley ou des émirats.

Une fois, il avait essayé de l'apercevoir, mais les haies touffues, hautes de trois mètres, et la forêt dense alentour ne permettaient pas la moindre incursion.

Ce soir, en revanche, les grilles du portail en fer forgé s'ouvraient sur le parc. Un garde en uniforme muni d'une

111

liste vérifiait les noms des arrivants. Des limousines garées de part et d'autre de l'allée avertirent Chris que la réception ne correspondait pas au petit rassemblement entre copains qu'il avait imaginé.

Il se gara derrière une Viper bleu cobalt qu'il avait déjà vue sur la couverture d'un magazine. Il l'admira pendant cinq bonnes minutes avant de gravir la colline. Un sourire satisfait flottait sur ses lèvres. Quand ses camarades de lycée sauraient ça ! Ils n'en croiraient pas leurs oreilles.

La maison apparut à travers les bosquets. Grande mais pas immense, elle évoquait plutôt les riches demeures de Fresno que les vastes villas de Bel-Air. Mais Chris s'en contenterait ! Il n'avait jamais osé rêver d'une maison comme celle-ci et d'ailleurs mieux valait l'oublier tout de suite. La vie n'était pas un conte de fées et rien ne le prédisposait à vivre dans un tel faste. Pourtant, une petite voix intérieure lui murmurait, insidieuse : pourquoi pas ? Mais pourquoi pas ?

Alors qu'il montait les marches de la terrasse illuminée, une femme vint à sa rencontre. Elle tenait une cigarette dans une main et un verre dans l'autre. Ses talons hauts rendaient sa démarche incertaine, sa robe chatoyait comme le plumage d'un paon au soleil.

— Le même ! ordonna-t-elle. Vodka sans glaçons.

Chris lui rendit son sourire.

— Pas de problème, répondit-il. Montrez-moi le bar.

Elle lui adressa un rapide coup d'œil.

— Oh, mon Dieu ! Vous êtes un invité. Pardonnez-moi.

Elle jeta sa cigarette par terre et l'écrasa de sa semelle compensée. Ensuite, elle passa son bras sous celui de Chris.

— Venez. Je vais vous présenter à tout le monde. Enfin, à tous ceux que vous n'avez pas déjà rencontrés, ajouta-t-elle dans un rire voilé. Attendez! Quel est votre nom?

— Chris Sadler.

— Enchantée. Je m'appelle Dolorès Langtry.

Elle lui fit signe de pousser la lourde porte d'acajou, puis l'entraîna dans le vestibule de marbre. Chris ne parvenait pas à juger si elle était ivre, excentrique, bizarre ou un mélange des trois. Elle semblait être le genre de personne qui se jette dans le fleuve et entend que les autres suivent son exemple. Chris traversa le séjour derrière elle, jusqu'au patio fleuri, noir de monde.

— Vous tous! s'écria-t-elle, obtenant un silence satisfaisant. Voici Chris Sadler, un très bon ami à moi.

L'annonce fut accueillie par des rires feutrés et quelques salutations diversement chaleureuses. Tony abandonna le couple avec lequel il conversait et vint au-devant d'eux.

— Salut, mec! Je vois que tu as rencontré maman.

Le regard de Chris alla de l'un à l'autre. Ils n'avaient rien en commun.

— Dolorès est ta mère? s'étonna-t-il.

— Oh, cher petit poussin! s'esclaffa Dolorès en caressant la joue de Chris.

Elle s'était visiblement méprise sur le sens de sa question.

— Un point pour toi, mec! remarque Tony en souriant.

— Maintenant que ce charmant garçon est entre de bonnes mains, je peux aller chercher mon verre, intervint Dolorès. Qu'est-ce que tu bois, poussin?

Honnêtement, il ne pouvait pas refuser. Ni laisser la mère de Tony attendre.

— De l'eau, s'il vous plaît.

— Gazeuse ou plate?

— Gazeuse.

— Avec rondelle?

— Oui, merci, super!

— Tu lui plais, nota Tony quand sa mère s'éloigna.

— Elle vient juste de me rencontrer.

Un regard alentour le rassura. Il n'était pas le seul à porter un jean.

— Peut-être, mais selon Dolorès, la première impression, si rapide soit-elle, est toujours la bonne.

— Tu appelles ta mère par son prénom?

Tony le regarda un instant.

— Quel âge as-tu?

Chris songea d'abord à se vieillir d'un ou deux ans. Mais comme il n'avait pas l'habitude de mentir, cette idée lui lia la langue.

— Ça va, dit Tony. Tu n'es pas obligé de répondre.

— Dix-sept ans.

Le comédien hocha la tête.

— C'est ce que je pensais. Viens, je vais te présenter à mes invités.

Chris se retint pour ne pas demander si son jeune âge lui portait préjudice. A priori, il ne voyait pas en quoi mais il supposait que c'était possible.

— J'aurai dix-huit ans en septembre, précisa-t-il.

— Vraiment? Quand, exactement?

— Le vingt-trois.

— Mon anniversaire est le trente.

— Sans blague. Quel âge auras-tu?

— Vingt-sept ans.

Bon sang! se dit Chris. Tony était vieux! Beaucoup plus qu'il ne l'avait imaginé quand il l'avait vu sur la plage ou, plus tard, sur le plateau. En découvrant qu'il s'était pris d'amitié pour un gamin, Tony voudrait-il continuer à le voir?

— La maison est superbe, dit Chris pour meubler le silence.

— Elle appartient à un ami. Je suis en pourparlers pour l'acheter.

Tony fit une halte près d'un groupe assis à une table de verre et de bambou.

— Robert, voici le jeune homme dont je t'ai parlé.

Le dénommé Robert daigna soulever ses paupières lourdes derrière ses lunettes cerclées d'acier. Il portait une chemise de golf avec un requin imprimé sur la poche et une casquette du festival de cinéma de Sundance. Après avoir rapidement examiné Chris, il vissa son cigare au coin de ses lèvres.

— En effet, mon pote. On pourrait le prendre pour David.

— Je suppose que ça te suffit, répondit Tony, satisfait.

Robert eut un petit rire.

— Tu obtiens toujours ce que tu veux, mon salaud !

— Seulement quand j'ai raison.

Chris regarda les autres convives. Visiblement, ils ne savaient pas plus que lui de quoi il retournait.

— Qui est David ? questionna-t-il.

— Je t'expliquerai plus tard, rétorqua Tony.

L'une des femmes, la plus belle que Chris ait jamais vue, tapota une chaise vide près d'elle, l'invitant à s'asseoir.

— Gloria Sinclair, se présenta-t-elle quand Chris fut installé. Quoi qu'ils manigancent, ils ne vous mettront au courant que quand ils seront fixés. Mais ne vous inquiétez pas, mon petit Chris. Ça ne peut être que quelque chose de bon.

Tony se pencha pour embrasser la jeune femme sur la bouche, laissant ses lèvres humides et brillantes.

— Gloria, épouse-moi.

— Je vais y réfléchir.

Un énorme diamant brillait à son annulaire. Avec un sourire, elle fit miroiter sa bague.

— Joli, n'est-ce pas?

— Je n'en ai jamais vu d'aussi gros, murmura Chris.

Il se retint à temps pour ne pas demander s'il était vrai.

Tony embrassa une nouvelle fois la jeune beauté.

— Il ne reste plus qu'à la persuader de mettre la pédale douce pour m'épouser, déclara-t-il.

— Moi? Et toi donc!

— Vous êtes comédienne, vous aussi?

Un silence de mort suivit la question de Chris. La cinquantaine de personnes qui discutaient et riaient autour de Gloria retinrent leur souffle en attendant sa réponse.

Robert fit tomber la cendre de son cigare dans un cendrier en Murano.

— Eh ben dites-donc! s'exclama-t-il. On dirait que vous n'allez pas souvent au cinéma, mon garçon!

Chris sentit peser sur lui les regards de l'assistance.

— Non, admit-il. Pas depuis des années. Je... j'étais très occupé.

— Laissez-le tranquille! protesta Gloria. J'aime bien savoir qu'il existe des gens qui ne m'ont jamais vue à l'écran. Ça me donne envie de travailler plus durement.

Debout derrière elle, Tony mit ses mains à plat sur ses épaules.

— Oh non! On se voit déjà à peine.

Elle plaça ses mains sur celles de Tony.

— Patience...

De retour, Dolorès tendit un verre à Chris. Peu à peu, les conversations reprirent. Chris n'en perdait pas un mot. Il apprit que Gloria avait terminé un film qui lui vaudrait sûrement une nomination aux Oscars. Elle était sur le point de devenir l'actrice la plus sexy de la nouvelle génération d'Hollywood.

Plus tard dans la soirée il découvrit qu'elle était une grande comédienne doublée d'une femme de cœur, une personne gentille et agréable.

6

Chris quitta la fête à deux heures un quart du matin. Il s'était amusé comme un fou. Et il avait d'excellentes nouvelles... Des nouvelles épatantes! Au fond de lui, il espérait que sa mère l'aurait attendu. Des nouvelles comme ça, on a envie de les partager. Il deviendrait dingue s'il devait attendre jusqu'au lendemain matin pour les lui annoncer.

Il allait tourner. Juste une scène de foule mais, d'après Tony, le tournage durerait au moins deux jours. Il allait devoir couper ses cheveux presque à ras mais cela ne le dérangeait pas. De toute façon, il se faisait toujours couper les cheveux à la rentrée, avant de reprendre les cours de combat.

Son cœur bondissait comme un oiseau affolé et, pour la première fois, il trouva que la vie valait la peine d'être vécue. Quel pied!

Si une semaine plus tôt on lui avait parlé du tournage à Watsonville, il ne se serait même pas déplacé, ne serait-ce que par curiosité. Maintenant, après une journée sur le plateau avec Tony, après la fête, il aurait facilement sacrifié une saison de combats pour jouer dans le film. Evidemment, pour le moment, personne ne lui avait demandé de choisir... Le réalisateur l'avait simplement convoqué le lundi suivant.

— Cool! jubila-t-il en rétrogradant.

La Volvo de sa mère négocia le tournant, avant de s'engager dans le chemin du chalet. Ce fut alors que la grosse voiture de location de Mme McCormick apparut dans le faisceau lumineux des phares. Elle était garée sur le bas-côté de la route. Chris freina et sortit de son véhicule sans éteindre le moteur. Janice, assise au volant, passa la tête par la fenêtre.

— Tracy, c'est toi? murmura-t-elle.

— C'est Chris.

Elle leva les yeux au ciel.

— Extra! Il ne manquait plus que toi.

Il s'approcha de la voiture. En se penchant, il jeta un coup d'œil à l'intérieur.

— Qu'est-ce que tu fais ici? Où est Tracy?

— Ce n'est pas ton affaire.

— Alors, mille excuses! riposta-t-il d'un ton las. Je voulais juste t'aider au cas où tu aurais besoin. Ciao.

— Attends! cria-t-elle.

Chris revint sur ses pas. Janice émergea de la voiture et s'appuya contre la portière. Elle semblait inquiète.

— Tu as raison. J'ai besoin de ton aide mais pas dans le sens où tu l'entends. Oh, Chris, je ne sais pas quoi faire. Tracy m'a donné rendez-vous ici. Je l'attends depuis deux heures.

— Où est-elle?

— Euh... Avec un garçon que nous avons rencontré sur la promenade.

Il fallut une seconde pour que l'information se fraie un passage jusqu'au cerveau de Chris.

— Et elle t'a plantée ici?

— J'étais d'accord, dit-elle, sur la défensive.

— Qui est ce type? Quelqu'un du village?

— Je ne sais pas. Quelle importance?

— S'il habite ici, nous pourrions le trouver plus facilement. Quel est son nom?

— Je n'en sais pas plus.

— Quoi? Tu la laisses partir avec le premier venu?

— Que voulais-tu que je fasse? Je ne suis pas sa mère.

— Non, mais tu es son amie.

— Même pas! déclara Janice dans une sorte de dénégation passionnée. A l'école, Tracy et moi ne nous fréquentons pas; on est juste chef des supporters toutes les deux. Elle m'a invitée parce qu'elle n'a trouvé personne d'autre et qu'elle ne voulait pas passer tout le mois de juin seule... avec toi.

La voix de Janice se fêla. Elle avait pressé les doigts sur sa bouche, comme pour empêcher les mots de sortir; mais il était trop tard! Elle leva sur Chris des yeux luisants de larmes.

— Elle t'a dit ça? s'enquit-il doucement.

— Désolée. Je suis méchante. Rien n'est vrai. J'ai tout inventé.

Il aurait pu se contenter de cette réponse, mais à quoi bon?

— Non, Janice. Tu n'as rien inventé.

— Je suis désolée, répéta-t-elle derrière ses doigts tremblants.

Les larmes jaillirent librement.

— Je t'en prie, murmura Chris. Tu n'as rien fait de mal. Tu as simplement dit la vérité.

— Je ne suis pas une garce, Chris. Mes amis de St Louis te le diront. Je suis même plutôt gentille. Je ne sais pas ce qui m'a pris l'autre jour. J'ai été si mesquine... Ta mère est quelqu'un d'extraordinaire.

Un sanglot la fit hoqueter.

120

— Je te demande pardon, acheva-t-elle.

Chris soupira. Les larmes l'avaient toujours mis mal à l'aise. Il se fit violence pour rester auprès de la jeune fille.

— Chut... Tu as probablement le mal du pays, murmura-t-il en songeant que sa mère aurait dit quelque chose d'analogue.

Janice essuya ses joues ruisselantes, puis frotta ses paumes humides sur son short.

— Tu crois ? chuchota-t-elle d'une petite voix misérable.

— J'en suis sûr. L'été dernier, j'ai failli avoir une déprime quand j'ai dû rester chez un cousin.

Il mentait, mais la fin justifiait les moyens.

— Tracy n'était pas avec toi ? demanda Janice, étonnée.

L'ombre d'un sourire effleura les lèvres de Chris.

— Pas à ce moment-là. Attends...

Il repartit vers la Volvo, coupa le moteur et revint avec un paquet de Kleenex que sa mère gardait toujours dans la boîte à gants. Janice prit le mouchoir en papier qu'il lui tendait et se moucha... Enfin, levant les yeux, elle eut un pâle sourire.

— Merci. Je me sens mieux.

— Tu es chef des supporters depuis longtemps ? demanda-t-il, histoire de dire quelque chose.

— Trois ans.

— Et tu aimes ça ?

— Oui, bien sûr. C'est géant...

Elle hésita un instant, comme pour reconsidérer sa réponse.

— Enfin, pas toujours, admit-elle. Parfois, quand, sur un signe du chef, les supporters acclament à tue-tête les joueurs de leur équipe, et que l'équipe adverse en profite pour récupérer le ballon... on a bonne mine.

121

— J'imagine que personne n'y fait attention.

— Tu parles! Mais des garçons comme toi ne peuvent pas comprendre.

— Qu'entends-tu par «des garçons comme toi»?

— Des mecs qui pensent qu'une fille ne songe qu'à flirter.

Chris sourit.

— Et... j'ai tort?

— Je suis contre les préjugés.

Un rire amusé échappa à Chris.

— Mais encore?

— Eh bien, puisque tu veux tout savoir, je m'intéresse à autre chose qu'aux flirts ou à l'équipe de foot de l'école.

— A quoi par exemple?

— Je ne suis pas obligée de me justifier.

— Alors, restons-en là.

Ils étaient revenus à la case départ. Chris regarda Janice.

— Tu ne veux pas essayer une nouvelle fois?

Elle haussa les épaules.

— Je travaille pour Al-anon, répondit-elle enfin. J'aide d'autres jeunes...

Là aussi, il fallut à Chris une seconde pour enregistrer l'information.

— Les Alcooliques anonymes? Cet endroit...

— Ce n'est pas un endroit mais une organisation... Nous venons en aide aux jeunes dont les parents sont alcooliques.

— Ton père est alcoolique?

— Ma mère.

Le silence retomba pendant un long moment, puis Janice ajouta :

— Aucune de mes amies n'est au courant.

— Pas même Tracy?

122

— Je te l'ai déjà dit : Tracy n'est pas une amie. Je ne suis même pas sûre d'avoir de la sympathie pour elle.

— Ton père est au courant ? Au sujet de ta mère, je veux dire.

Il n'aurait pas pu poser de question plus idiote.

— C'est lui qui m'a emmenée là-bas, avec mes frères.

— Ça doit être drôlement dur...

Le seul alcoolique que Chris connaissait était un collègue de son père. Gris dès le premier verre, il se mettait à raconter des histoires salaces.

— Parfois je la hais, dit Janice. Ensuite, je me sens coupable.

— Parfois je déteste mon père, répondit Chris.

— Parce qu'il a voulu divorcer ?

— Pas tant pour le divorce lui-même que pour la façon dont il s'y est pris. Non content de tromper maman, il s'est fait surprendre par elle au lit. Moins de trois ans plus tard, monsieur était remarié, installé, alors que maman n'avait pas encore eu le moindre rendez-vous.

— Ta mère est sensationnelle, et ton père un salaud.

— Je n'arrête pas de le dire à maman, mais elle n'est pas d'accord. Selon elle, ce qui s'est passé entre eux ne me regarde pas. « Il est ton père, dit-elle, tu lui dois un minimum de respect. »

Il n'avait jamais évoqué ce sujet avec personne. Face à ses camarades d'école, il ne montrait aucune faiblesse.

— Comme si c'était possible ! soupira Janice. Quand je vois comment maman détruit papa, j'ai du mal à le supporter. Elle boit en cachette... Elle se croit maligne alors qu'elle empeste l'alcool. Elle est ivre morte et elle est persuadée que ça ne se voit pas. Mes frères s'en vont quand elle est dans cet état. Moi, je reste. Une fois elle est tombée dans le coma alors qu'elle faisait frire du bacon. Elle a failli mettre le feu à la maison.

— Quel âge ont tes frères ?

— Quatorze et quinze ans.

— Où vont-ils, quand ils partent de la maison ?

— Chez mamie. Elle habite tout près...

Un nouveau silence se fit.

— Je ne répéterai rien à personne, déclara solennellement Chris.

Il avait envie de gagner sa confiance.

— Merci. Je ne dirai rien en ce qui concerne ton père non plus...

D'une claque, elle écrasa un moustique sur son avant-bras.

— Est-ce que tu crois qu'on peut faire quelque chose pour Tracy ? demanda-t-elle.

— Quoi ?

— Je ne sais pas mais, franchement, je commence à me faire du souci.

Chris était partagé entre l'inquiétude et l'indifférence. Il connaissait bien Tracy. Si elle s'amusait, Janice pourrait l'attendre toute la nuit.

— Quel genre de voiture a son soupirant ?

— Une Mustang bleue, une vraie pièce de collection. Pourquoi ?

— Il y a deux ou trois cafés qui restent ouverts tard au village. J'y ferais bien un saut.

— Je viens avec toi.

— Et si elle revient pendant notre absence ?

— Elle attendra ! Chacun son tour.

Janice prit les clés de la voiture de location, les enfouit dans son sac et claqua la portière.

— Je suis prête.

Ils montèrent dans la Volvo. Après avoir fait demi-tour, Chris emprunta la nationale.

— Ce n'est pas la première fois que Tracy se comporte

de la sorte, dit-il. Si elle fait son cinéma habituel, je plains son soupirant.

— Et moi, je plains son petit ami.

Les doigts de Chris se crispèrent sur le volant.

— Quel petit ami ?

— Celui de St Louis. Tu n'as pas remarqué qu'elle est toujours pendue au téléphone ? Et le nombre de cartes postales qu'elle a envoyées ?

— Elle disait qu'elle appelait son père...

Evidemment, il n'y avait aucune raison de mettre en doute les affirmations de Janice. Après un moment, il posa la question qui lui brûlait les lèvres.

— Depuis quand sort-elle avec lui ?

— Depuis l'été dernier.

Une année entière ! Pourtant, Tracy ne lui avait rien dit. Pas plus que Mme McCormick. Il fit la remarque à Janice, qui hocha la tête.

— Beverly ne se risquerait pas à t'avouer que sa fille a un fiancé. Elle espère toujours que vous vous mettrez ensemble !

— Vraiment ? C'est dingue ! Elle ne m'en a jamais parlé.

Peut-être Beverly s'était-elle confiée à sa mère ? songea-t-il, un peu désarçonné par la nouvelle.

— Elle n'a rien dit non plus à Tracy, poursuivit Janice. Elle a trop peur que sa fille fasse exactement le contraire. Tu connais le phénomène !

Chris émit un rire acerbe.

— N'est-ce pas ce qu'elle fait déjà ? Elle me traite comme une saleté sur laquelle elle aurait marché et qu'elle n'arriverait pas à décoller de sa semelle.

— Je ne la comprends pas. Pourquoi t'en veut-elle à ce point ?

— Je ne sais pas. Chaque été, je me rends ridicule dans

l'espoir qu'elle me remarque, tandis qu'elle s'évertue à m'éviter.

La phrase avait jailli spontanément. Une sorte de constatation amère qu'il avait jusque-là réussi à refouler au fin fond de son subconscient.

Alors qu'ils dépassaient la maison de la colline, Chris garda les yeux fixés sur le ruban sombre de la route. Peut-être s'était-il trahi? Peut-être que Janice répéterait tout à Tracy; ainsi il leur fournirait, une fois de plus, l'occasion de se moquer de lui. Bizarrement, il n'y crut pas. Même s'il n'avait aucune raison de se fier à Janice, elle lui inspirait confiance. D'ailleurs, c'était à elle, et pas à sa mère, qu'il aurait voulu parler de la fête et de sa future participation au film.

— Est-ce que tu as entendu parler... commença-t-il.

Janice l'interrompit.

— Les voilà! cria-t-elle en montrant une Mustang bleue qui arrivait en sens inverse.

Elle se retourna afin de mieux observer les passagers.

— Qu'elle aille au diable! Maintenant que je sais qu'il ne lui est rien arrivé, elle peut se rompre le cou!

Chris fit demi-tour et suivit les feux arrière de la Mustang. Il raconterait la fête à Janice plus tard.

7

Chris freina derrière la Mustang au moment où Tracy émergeait par la portière. La hanche contre la carrosserie, elle attendit que son compagnon coupe le moteur et vienne la rejoindre. Lorsqu'il fut à sa hauteur, elle lui passa les bras derrière la nuque et l'embrassa à pleine bouche en se frottant contre lui.

— Quelle garce ! marmonna Janice. Elle se donne en spectacle pour toi, Chris.

Il hocha la tête. Ces démonstrations auraient dû l'affecter. Mais il ne ressentait rien. Rien du tout.

— Pauvre type, murmura-t-il. Je le plains.

— Vraiment ?

— Donne-lui les clés et partons d'ici.

— Bonne idée.

Chris redémarra et Janice baissa sa vitre.

— Tiens, Tracy, attrape ! cria-t-elle tandis que la Volvo doublait doucement la Mustang arrêtée.

Janice lança les clés sans donner à Tracy le temps de réagir. Le trousseau décrivit un arc de cercle et atteignit les fesses de Tracy.

— Joli coup, la complimenta Chris en accélérant.

Janice eut un large sourire.

— Merci.

En temps normal, Chris se serait garé devant le chalet, de manière à laisser l'allée libre pour Tracy. Mais ce soir-là, il en avait plein le dos de ses caprices.

La pendulette sur sa table de chevet indiquait quatre heures du matin quand il se coucha. Il posa la tête sur l'oreiller, les yeux grands ouverts. Le sommeil le fuyait, il se sentait en pleine forme. Quand les premières lueurs du jour projetèrent l'ombre des persiennes sur le mur, il renonça à dormir et se mit à guetter les bruits familiers qui l'avertiraient que sa mère s'était levée. Son esprit errait d'un sujet à un autre, avec agilité et fièvre.

En moins de vingt-quatre heures, sa vie avait pris un tournant nouveau, inattendu. Le pauvre quidam s'était mué en acteur de cinéma après avoir assisté à une fête chez une star où il s'était gavé de mets succulents. Chris ne se faisait cependant aucune illusion : sa nouvelle existence ne durerait pas plus d'une semaine. Ensuite, les acteurs repartiraient avec armes et bagages, oubliant jusqu'à son nom. Mais Chris, lui, se souviendrait de tout ça. Oh, oui, il s'en souviendrait toujours ! Usant de cette faculté singulière de penser à plusieurs choses en même temps, il évoqua le diamant de Gloria et les cours de comédie. A la rentrée, il s'inscrirait au club de théâtre de l'école. Il ne s'attaquerait pas à un premier rôle, non ! Il commencerait d'abord par des rôles secondaires et, au printemps, il aviserait. Il pourrait peut-être continuer après avoir quitté le lycée. Il allait se renseigner sur les universités qui proposaient des cours d'art dramatique aux étudiants. Non qu'il se prît pour un futur monstre sacré, il n'était pas assez mégalo pour ça. Qui aurait payé sa place pour voir Chris Sadler sur les planches ?

D'ailleurs, devenir vedette ne l'intéressait pas. Il serait content de tourner toute sa vie des scènes de foule. Il ne voulait même pas d'argent, jouer lui suffisait. Tant pis s'il ne pouvait jamais réunir une somme assez conséquente pour acheter un jour un chalet sur la plage.

Il n'arriverait jamais à patienter tout le week-end. Il aurait bien voulu dormir jusqu'à lundi, seulement il était tendu comme un ressort. Une porte s'ouvrit à côté de sa chambre, puis se referma doucement. Sans doute sa mère. Beverly ne se levait jamais avant neuf heures. Chris enfila son pantalon. Il rattrapa Margaret sur le seuil de la cuisine.

— Tu es matinal aujourd'hui, observa-t-elle. Comment s'est passée la fête?

Il prit sa mère par les épaules et la regarda dans les yeux avec un sourire.

— Merveilleusement!

— Tu t'es bien amusé?

— Mieux que jamais. Attends un peu que je te raconte.

— Viens. Tu me raconteras pendant que je fais le café.

— Je ne peux pas attendre aussi longtemps.

— Oh! Ça doit être quelque chose!

Elle le scruta un instant.

— Toi, tu as rencontré une fille!

— J'en ai rencontré des dizaines, mais aucune en particulier.

L'image de Janice lui traversa l'esprit, mais il la balaya de ses pensées embrouillées.

— Maintenant, c'est moi qui ne peux plus attendre! s'exclama Margaret en souriant. Je t'écoute.

Chris arbora un air décontracté.

— Tout compte fait, je vais d'abord prendre une tasse de café.

— Ah... sale bête!

Elle s'avança vers la cafetière électrique et Chris lui emboîta le pas.

— Maman, je vais jouer dans le film de Tony.

Margaret se retourna vivement, le visage marqué par la surprise. Son absence d'enthousiasme le décontenança et il renifla.

— Rien de mirobolant, rassure-toi. Juste de la figuration.

Comme sa mère ne réagissait toujours pas, il reprit :

— Qu'est-ce qui ne va pas ? Tu n'es pas fière de moi ?

— Si, bien sûr. Tu m'as prise de court...

Elle s'efforça de trouver une réponse plus satisfaisante.

— Je croyais bien te connaître, pourtant je n'ai jamais imaginé que tu t'emballerais autant pour un film.

— Moi non plus, admit-il.

— Veux-tu connaître le fond de ma pensée ? C'est formidable ! Quand le tournage sera terminé, nous arroserons l'événement avec tous tes copains.

Chris regarda sa mère remplir le doseur de café, puis le vider dans le filtre. Ses efforts pour paraître enchantée le décevaient plus encore que son manque d'entrain.

Il décida de taire le reste. Si elle n'avait pas compris son émotion, mieux valait qu'elle ignore son projet de s'inscrire à un cours d'art dramatique.

— Et ta sortie ? demanda-t-il pour changer de sujet. As-tu vu un bon film ?

— Bah... Le temps de lire les sous-titres, j'ai raté l'essentiel.

Elle remplit d'eau le réservoir et brancha la cafetière.

— En revanche, nous avons eu un excellent dîner. Nous sommes allées dans un restaurant indien recommandé par Eric. Beverly a trouvé le curry trop fort, mais...

Chris ne l'écoutait plus. Il se remémora le récit de Janice. Il comprenait parfaitement qu'elle veuille ne pas parler de l'alcoolisme de sa mère. Il existe des secrets que l'on n'a pas envie de divulguer. Chris avait caché à Paul, son meilleur ami, la fameuse histoire de son livret d'épargne. Son entraîneur l'avait aidé à écrire à plusieurs universités pour demander une bourse. Certaines avaient répondu affirmativement, mais aucune ne correspondait à ses souhaits. Certes, il voulait poursuivre les sports de combat. Il était même persuadé qu'il se distinguerait à l'université tout autant qu'au lycée. Pourtant, il ne savait plus à quoi il souhaitait réellement se vouer et...

— Chris ?

Il leva les yeux. Sa mère le regardait.

— Oui, maman ?

— As-tu d'autres projets ?

Il ignorait de quoi elle voulait parler, et pour cause ! Il avait décroché depuis un bon moment.

— Des projets ?

— Pour ce soir.

Elle ne lâcherait pas prise. Chris leva les mains dans un geste résigné.

— D'accord ! Je me rends ! De quoi parles-tu ?

— Eric est passé hier soir. Son ami Charlie vient plus tôt que prévu. Si tu n'as rien de mieux à faire, tu es invité chez lui à huit heures pour le dessert.

— Tu peux venir aussi, tu sais.

— Arrête, Chris. Je ne m'intéresse pas à Eric Lawson. Cesse donc de jouer les entremetteurs.

Elle lui tendit un bol de céréales.

— Ce soir, je sors avec Beverly. Nous allons à un concert à Monterey.

— Qu'est-ce qui te déplaît chez Eric ?

— Rien.

— Alors pourquoi...

— Je te l'ai déjà dit. Je ne suis pas prête pour une relation durable.

— Papa s'est remarié. Je ne vois pas pour quelle raison tu ne t'accorderais pas un peu de bon temps.

— Chéri, assieds-toi.

Elle posa deux tasses de café sur la table et ils s'installèrent face à face.

— Voilà, reprit-elle. Aussi bizarre que cela puisse paraître, j'aime bien être seule. Je suis partie de chez mes parents pour vivre en pension, puis chez mon mari. Pour la première fois de ma vie, je peux disposer de mon temps, de mes loisirs comme bon me semble. Et je n'ai pas l'intention de renoncer à ma liberté.

— Tu ne te sens pas seule?

— Parfois, si. Mais le prix à payer pour un peu de compagnie est trop élevé... et... j'ai déjà donné!

Elle ajouta un nuage de lait froid dans son café et passa le pot à Chris.

— Un jour, peut-être, je ne dis pas! Il est possible que je change d'avis. C'est même certain. Mais pas pour l'instant, tu comprends?

— Maman, regarde la réalité en face. Tu ne rajeunis pas. Les hommes libres de ton âge se font rares. Que feras-tu de ta chère liberté si un jour la solitude devient trop pesante?

— On ne peut pas tout avoir. Il y a pire dans la vie que vivre seule... Par exemple épouser la mauvaise personne.

— Tu veux dire papa?

Elle secoua la tête.

— Je ne regrette rien. Si je ne l'avais pas épousé, je ne t'aurais pas eu.

— Maman, bientôt je partirai, moi aussi.

— C'est donc pour cela que tu essaies de me caser? Parce que tu t'en vas à l'université, tu te fais du souci pour ta pauvre mère?

— Un peu, admit-il.

132

— Eh bien, tu as tort, dit-elle en pressant la main de Chris dans la sienne. En fait, j'ai hâte d'avoir la maison pour moi toute seule.

Il n'en crut pas un mot mais feignit le contraire.

— Est-ce une façon comme une autre de me dire de débarrasser le plancher ?

Margaret sourit.

— Je crois que je peux attendre encore un an.

Chris leva les bras et s'étira.

— Je vais courir avant le petit déjeuner. Tu viens avec moi ?

Elle considéra l'invitation.

— Je descendrai à la plage, mais je préfère marcher. Chacun son rythme... Au fait à quelle heure es-tu rentré ?

— Tard.

— Et tu t'es levé aux aurores ? Le tournage te rend nerveux, mon bonhomme.

— Je vais me changer. On se retrouve dehors.

Prenant un magazine, elle se mit à le feuilleter négligemment.

— Trop tard, dit-elle en bâillant. Je n'ai déjà plus le courage. Je serai sur la terrasse si tu as besoin de moi.

Chris hocha la tête en riant.

— Maman, je te le répète : tu vieillis. Il ne te manque plus qu'une canne.

— Je conserve mon énergie, voilà tout.

Lorsque Chris revint de son jogging, une heure plus tard, une violente dispute opposait Tracy à Beverly. La première exigeait la voiture pour l'après-midi, la seconde refusait avec obstination. Au milieu du raffut, Janice, attablée, dégustait des céréales.

— Tu n'as qu'à prendre la voiture de Margaret ! hurla Tracy en tapant du pied. Elle n'en a pas besoin. Elle ne va jamais nulle part.

Beverly ajouta une sucrette dans son café.

— Tracy, ne me pousse pas à bout.

— Je me sers de la Volvo cet après-midi, intervint Chris. Janice et moi allons à Big Sur.

Janice leva le nez. Ses lèvres formulèrent un «merci» muet.

— Ah oui? Depuis quand? le défia Tracy.

— Depuis hier soir.

La veille encore, il aurait été incapable de lui tenir tête. A présent, il croisait son regard froid et hostile sans broncher.

— Si tu veux nous accompagner, tu es la bienvenue, proposa-t-il d'un ton ironique.

— J'ai un rendez-vous, articula Tracy avec une supériorité qui frisait le ridicule.

— Alors, où est le problème? demanda Chris en essuyant de sa manche son front moite. Dis-lui de passer te chercher.

Tracy coula un rapide regard vers sa mère.

— Je ne peux pas. Il ne sait pas où j'habite.

— A quelle heure avez-vous rendez-vous? Nous te déposerons, répondit-il. Cela ne te dérange pas, Janice?

La jeune fille secoua vigoureusement la tête.

— Non. Bien sûr que non.

Tracy fusilla son amie d'un regard rageur.

— Comment as-tu pu me faire ça?

— Assez! coupa Beverly.

Tracy se tourna vers sa mère, les yeux brillants de larmes.

— Tu m'as promis que cet été, ce serait différent! vociféra-t-elle. Tu m'as juré que tu ferais tout pour rendre mon séjour agréable.

Beverly essaya d'entourer les épaules de sa fille de son bras, mais cette dernière se dégagea violemment.

134

— Je veux rentrer à la maison, déclara-t-elle. Tout de suite.

— Tracy, sois raisonnable, plaida Beverly d'une voix chevrotante. Tu sais combien je tiens à ces vacances. C'est le seul moment de l'année où je peux voir Margaret.

— Oh, bien sûr ! Il n'y en a que pour toi ! Et moi alors ? Je ne compte pas ?

Chris avait déjà assisté à un millier de disputes entre Tracy et sa mère. Avant, il prenait automatiquement le parti de la jeune fille. Il pensait que sa forte personnalité irritait sa mère, qui aurait préféré avoir quelqu'un de plus malléable sous la main. Aujourd'hui, il voyait les choses sous un autre angle. Comment avait-il pu être aussi aveugle ? Aussi stupide ?

— Maman, je parle sérieusement ! Je veux rentrer ! reprit Tracy, implacable.

— Et si je louais une autre voiture pour toi ? proposa Beverly. Tu changerais d'avis ?

Les larmes de l'adolescente disparurent comme par enchantement.

— Une voiture pour moi seule ? demanda-t-elle d'un ton circonspect.

— En rendant le gros véhicule et en en louant deux plus petits, je ne devrais pas payer beaucoup plus cher.

Les yeux de Tracy s'éclairèrent.

— Et ils accepteront de te louer deux voitures ?

— Je ne vois pas pourquoi ils refuseraient.

— Si c'était le cas, tu pourrais en mettre une au nom de Margaret, suggéra Tracy, coupant l'herbe sous le pied de sa mère.

— Ça, trésor, il faut que Margaret soit d'accord. Nous allons le lui demander.

— Tu n'as qu'à la mettre devant le fait accompli.

Estimant que la situation ne tarderait pas à s'envenimer, Janice alla rincer son bol sous le robinet.

— Quand veux-tu que je sois prête ? chuchota-t-elle à Chris.

— Dans cinq minutes, d'accord ?

Une pour prévenir sa mère qu'ils empruntaient la Volvo, et quatre pour se doucher.

— Je préparerai un pique-nique. Nous serons absents toute la journée, je suppose ?

Il acquiesça.

— Madame McCormick, dit-il en lui souriant suavement, ne nous attendez pas pour dîner.

Tracy avisa Janice.

— J'allais t'inviter à venir avec nous. Jimmy voulait te présenter un de ses amis. Mais comme tu ne seras pas là de la journée...

Elle exhala un long soupir, mais Janice n'eut pas la réaction escomptée. Au lieu de promettre qu'elle rentrerait à temps, elle ébaucha une grimace.

— Sortir avec un motard ? Beurk !

Beverly avala son café de travers et se mit à tousser.

— Parce que tu sors avec un motard ?

Tracy fit de gros yeux à Janice.

— Ce n'est pas parce que Jimmy t'a traitée de snobinarde qu'il faut lui casser du sucre sur le dos.

— S'il n'est pas motard, comment expliques-tu ses tatouages de Harley Davidson ?

— Comment ? Il a des tatouages ? s'enquit Beverly d'une voix qui dérapait dans les aigus.

— Tous les jeunes en ont, maman ! riposta Tracy. D'ailleurs, j'en aurai un aussi, un de ces jours.

Beverly s'enflamma. Se redressant brusquement, elle pointa un doigt accusateur vers sa fille.

— Tracy, tu es mineure ! Et tant que tu seras sous ma

responsabilité, je t'interdis de te défigurer avec des tatouages et autres âneries de ce genre.

— Mon corps m'appartient ! J'en fais ce que je veux.

— Et moi je refuse de voir ces horreurs sur la peau de mon enfant ! N'oublie pas que l'académie St Michael vient d'accepter ta candidature.

— Oh, la ferme ! hurla Tracy, les yeux flamboyants. Tu m'avais promis que tu ne dirais rien.

Beverly arbora une expression contrite.

— Ça m'a échappé...

— La bonne excuse ! J'en ai marre, tiens !

Tracy partit en courant dans sa chambre et s'y enferma en claquant la porte.

Peu de temps après, Beverly la suivit.

Chris échangea un regard avec Janice.

— Qu'est-ce que c'est, cette histoire d'académie ?

Janice haussa les épaules.

— Je n'en suis pas sûre, répondit-elle après une hésitation, mais je présume qu'il y a un rapport entre St Michael et l'institution où ses parents avaient envoyé Tracy du temps où elle se droguait avec son petit copain.

Chris regarda Janice, bouche bée. Il se rendit soudain compte qu'il ne savait rien de la fille dont il était amoureux depuis une éternité.

— Je connais Tracy depuis toujours, murmura-t-il, et j'ignore qui elle est vraiment.

— Ça va aller, Chris ?

— Je vais m'habiller et on file au plus vite.

— Je vais préparer des sandwichs.

— Ce n'est pas la peine. Nous nous arrêterons en route.

Il avait hâte d'être loin. Egoïstement, il aurait voulu être seul. Sur la terrasse, il aperçut sa mère, et il sortit afin de la mettre au courant de ses plans.

Tandis qu'il faisait coulisser la porte vitrée, elle leva les yeux de son magazine.

— Inutile de m'expliquer, dit-elle. J'ai tout entendu.

— Etais-tu au courant pour l'école privée?

— Oui... et non. J'aurais pu poser des questions à Beverly et tenter d'approfondir les bribes d'information qu'elle laissait parfois passer dans ses lettres. Mais j'ai préféré la discrétion.

— Ça ne fait rien, si je prends la voiture alors?

Margaret referma le magazine.

— Je n'approuve pas le mensonge mais, après tout, tu n'avais pas le choix. Et puis, c'est difficile d'être à la fois fier et mécontent de quelqu'un.

Comme Chris ne disait rien, elle ajouta :

— Vas-y, mon chéri. Amuse-toi bien avec Janice. N'oublie pas qu'Eric t'attend ce soir.

— A quelle heure t'en vas-tu avec Beverly?

— Je ne sais pas.

— Où allez-vous?

— Je n'en ai pas la moindre idée non plus.

Il réfléchit un instant.

— Je vois ce que tu veux dire. Je n'étais pas le seul à mentir.

Sa mère lui sourit.

8

Chris et Janice n'allèrent pas jusqu'à Big Sur. Sur la route de Monterey, elle le pria de s'arrêter au parc aquatique de Cannery Row. La foule bigarrée du dimanche s'étirait en files interminables devant les guichets, mais rien ne semblait pouvoir tempérer l'enthousiasme de Janice. Dans le hall principal, le cou tendu, les yeux écarquillés, elle admira les baleines grandeur nature suspendues au plafond, tandis que le flot des visiteurs continuait d'avancer vers les différentes portes. Chris lui plaqua gentiment la main au creux des reins, la poussant légèrement en avant.

— Mademoiselle, avancez. Nous avons mille choses à voir et seulement six heures devant nous.

— Imagine! Tu nages, peinard, et pan! Tu tombes entre deux eaux sur l'un de ces monstres, qui ne fait qu'une bouchée de toi.

— Les cétacés ne mangent pas les humains.

— Tu plaisantes!

Sans donner à Chris le temps de poursuivre, Janice pointa le doigt en direction d'une vaste cuve de plexiglas à deux étages, entourée d'une cohue remuante.

— Qu'y a-t-il, là-dedans?

— Des otaries.

— Des vraies?

Chris eut un rire.

— Pourquoi? Tu en connais des fausses?

— Oh, ça va! Je veux les voir!

Ils se frayèrent péniblement un passage vers le niveau supérieur, d'où ils purent apercevoir les silhouettes souples et ondoyantes des otaries. Une mamie équipée d'un panier se mit à jeter dans l'aquarium des morceaux de poisson cru. Les otaries plongèrent aussitôt parmi les algues et les goémons. De leurs pattes griffues, elles attrapaient le poisson, puis remontaient à la surface et nageaient sur le dos en dévorant leur proie.

Janice s'éloigna de la paroi translucide pour laisser deux jeunes enfants admirer le spectacle. Chris parvint à l'attirer vers la piscine des dauphins.

Elle le bombarda de questions. Lorsqu'il ignorait la réponse, elle s'adressait aux gardiens. Devant la forêt d'algues, elle se lança dans un véritable concours. Chris se prêta au jeu, et tous deux énumérèrent leurs connaissances de la vie marine. Il menait d'un point quand trois poissons émergèrent des fucus : Janice les identifia d'un seul coup.

— J'ai gagné! exulta-t-elle.

— Bah! Il n'y a pas de quoi pavoiser.

— Peut-être pas, mais c'est marrant.

Chris la regarda.

— J'ai l'impression d'entendre Tracy.

Janice l'attrapa par la manche.

— Retire ce que tu as dit.

— Sinon?

— Tu rentres seul à la maison.

Il lui adressa un sourire triomphant.

— Sauf que la voiture est à moi.

Janice répondit à son sourire.

140

— Bon, je me rends.

Ils poursuivirent la visite, main dans la main. Les cloches transparentes des méduses les retinrent un bon moment. Trois heures plus tard, ils firent leur dernière halte à la boutique des cadeaux. Janice mit une éternité pour choisir un livre et opta enfin pour un petit volume sur les espèces du Pacifique Nord. Lorsqu'elle ouvrit son porte-monnaie pour régler son achat, Chris nota qu'elle dépensait la moitié de son argent de poche.

— Devine ce que je vais faire les trois prochaines semaines, dit-elle, tandis qu'ils ressortaient du bâtiment.

— Je donne ma langue au chat.

— Je vais essayer d'apprendre le maximum sur la flore et la faune sous-marines. C'est passionnant.

Elle avait passé un moment agréable et ne se retenait pas de le proclamer. La plupart des filles du lycée auraient feint de s'ennuyer, qualifiant cette visite de «ringarde». Mais pas Janice. Elle s'intéressait à tout.

— Et la prochaine fois que je viendrai en Californie, j'aurai mon permis de conduire, déclara-t-elle à brûle-pourpoint, tandis qu'ils s'engageaient dans le parking. Je visiterai le pays en long, en large et en travers.

Chris haussa les sourcils. Après dix jours en compagnie de Tracy, il était étonnant que Janice songe à revenir.

— Et j'irai nager avec les loutres de mer, reprit-elle, passant du coq à l'âne. Ça doit être géant.

— As-tu faim? demanda Chris alors qu'ils arrivaient à la voiture.

— Oh, oui!

— Hamburger? proposa-t-il.

— Papa m'étranglera si je ne goûte pas le poisson de la côte au moins une fois.

— Va pour le poisson. Je ne connais aucun restaurant mais on peut toujours se renseigner.

La vieille Volvo démarra. Un peu plus loin, Chris s'arrêta devant une échoppe de tee-shirts. Le vendeur les informa que la meilleure taverne de tacos de poisson se trouvait au nord de Mexico.

— Des tacos de poisson ? s'étonna Janice en ressortant. A mon avis, mon père ne pensait pas à ça. Si nous demandions à quelqu'un d'autre ?

— Ouf... Merci ! J'ai eu peur que tu sois partante.

Elle l'observa à travers ses longs cils noirs et épais.

— Toute réflexion faite... pourquoi ne pas essayer ? demanda-t-elle avec un petit air espiègle.

— Si tu veux y aller, pas de problème, déclara-t-il avec fermeté, sûr qu'elle ferait marche arrière.

— Alors, allons-y.

— La bonne blague !

— Pas du tout. Qu'est-ce qu'on a à perdre ?

— Notre argent.

Elle éclata de rire.

— Allons ! Où est ton sens de l'aventure ?

Sur le chemin du retour, Janice affirma pour la énième fois qu'elle avait adoré les tacos et que, si c'était à refaire, elle n'hésiterait pas. Chris rétorqua que la tarte à la rhubarbe et aux fraises de sa grand-mère, qui lui avait flanqué des crampes d'estomac carabinées, avait été pour lui une meilleure expérience.

Quand, le même soir, Eric proposa à ses invités une tarte à la rhubarbe et aux fraises avec de la glace, Janice eut toutes les peines du monde à garder son sérieux. Elle avait accepté d'accompagner Chris pour rencontrer Charlie Stephens. D'abord légèrement impressionnée, elle s'était peu à peu détendue. Son tempérament exubérant avait ensuite très vite pris le dessus, et elle avait bombardé le champion de questions. Ensuite, elle lui avait avoué en souriant qu'il serait dorénavant son héros préféré.

Elle dévora sa part de tarte avant de s'attaquer à celle de Chris. Celui-ci sourit. Hormis la fête chez Tony, il vivait le plus beau jour de sa vie.

Lorsqu'ils se retrouvèrent tous les deux dehors, sous les étoiles, ils n'eurent qu'à traverser la ruelle qui séparait les deux maisons pour rentrer se coucher.

— Charlie est sympa, dit Janice. Eric aussi, d'ailleurs.

— Merci d'être venue avec moi.

— Il n'y a pas de quoi...

Elle s'immobilisa au milieu de la rue, les bras écartés, comme pour rassembler les souvenirs de cette journée exceptionnelle. Les yeux levés vers le ciel, elle exécuta un cercle lent, semblable à une danse.

— Merci aussi d'avoir menacé de me briser la jambe si je ne venais pas, poursuivit-elle.

— C'était le bras, corrigea Chris en riant.

Elle feignit de perdre l'équilibre.

— Jambe, bras, c'est pareil.

Impulsivement, machinalement, il la souleva dans ses bras pour l'empêcher de tomber et la jeta sur son épaule.

— Si quelqu'un nous voit, il pensera que tu es ivre, dit-il.

— Ou que je me suis évanouie et que tu as eu la bonté de me ramener à la maison.

Elle ne pesait pas plus lourd qu'une plume. Il était arrivé à Chris de soulever des poids plus importants quand il aidait sa mère à faire les courses ou à transporter des valises. Il aurait pu porter Janice jusqu'à la fin des temps... si sa courte jupette n'était pas remontée, dévoilant une petite culotte de dentelle.

Chris se crispa. Ressentant la tension de son compagnon, Janice s'appuya sur ses épaules et se laissa glisser à terre. Ils se tenaient maintenant face à face, les yeux dans les yeux. Et ni l'un ni l'autre ne bougea.

L'air de l'océan, encore chargé de la chaleur du jour, les enveloppa comme une écharpe. Alors, très lentement, sûr de ses gestes, Chris embrassa Janice. Son cœur s'emballa ; il l'entendit battre à ses tempes, estompant l'incessant roulement des vagues. Elle pencha la tête sur le côté, les lèvres entrouvertes. Avec un profond soupir, Chris enlaça Janice, et son baiser se fit plus profond, plus exigeant. Elle se hissa alors sur la pointe des pieds pour mieux le goûter. Quand ils se séparèrent, Chris posa son menton sur le sommet de la tête de Janice.

— Excuse-moi, murmura-t-il. Je ne sais pas ce qui m'a pris.

— Moi non plus...

— Tu m'en veux ?

Elle ne répondit pas tout de suite mais, levant les yeux, elle le sonda du regard.

— Je n'en suis pas sûre, chuchota-t-elle enfin. Si tu recommençais, tu m'aiderais à y voir plus clair.

Une sensation singulière submergea Chris. Un sentiment qu'il avait déjà éprouvé, mais pas dans toute sa plénitude. Un baiser ne lui suffisait pas. Il brûlait d'envie d'aller plus loin.

La bouche de Janice lui parut d'une douceur incroyable ; la caresse de sa langue l'enivra. La façon dont elle se soulevait sur ses orteils en lui passant les bras autour du cou fit naître dans son esprit une multitude d'images aussi intimes qu'éblouissantes.

Ce qu'il éprouvait pour Tracy se passait uniquement dans sa tête. Dans son imagination. L'instant présent était bien réel. Et tellement plus excitant !

— Non, murmura-t-elle.

144

— Non?

Souriante, elle reposa ses talons, les yeux levés vers le visage de Chris.

— Non, je ne t'en veux pas, précisa-t-elle.

Il lui caressa la joue.

— Veux-tu faire un tour?

— Oui.

Elle n'ajouta rien, mais il sut qu'ils partageaient les mêmes pensées, les mêmes sentiments.

Ils descendirent les marches creusées dans la falaise. Sur la plage, Chris prit la main de Janice. Ses jambes bougeaient, mais ses pieds ne touchaient pas terre. On eût dit qu'il marchait dans les airs.

— Je dois partir demain très tôt, dit-il. Je ne sais pas à quelle heure je rentrerai.

— Où ça?

Il lui parla du film. Elle l'écouta, émerveillée.

— Oh, Chris, quelle chance! Promets-moi de tout me raconter demain, dans le moindre détail. Je veux tout savoir.

— Oui, d'accord... Mais ne dis rien à Tracy.

Elle opina, sans demander aucune explication.

Chris s'assit sur une vieille bûche délavée, blanchie, séchée par le sel et le vent marin; il attira Janice à côté de lui. Ils se mirent à parler, à parler vite, sans jamais s'arrêter, comme pour rattraper le temps perdu.

Tout ce qui concernait Janice revêtait pour Chris une extrême importance, de son allergie aux olives à sa passion pour les chants folkloriques irlandais. Ils se découvrirent d'innombrables goûts communs, tels que la politique et la philosophie, et quelques sujets sur lesquels ils n'étaient pas tout à fait d'accord.

La lune brillait dans le ciel nocturne, la marée haute recouvrait la plage, l'air immobile se muait en brise. La fraîcheur du soir s'immisçait dans la chaude atmosphère, mais les deux jeunes gens continuaient à bavarder.

Ce n'était pas facile d'évoquer toute une vie en une seule fois. Ils tentaient pourtant de le faire, en s'efforçant de se donner le plus d'informations possible, de se connaître à fond, de s'assurer que ce qui leur arrivait était vrai et durable.

Le froid finit par les chasser. Janice tremblait malgré le bras de Chris autour de ses épaules.

Il la raccompagna devant la porte de sa chambre. Leurs lèvres s'unirent une dernière fois. Ebloui, il s'aperçut que leurs corps s'épousaient parfaitement. Ils étaient faits l'un pour l'autre. Elle le sentit aussi et se pressa contre lui.

— Tu m'attendras, demain soir? chuchota-t-il.

— Oui, souffla-t-elle à son oreille.

Il ouvrit la bouche, mais un bruit en provenance de la chambre lui fit garder le silence. Tomber sur Tracy était la dernière chose au monde qu'il souhaitait. Ils échangèrent encore un baiser, plus rapide, avant que Chris longe le couloir menant à sa chambre. Sur le seuil, il se retourna.

— Je rentrerai dès que je pourrai.

— Je serai là, dit-elle doucement.

De la main, des yeux, ils s'adressèrent un au revoir muet. Cette nuit-là, Chris dormit comme un bébé. Et, pour la première fois depuis des années, Tracy ne vint pas hanter ses rêves.

9

Chris roula sur le dos, les mains derrière la nuque, les yeux fixés au plafond. Il n'était pas arrivé à dormir, à faire taire le tumulte de ses pensées.

Depuis deux jours, les changements s'étaient succédé à une allure hallucinante. La figuration avait abouti à un petit rôle de quelques lignes, le tournage avait duré quatre jours. Il commençait aux aurores, terminait tard dans la nuit. Il avait donc peu vu Janice. Ils échangeaient quelques mots le soir, couraient pendant une heure sur la plage le matin. Elle ne cessait de répéter que cela lui était égal, mais peut-être se montrait-elle simplement polie, afin de ne pas ternir sa joie.

Le dernier jour du tournage avait apporté un nouveau changement. Robert, le producteur, s'était montré sur le plateau. Il avait convoqué Chris pour une nouvelle audition. L'adolescent avait oublié la conversation entre Tony et Robert, pendant laquelle ils étaient tombés d'accord sur le fait qu'il ressemblait à un certain David. Il ne s'agissait en fait pas d'un de leurs amis, mais du personnage principal d'un film en cours d'écriture. Le scénario, inspiré d'un roman, était quasiment terminé, mais ils n'avaient encore trouvé aucun comédien pour tenir le rôle. Tous les castings se soldaient par un irréversible refus de l'auteur. Ils s'apprêtaient à abandonner le projet quand Tony avait remarqué Chris.

Et ce soir, l'impossible, l'inimaginable, s'était produit : Robert lui avait offert le rôle-titre. Il ne restait plus à Chris qu'à répondre oui ou non.

Il avait commencé par tergiverser, mettant en avant les exigences de l'auteur, qui ne voulait pas d'un acteur débutant. Robert l'avait alors informé que, dans la semaine, les scénaristes et l'auteur l'avaient regardé tourner. Ils avaient tous accordé leurs violons pour chanter ses louanges : Chris crevait l'écran et incarnait selon eux parfaitement David.

D'abord flatté, Chris n'avait pas tardé à éprouver les premières affres du trac. La bouche sèche, il avait demandé à Robert un délai de réflexion. Abasourdi, le producteur n'avait pu qu'opiner.

Déjà, le plateau tout entier bourdonnait de la nouvelle. Enfin, le prochain film du studio verrait le jour. La société de production apportait les réponses aux questions de Chris. S'il acceptait de travailler avec eux, les meilleurs professeurs seraient mis à sa disposition afin qu'il puisse poursuivre ses études. Le fait qu'il n'avait jamais joué ne posait pas plus de difficultés. Il possédait un talent naturel, et de toute façon, il aurait un coach. De plus, ils loueraient pour lui et sa mère un appartement de fonction. Une voiture avec chauffeur figurait également dans le contrat... Et s'il n'aimait pas jouer, il aurait la possibilité de s'arrêter à la fin de son premier film. Mais cela, personne n'y croyait vraiment.

L'argument majeur, c'était l'argent. Chris gagnerait en une seule fois le financement de ses études à Yale et à Stanford réunis, après quoi il lui resterait une somme suffisante pour s'offrir le chalet de ses rêves à Santa Cruz.

148

Comment pouvait-il refuser une telle offre ? Et, en même temps, comment pouvait-il accepter ? Pour Chris, devenir acteur signifiait être quelqu'un de spécial ; un ambitieux, un persévérant, voire un acharné. Les collaborateurs de Robert avaient beau affirmer qu'il réussirait, qu'adviendrait-il de lui s'ils se trompaient ? Si, lors du tournage, on se rendait compte qu'il était nul ? Bouger, parler devant une caméra n'avait rien à voir avec une scène de foule. Jouer, c'était s'exposer à la curiosité du public, au jugement des journaux spécialisés.

Et si les critiques le descendaient en flammes ?

Il ne s'agissait pas d'une fiction, d'un film d'action où les effets spéciaux et les cascades l'emportaient sur le jeu des comédiens. L'histoire mettait en scène un jeune homme dont le père avait été accusé à tort d'agression sexuelle sur un mineur. Le livre figurait toujours en tête des best-sellers. Des millions de personnes l'avaient lu et s'étaient forgé une opinion sur David, le héros. Il était difficile de plaire à tout le monde. Chris était lui-même, pas David.

Pourtant, il adorait le cinéma. En tenant son petit rôle auprès de Tony, il s'était pris de passion pour ce métier. Mais comment aurait-il pu imaginer devenir acteur aussi vite, aussi brusquement ? Il se sentait aussi anxieux que s'il avait été qualifié pour les jeux Olympiques.

Se tournant sur le côté, il regarda par la fenêtre les nuages s'effilocher sur le ciel nocturne.

Janice l'avait attendu, comme tous les soirs. Il lui avait aussitôt annoncé la nouvelle et, pendant un long moment, elle était restée muette. Une fois remise de sa surprise, elle avait déclaré qu'il serait idiot de refuser cette chance. Elle comprenait ses appréhensions mais, à sa place, elle n'aurait pas hésité à accepter. Non, pas une seconde. De telles occasions ne se présentent pas tous les jours, avait-elle ajouté.

149

Chris était attendu dans deux jours aux studios, à Los Angeles, pour des bouts d'essai. C'était une pure formalité, avait précisé Robert, destinée à convaincre ceux qui ne l'avaient pas encore vu jouer.

L'adolescent soupira. Il était la proie d'un dilemme cornélien. Devait-il abandonner le lycée, le championnat de lutte, sa vie entière pour un film qui entraînerait sa consécration ou sa perte ? Il devait prendre une décision avant d'en parler à sa mère. Oui, il était important qu'il ne subisse pas son influence.

Tout en ressassant, il se tourna de nouveau sur le dos en serrant l'oreiller dans ses bras. Au même moment, la porte de sa chambre s'ouvrit. Il releva la tête.

— Qui est-ce ? demanda-t-il, dans l'espoir de voir apparaître Janice.

— Je savais que tu serais réveillé, murmura alors Tracy. Je voudrais te montrer quelque chose.

Confus, surpris, Chris scruta la silhouette au pied du lit.

— A cette heure-ci ?

— Tu ne m'as pas laissé le choix. Tu n'es jamais là.

Elle passa les doigts dans ses longs cheveux, les remonta, puis les laissa cascader sur ses épaules.

Il rêvait.

Oui. Il dormait et il faisait un rêve.

Mais pourquoi celui-ci ? Pourquoi maintenant ? Il n'était plus amoureux de Tracy.

Il faisait sombre dans la chambre mais la jeune fille se déplaça dans la lueur de la fenêtre. Elle portait un court peignoir de soie ouvert sur une nuisette.

Le cœur de Chris fit un bond dans sa poitrine quand elle vint s'asseoir sur le bord du lit. Sa jambe longue et lisse frôla celle de Chris.

— Je m'ennuie sans toi.

150

Bon sang, ce n'était pas un rêve. Il sentait sa chaleur, son parfum lourd, musqué, trop sucré.

— Qu'est-ce que tu veux, Tracy?

— D'abord, promets-moi que tu ne diras rien à personne.

Il aperçut la blancheur de son sourire dans la semi-obscurité. Elle flirtait avec lui! Les yeux de Chris s'arrondirent. Il n'aurait pas été plus surpris si une lame de fond avait balayé sa chambre.

— Ecoute, je suis fatigué et...

Elle posa la main sur sa cuisse, tout près de l'aine.

— Voyons, Chris, je ne te demande qu'une petite promesse.

Elle devait penser qu'elle n'avait qu'à le toucher pour le réduire à sa merci. Furieux, il repoussa sa main avant de rouler au milieu du grand lit.

— Tracy, à d'autres! Dis-moi ce que tu veux au lieu de tourner autour du pot.

Cette fois-ci, elle ne répondit pas tout de suite.

— J'ai peine à l'admettre, commença-t-elle d'une voix traînante, mais Janice m'a fait comprendre que j'avais eu tort de me comporter aussi mal avec toi.

De nouveau, elle secoua ses longs cheveux dorés.

— Nous n'avons plus que deux semaines, reprit-elle. Je voudrais qu'elles soient inoubliables.

Elle mentait. Cela se voyait à son regard fuyant.

— Désolé, répondit-il, gonflé d'une merveilleuse sensation de toute-puissance. Je ne suis pas intéressé.

Tracy eut un sourire suave.

— D'après Janice, tu es fâché à cause de mon soupirant. Mais tes colères ne durent jamais longtemps.

— Je ne sais pas à quoi tu joues, mais je suis fatigué et je dois me lever tôt. Si tu n'as rien d'autre à me dire, va-t'en.

— Te lever tôt? Mais où vas-tu donc tous les matins?

Elle avait posé la question avec une innocence feinte. Elle sait! songea Chris spontanément. Tout s'expliquait à présent. Tracy avait entendu parler du tournage à Watsonville.

— Nulle part, répondit-il.

— Je ne peux pas venir, moi aussi?

— Pourquoi?

— Je te l'ai dit, je m'ennuie. Si je ne sors pas d'ici, je vais péter les plombs. Maman me prend la tête et en plus elle aurait une attaque si elle savait ce que j'ai fait.

Elle avait lancé la ligne et il était impossible de ne pas mordre à l'hameçon.

— Qu'as-tu fait?

— Promets-moi d'abord que tu ne diras rien, insista-t-elle.

Elle se fichait éperdument de ses promesses. Elle tenait seulement à l'amener là où elle voulait. Mais pour la première fois depuis qu'ils se connaissaient, Chris eut la sensation d'avoir le dessus.

— Laisse tomber, lâcha-t-il. Je ne veux pas le savoir.

— Pourquoi es-tu si...

Elle s'interrompit, une lueur malveillante dans les prunelles.

— ... têtu? Tout ce que je te demande, c'est... oh, et puis zut! Je te fais confiance, tiens!

Elle alluma la lampe de chevet, écarta les jambes et attendit la réaction de Chris. Un flot de chaleur enflamma le bas-ventre de ce dernier. Son caleçon lui comprima douloureusement le sexe. Tracy rejeta ses longs cheveux en arrière dans un mouvement victorieux. Elle devait penser être arrivée à ses fins.

— Qu'en dis-tu? demanda-t-elle.

— De quoi? rétorqua-t-il le plus froidement possible.

— Du tatouage.

Elle plia sa jambe droite. Tout en sachant qu'il commettait une grave erreur, Chris ne put s'empêcher de regarder. A l'intérieur de la cuisse de Tracy, tout près de l'élastique de son minuscule slip bleu ciel, une rose entourée de barbelé ornait la chair soyeuse.

— Génial, non? s'enquit-elle.

— Si ça te rend heureuse...

— Tu veux toucher?

Il la regarda, stupéfait. Elle faisait tout ce cirque à cause d'un petit rôle dans un film!

— Non, merci.

Elle se rapprocha, aussi câline qu'une chatte.

— Vas-y, touche. C'est doux comme...

Elle ne finit pas sa phrase. On frappait à la porte. Le battant s'ouvrit sur Janice qui se glissa dans la pièce. Elle portait un short et un sweat-shirt barré de l'inscription «La vie est belle.»

Un sourire vengeur retroussa les lèvres de Tracy.

— Je savais que je te trouverais ici, dit Janice, lui retournant son sourire.

Tracy se blottit contre Chris, la tête appuyée sur le montant sculpté du lit. D'un geste lent, délibérément indolent, elle referma son peignoir.

— La prochaine fois, tu attendras qu'on te dise d'entrer, dit-elle à son amie. Qu'est-ce que tu veux?

— Il est l'heure de mon jogging avec Chris, rétorqua Janice sans broncher. Nous courons ensemble tous les matins.

— Une minute, dit ce dernier. Je te rejoins.

Janice hocha la tête et sortit.

— Je croyais que tu étais fatigué, remarqua Tracy d'un ton accusateur.

Chris enfila son pantalon de jogging qu'il avait laissé sur le dossier de la chaise.

— Tu n'es pas gênée que Janice nous ait trouvés ensemble?

— Pourquoi? Je n'ai rien à cirer de Janice, répondit Tracy avec mépris.

— A ta place, je me méfierais. Elle pourrait tout raconter à ton petit copain.

Furieuse, Tracy s'extirpa du lit.

— Pauvre minable! Janice et toi vous méritez l'un l'autre.

— Merci, dit-il en passant son tee-shirt. C'est grâce à toi que nous nous sommes rencontrés.

Folle de rage, Tracy ouvrit la porte et faillit entrer en collision avec Margaret, qui sortait de la salle de bains. Elles se regardèrent dans le blanc des yeux.

— Laissez-moi passer! ordonna finalement Tracy avec fureur.

La mère de Chris fit un pas de côté, et Tracy se fondit dans l'ombre du couloir. Un instant après, la porte de sa chambre claqua avec fracas.

Margaret se tourna vers son fils.

— Que se passe-t-il?

Chris s'approcha de sa mère, la prit par les épaules et posa un baiser rapide sur sa joue.

— Excuse-moi, maman. Janice m'attend. Nous allons courir.

Après une brève hésitation, il ajouta :

— Attends-moi. Il faut que nous parlions.

Margaret fronça les sourcils, déroutée.

— Oui, en effet, approuva-t-elle. Je pense que c'est nécessaire.

10

Ils ne prononcèrent pas un mot pendant longtemps, tandis qu'ils longeaient à grandes enjambées le bord de mer. Ce fut Chris qui, finalement, brisa le silence :

— Merci d'avoir volé à mon secours. Comment as-tu deviné qu'elle était dans ma chambre ?

Par rapport aux autres matins, Janice était venue le chercher avec une demi-heure d'avance.

— Quand je me suis réveillée, Tracy n'était pas dans son lit ; j'ai tout de suite compris. Et, malheureusement, je ne me trompais pas.

Chris se déporta sur la gauche, afin de pénétrer dans le champ de vision de Janice.

— Tu m'en veux ? cria-t-il contre le vent.

— Je suis déçue.

— Je n'ai pas invité Tracy à venir dans ma chambre.

— Tu ne lui as pas dit non plus de s'en aller.

— Si, mais elle ne voulait rien savoir.

Janice pila brusquement, les poings sur les hanches.

— Ah oui ? Tu n'as pas dû être assez ferme, alors.

L'adolescent sourit. Il aimait la colère de la jeune fille, sa dignité, sa fierté aussi.

— Tu sais que tu es belle ?

— Je sais surtout que tu es amoureux de Tracy.

— Je l'étais, rectifia-t-il.

— On ne cesse pas d'aimer du jour au lendemain.

Elle se mordit la lèvre et détourna le regard.

Chris l'enlaça.

— Janice, murmura-t-il. Tu me fais peur.

— Ouais... Je suis une dure à cuire.

— Je t'aime, dit-il simplement. Je t'aime et je ne sais pas comment m'y prendre.

Il la sentit soudain très calme.

— Tu peux répéter ? demanda-t-elle.

— Je veux te garder ici avec moi, te suivre à St Louis, résoudre les choses pratiques de la vie. Or, je ne peux rien faire pour le moment. Rien du tout. Et c'est très dur.

Sentant fondre sa colère, Janice posa sa tête sur l'épaule de Chris.

— Comment en sommes-nous arrivés là ? Avant nous nous détestions et maintenant...

Il resserra son étreinte.

— Maintenant nous nous aimons. Comment, pourquoi, ça n'a pas d'importance. Tu es la meilleure chose qui me soit jamais arrivée. Et nous allons trouver le moyen de rester ensemble.

— Tu me le promets ?

— Je te le jure.

Janice redressa la tête.

— Nous avons le présent. Nous nous soucierons de l'avenir plus tard.

Ce fut elle qui l'embrassa. Chris n'avait jamais rien goûté de plus exquis que ses lèvres, que sa langue qui explorait sa bouche. Le désir durcit son sexe, envahit ses reins. Mais cette fois, son désir n'était pas seulement physique, mais aussi mental. Il ressentait la passion de recevoir et de donner, d'aimer et d'être aimé. Il aurait voulu gagner des batailles pour Janice. La tenir dans ses bras. Il n'avait jamais fait l'amour, et jusqu'à présent, sa virginité l'embarrassait. Aujourd'hui, sachant que Janice serait sa première partenaire, il se félicitait d'avoir attendu.

Il la pressa contre lui, sentant son corps s'imprimer dans le sien.

— J'essaierai de remettre mon voyage à Los Angeles à la fin du mois.

— Ainsi, tu as décidé de jouer le rôle de David.

C'était une constatation, pas une question. Le stress quitta Chris d'un seul coup. Libéré d'un fardeau, il poussa un soupir de soulagement. Oui, il avait pris sa décision. Et cela le rendait léger comme l'air.

— Oui, admit-il.

— Est-ce que tu l'as dit à ta mère?

— Pas encore.

Le ciel virait du gris sombre au pourpre. C'était la dernière journée sur le plateau avec Tony, et Chris ne pouvait se permettre de manquer à l'appel.

— Tony passe me prendre, dit-il. Il faut que je me prépare.

La jeune fille glissa sa main dans celle de Chris, tandis qu'ils avançaient vers l'escalier sculpté dans la falaise.

— Pourrions-nous aller quelque part ce soir, toi et moi? demanda-t-elle.

Il chercha ses lèvres. La perspective de se retrouver seul avec elle le consuma d'une longue flamme.

— Je rentrerai tôt.

Mais, à son retour, il était déjà presque minuit. Tony allait regagner Los Angeles pour tourner des scènes d'intérieur, et les scriptes avaient organisé un pot d'adieu en son honneur. Chris s'était senti obligé d'assister à la soirée. Il avait vainement tenté d'appeler Janice au chalet ; à chaque fois, la ligne était occupée et à son dernier essai, il n'y avait plus personne. Ils sortiraient ensemble le lendemain... Seuls, comme elle l'avait souhaité.

Avant de faire démarrer la Jeep, Tony avait donné ses coordonnées à Chris. Il avait insisté pour que ce dernier le contacte dès qu'il arriverait à Los Angeles. Sur le chemin du retour, ils avaient évoqué le nouveau rôle de Chris, les bouts d'essai. Tony lui avait recommandé de se syndiquer à la Ligue des acteurs de cinéma et de chercher un agent.

Tandis que la Jeep avalait la route, Tony s'était lancé dans une de ses diatribes préférées sur le show-biz. Selon lui, l'art était une chose, mais le business en était une autre. Il fallait toujours avoir en tête qu'une carrière d'acteur pouvait s'achever du jour au lendemain. Un jour, on est porté aux nues, le suivant, jeté aux oubliettes.

«Alors, mec, l'argent que tu gagneras, mets-le de côté. Investis jusqu'au moindre centime. Et n'attrape pas la grosse tête. Les amitiés à Hollywood sont superficielles. On t'apprécie tant que ton étoile brille au firmament du star-système. Ensuite, on te méprise. Et puis, méfie-toi des drogues qui circulent librement dans les soirées mondaines...»

La mère de Chris aurait pu lui tenir le même discours. Mais elle s'en était bien gardée. Margaret avait posé mille questions, bien sûr, après quoi elle avait donné sa bénédiction à son fils avec un calme remarquable.

— Je t'aurai à l'œil ! le prévint Tony, tandis qu'ils empruntaient l'allée du chalet. Si tu te plantes, je serai là. Et si jamais tu as des ennuis, tu me passes un coup de fil, et j'arrive.

Chris hocha la tête. L'émotion l'étreignait. L'amitié de

158

Tony lui était précieuse, et il ferait tout pour ne pas le décevoir.

— Je te tiendrai au courant, dit-il en sortant de la voiture. Au sujet du bout d'essai, je veux dire.

— Entendu. Et nous allons organiser une fête pour arroser la fin de mon film.

Chris referma la portière. Il regarda s'éloigner la Jeep noire aux chromes dorés, puis s'avança vers le chalet. Les lumières étaient allumées mais personne ne l'accueillit.

— Maman ? cria-t-il.

Une seconde s'écoula.

— Janice ?

Pas de réponse. Il prit la direction de la cuisine et trébucha sur une valise posée près du canapé. Sa mère apparut du côté de la terrasse et entra dans le salon par la porte coulissante.

— Il me semblait bien t'avoir entendu, dit-elle.

Chris baissa les yeux sur la valise, puis regarda sa mère.

— Que se passe-t-il ?

Elle posa son index sur ses lèvres et fit signe à son fils de la suivre dans la cuisine. Il s'exécuta. A l'évidence, personne ne pouvait les entendre, pourtant Margaret parlait à mi-voix.

— Beverly ramène les filles ce soir. Elles prendront la navette à San Jose.

Chaque mot résonnait en lui comme un lugubre son de cloche. Les bras ballants, Chris attendit une explication qui ne vint jamais. Janice s'en allait ? Beverly ramenait tout le monde au bercail ? Cela n'avait pas de sens.

— Je ne comprends pas, finit-il par articuler laborieusement.

— Tracy et Beverly ont eu une altercation cet après-midi, quand les deux filles sont revenues de la ville. Tu ne devineras jamais ce que Tracy a fait.

159

— Oh, si... répondit Chris. Comment Beverly a-t-elle découvert le tatouage?

Tracy avait très bien pu le montrer à sa mère, rien que pour la provoquer.

— Quel tatouage? demanda Margaret.

— La rose sur sa...

Il se reprit.

— Si ce n'est pas le tatouage, de quoi s'agit-il?

— Du piercing. Cette idiote s'est fait poser des anneaux au bout des seins.

— Oh, non! Et Beverly les a vus?

— Tracy a saigné. Le docteur a dit...

Janice entra dans la cuisine. Elle avait les paupières bouffies, les yeux rouges.

— Puis-je parler à Chris dehors? s'enquit-elle poliment.

— Oui, bien sûr, dit Margaret en regardant la pendule murale. Mais n'allez pas trop loin, vous n'avez pas beaucoup de temps.

— Et pourquoi Janice doit-elle partir? demanda Chris. Pourquoi ne reste-t-elle pas avec nous?

Margaret soupira.

— Personnellement je n'y vois pas d'inconvénient. Tout dépend de vos parents, Janice.

La jeune fille haussa les épaules. Une lueur d'espoir étincela dans ses yeux noisette.

— Il faudrait que j'appelle papa. Et toi, Chris? As-tu réussi à repousser la date des bouts d'essai?

Seigneur! Il avait oublié qu'il partait dans deux jours.

— Non. Ils m'ont dit que le rendez-vous avait été fixé. Trop de personnes sont impliquées pour ajourner la séance. Mais je rentrerai très vite.

Pourvu qu'elle ne s'en aille pas! songea-t-il.

Janice battit des paupières afin de sécher ses larmes.

160

— C'est très bien comme ça, le rassura-t-elle. Tu dois tenter ta chance dans les meilleures conditions. Si tu t'inquiètes parce que tu dois revenir...

Elle laissa sa phrase en suspens et déglutit péniblement.

— Mais tu ne peux pas partir, murmura Chris en l'attirant dans ses bras. Quand nous reverrons-nous ?

La jeune fille blottit sa tête contre la poitrine du garçon, et laissa couler ses larmes.

— Je n'en sais rien. A Noël ?

— A Noël ? Mais c'est dans cent ans !

— Je t'écrirai tous les jours.

— Je t'appellerai de Los Angeles.

Margaret toucha tendrement le bras de son fils.

— Je vous laisse, les enfants.

Elle se retira discrètement. Avant de refermer la porte de la cuisine, elle entendit Janice s'écrier :

— Ce n'est pas juste !

Margaret consulta sa montre. Mentalement, elle calcula combien de temps Beverly mettrait pour se rendre à l'aéroport. Cela laissait un petit quart d'heure à Chris et à Janice. Quinze minutes pour se dire adieu, ou pour se faire le serment d'un amour éternel. Margaret soupira. Elle comprenait les tourments des deux jeunes gens. Nul ne savait comment évolueraient leurs sentiments dans les mois à venir mais, par expérience, elle savait qu'ils ne seraient plus jamais aussi intenses, aussi douloureux... aussi doux.

Son cœur se brisait à l'idée que la vie les séparerait. Pourtant, un fond d'envie se mêlait à sa tristesse. En les voyant ensemble, enlacés, elle s'était rappelé sa jeunesse qu'elle croyait enfouie à jamais. Margaret avait réussi à se convaincre que l'amour était un luxe. A présent, elle se rendait compte qu'elle avait eu tort.

Elle posa le mot de bienvenue sur les coquillages qu'elle avait ramassés pour Maggie et Joe. Elle quittait le chalet cinq jours plus tôt que prévu pour rejoindre Chris à Los Angeles et ne voulait pas accueillir les locataires de juillet avec un bouquet de fleurs fanées. Elle avait passé la maison en revue pour la énième fois, afin de s'assurer que tout était en ordre. Une étrange mélancolie s'immisçait dans son esprit.

Elle sortit sur la terrasse. La brume matinale traînait ses lambeaux sur l'océan, étouffant le roulement des vagues et le cri des mouettes. Les feuilles étroites du grand eucalyptus déversaient un vaporeux nuage de gouttelettes, semblables à des larmes d'adieu.

Les trois semaines et demie qu'elle avait passées ici avaient clos un chapitre de sa vie. Ce chalet avait vu les premiers pas hésitants de Chris lorsqu'il était bébé. Dix-sept ans plus tard, le même décor avait été témoin d'un pas plus décisif, qui mettait fin à son enfance. Ici, Beverly et elle avaient regardé grandir leurs enfants. Ici, Kevin et elle avaient tenté de se réconcilier. Ici encore, elle lui avait demandé le divorce.

Durant ces quelques jours de solitude au chalet, elle avait eu le temps de réfléchir. De faire le point sur sa vie. Un bilan qu'elle n'avait jamais eu le temps ou la volonté d'établir. Margaret avait assisté à la peine de Chris quand Janice était partie, puis à son excitation en vue des bouts d'essai. Il envisageait une carrière cinématographique et elle l'avait encouragé dans cette voie. Sans l'avoir jamais vraiment accepté, elle avait toujours su qu'un jour Chris s'éloignerait d'elle.

Elle ne devait plus être émotionnellement dépendante de son fils. Ce n'était pas sain. Il lui fallait une vie à elle. Grâce à Chris et Janice, elle en était venue à comprendre qu'une existence partagée recelait des joies que la solitude ne lui procurerait jamais. A partir d'aujourd'hui, elle donnerait une chance à chaque homme qui la courtiserait. Après tout, ils n'étaient pas tous comme Kevin. Quelque part, il existait bien son âme sœur. Un homme qui croyait au miracle de la seconde chance, qui aimait aussi bien l'opéra que les séries télévisées, les cocktails de crevettes que les hamburgers, et qui ne pensait pas qu'à partir d'un certain âge, les femmes ne disposaient plus d'aucune sensualité.

Malgré le brouillard, les vacanciers commençaient à envahir la plage ; mais pour Margaret, l'heure du départ avait sonné. Chris lui avait donné rendez-vous l'après-midi même à Beverly Hills, dans les bureaux de l'agence William Morris. Elle avait donc un long chemin à parcourir... Elle monta dans sa vieille Volvo et la fit démarrer. Tout en empruntant l'allée, elle jeta un ultime et bref coup d'œil au chalet dans le rétroviseur. Elle se sentait triste de partir, mais aussi exaltée d'aller vers une nouvelle vie.

TROISIÈME PARTIE

Juillet

1

A quatre-vingt-huit ans et après soixante-cinq ans de vie commune, Joe estimait que Maggie était la plus belle femme qu'il ait jamais connue. Par moments, comme ce matin, il avait la sensation de remonter le temps : il la voyait alors comme au jour de leur mariage, les cheveux dorés, une adorable petite fossette sur sa joue de porcelaine, les yeux brun profond, tout brillants d'amour pour lui.

En retour, elle le considérait comme le plus séduisant, le plus intelligent, le plus prévenant des hommes de la terre.

Les cheveux de Maggie avaient viré au blanc soyeux, et la fossette sur sa joue gauche se creusait à l'occasion d'un rare sourire. Seuls ses yeux restaient les mêmes, pétillants, enjoués, mystérieux et, ces derniers temps, empreints de douleur.

— On a tout ? cria-t-elle de la porte de service du bungalow qu'ils avaient acheté la cinquième année de leur mariage.

Joe ferma le coffre de la voiture.

— Oui, tout ce qu'il y a sur la liste.

— Les médicaments ?

— Dans la boîte à provisions.

— La lettre?

— Dans ta valise.

— Les jouets de Josi?

— Dans la mienne.

— Alors, c'est bon.

Adossée au chambranle, elle se figea un instant.

— Un étourdissement? demanda Joe.

— Un tout petit.

Il lui fallait un maximum de volonté pour ne pas bouger. Quand la tête lui tournait, seule une parfaite immobilité venait à bout du vertige.

— As-tu fermé l'entrée principale? s'enquit Joe.

Maggie acquiesça.

— Et l'air conditionné?

— Il est éteint.

— Alors, en route!

Maggie avança d'un pas précautionneux, afin de s'assurer que son équilibre était rétabli, puis descendit les marches du perron.

— Mon sac est sur la table de la cuisine, Joe. Veux-tu aller me le chercher, s'il te plaît?

Ce dernier contourna la voiture, la main tendue. Maggie s'y appuya. Enchanté, inquiet aussi, comme chaque fois qu'elle acceptait son aide sans protester, il la fit asseoir à la place du passager.

— Les petits vieux ne sont plus bons à rien, dit-elle, une fois installée.

Il ne connaissait que trop bien cette rengaine. Maggie l'avait adoptée depuis qu'un adolescent lui avait demandé sans malice ce qu'une «mamie» faisait au concert de Grateful Dead. Jusqu'alors, elle avait réussi à ignorer la barrière que son âge érigeait dans l'esprit des jeunes.

Joe se pencha et lui frôla la pommette d'un baiser

168

rapide, comme pour lui prouver qu'à ses yeux elle était toujours jeune.

— Je reviens tout de suite.

Il disparut à l'intérieur, pour ressortir presque aussitôt avec Josi sous un bras et le sac de Maggie sous l'autre. Il verrouilla la portière côté passager, puis se glissa derrière le volant. A peine relâchée, la chatte prit son élan et sauta de tout son poids de huit kilos sur les genoux de Maggie. Celle-ci la gratta derrière les oreilles, tandis que Joe faisait tourner le moteur. La grosse Chrysler et Josi émirent de concert un ronronnement continu pendant l'heure et demie que dura le trajet entre San Jose et le chalet.

— Toutes ces nouvelles plantations! s'écria Maggie quand la voiture prit le dernier virage. Julia s'est surpassée cette année. C'est bon signe, hein, Joe?

Le jardin déployait ses corolles rayonnantes sous un ciel plombé. La passion du jardinage avait tissé le premier lien d'amitié entre les deux femmes. Par la suite, en dépit d'une différence d'âge d'un demi-siècle, elles s'étaient découvert de nombreux points communs. Maggie avait pleuré l'injuste disparition de Ken mais s'était apitoyée plus encore sur le triste sort de la jeune veuve esseulée.

— Sa voix m'a paru plus ferme la dernière fois que je l'ai eue au téléphone, répondit Joe. Pourtant, venir ici sans Ken a dû lui coûter.

Maggie posa la main sur le genou de son mari.

— Mais elle l'a fait, déclara-t-elle avec un sourire encourageant. La prochaine fois, ce sera plus facile. Ce chalet est un temple au passé... J'ai dit à Julia qu'elle devait revenir. Se fabriquer de nouveaux souvenirs. Ken m'aurait donné raison.

Joe tapota la main de sa femme.

— Eh bien, apparemment, elle t'a écoutée.

— Je sais de quoi je parle, Joe.

Il lui prit la main et pressa ses lèvres sur les doigts déformés par l'arthrite.

— Oui, Maggie. Je sais. Et je n'ai jamais mis en doute ta parole.

Elle eut un petit sourire maussade.

— J'espère que nous pourrons encore passer nos vacances ici l'an prochain.

Joe coupa le moteur. Impatiente d'explorer l'environnement, Josi se redressa et posa ses pattes de devant contre la vitre. Maggie tressaillit. Son mari s'empressa de soulever la chatte, qui lâcha un miaulement indigné.

— Elle n'y est pour rien, dit Maggie.

— Je n'ai pas eu le temps de lui limer les griffes ; elles sont aussi acérées que des poignards, riposta Joe, toujours enclin à récriminer à propos de tout, sauf du cancer qui rongeait Maggie.

— As-tu apporté la pince à ongles ?

Leur conversation dévia vers des sujets anodins, quotidiens, tandis qu'ils sortaient de la voiture. La chatte gambada joyeusement vers la maison, suivie de ses maîtres. Joe insista pour que Maggie se repose sur la terrasse pendant qu'il déchargeait les bagages et, contre toute attente, elle accepta. Elle prit docilement place sur un fauteuil en rotin et laissa Joe lui couvrir les jambes avec un plaid, afin de la protéger de la brise du large. Peu après, le vieil homme ressortit et tendit à sa femme la note qu'il avait trouvée dans la cuisine.

— Un petit mot de Margaret ou de Beverly.

Maggie déplia la feuille de papier parchemin.

— Margaret nous passe le bonjour des deux familles. Elles ont dû partir plus tôt que prévu. Le réfrigérateur et le placard regorgent de nourriture. Le post-scriptum est, ma foi, singulier.

— Raconte !

— Margaret s'apprête à nous annoncer de grandes nouvelles d'ici Noël... Chris et elle sont en passe de changer de vie.

— Je me demande ce que cela signifie.

— Ça ne peut être qu'une bonne chose, affirma Maggie. Son enthousiasme imprègne le papier.

— Veux-tu quelque chose à lire ? proposa Joe.

Maggie secoua la tête.

— Non merci. Je préfère regarder l'océan et écouter les vagues.

Il lui planta un baiser sur le front avant de vaquer à ses occupations.

De sa place, Maggie n'apercevait pas la plage, mais elle jouissait d'une vue plongeante sur l'océan ceint d'eucalyptus. Elle se serait bien assise au bord de la terrasse, de manière à contempler le mouvement incessant des vagues, mais Joe se serait inquiété. Dernièrement, il se faisait tout le temps du souci pour elle, et elle se laissait lâchement dorloter.

Contrairement à Joe, qui adorait le calme, Maggie appréciait le bruit, la force, l'activité effrénée de l'été. Les gens en vacances souriaient plus facilement. Ils oubliaient leurs problèmes pendant quinze jours ou trois semaines. Ici, on se saluait, on liait connaissance entre inconnus sans que cela prête à conséquence. Et puis, il y avait les enfants... Des enfants partout !

Elle comprenait parfaitement les raisons qui incitaient les parents de la génération actuelle à distiller la crainte dans l'esprit de leur progéniture. Il y avait eu trop de crimes, trop de petites victimes. On interdisait aux tout petits comme aux plus grands de s'adresser à des étrangers, si avenants fussent-ils. Maggie avait ressenti cette nouvelle mentalité comme une perte cruelle.

Autrefois, c'était différent. Comme elle n'avait pas d'enfants, elle passait pour une tante, puis pour une grand-mère auprès des gamins de son quartier. Tout comme Joe avait été leur oncle, leur grand-père. Leur porte était constamment ouverte, il y avait toujours un gâteau succulent, sorti du four, à partager, des bandes dessinées à feuilleter, des contes illustrés à lire.

Chaque année, un sapin de Noël géant ombrageait une pile de cadeaux chez Maggie et Joe Chapman. Avec leurs petits voisins, ils fabriquaient les décorations au lieu de les acheter dans des magasins.

Deux générations d'enfants avaient grandi dans le quartier avant que les choses commencent subrepticement à changer. Peu à peu, les exigences de la vie avaient poussé les mères de famille à chercher des emplois. Les pavillons demeuraient fermés du matin au soir, et les enfants étaient confiés à des écoles maternelles ou à des crèches. Les rares petits qui restaient à la maison ne sortaient plus mais regardaient la télévision à longueur de journée, barricadés, à l'abri des étrangers et des vieux voisins nostalgiques.

Maggie soupira. Le temps fuyait, le monde changeait à une allure incroyable. Elle aurait payé cher pour se retrouver trente ans en arrière. Soudain, comme si un bon génie avait exaucé son souhait, une petite fille apparut sur le sentier qui menait à la plage. Agée de cinq ou six ans, elle avait des couettes blondes, un visage en forme de cœur, et de grands yeux chocolat.

Elle sautilla devant la balustrade, afin de mieux observer Maggie.

— Salut !

— Salut, répondit la vieille femme.

— Je m'appelle Susie. Et toi ?

— Maggie.

— Tu habites ici ?

— Parfois.

— Je peux jouer avec tes enfants ?

— Je n'en ai pas, ma chérie.

Susie haussa les épaules comme si, après tout, cela n'avait pas d'importance.

— Ma maman et mon papa ne vivent plus ensemble, dit-elle avec aisance. Ils sont divorcés.

Le cœur de Maggie se serra.

— Es-tu ici avec ta maman ?

— Non, mon papa... Il était docteur, mais maintenant il écrit un roman.

Julia avait bien dit qu'un médecin habitait la maison voisine, mais elle n'avait pas mentionné de petite fille.

— Et où est-il, ton papa ?

— Avec Jason.

— Jason ?

— Mon frère.

— Où sont-ils donc, tous les deux ?

La petite fille pointa le pouce derrière elle.

— Sur la plage. Ils construisent un château de sable.

— Susie !

Une voix masculine dans laquelle vibrait une note de panique retentit. Presque aussitôt, un homme aux cheveux poivre et sel ébouriffés, la lèvre supérieure ombrée d'un début de moustache, émergea du sentier. Il trimbalait un sac débordant de pelles, de seaux et de tours creuses en plastique.

— Je t'ai dit cent fois de ne pas t'en aller toute seule ! gronda-t-il. Jason et moi t'avons cherchée partout.

Malgré son ton sévère, on pouvait lire le soulagement sur son visage.

— Je voulais aller aux toilettes, papa. Je te l'ai dit.

— Mais tu ne m'as pas dit que tu remontais.

173

Il laissa tomber le sac, souleva la petite fille et la flanqua sur ses épaules. En se penchant pour reprendre les jouets, il aperçut Maggie sur la terrasse.

— Désolé... Je ne vous avais pas remarquée.

Susie se mit à gigoter, et il dut la reposer à terre.

— Vous devez être Maggie, dit-il. Je suis Eric Lawson.

Il marqua une pause pour s'assurer que sa voisine avait bien enregistré son nom, puis reprit :

— Le locataire d'Andrew. Julia a dû vous mettre au courant. C'est moi qui ai le double de la clé...

Soudain, un petit garçon apparut. Il avait une tête et demie de plus que Susie et des cheveux châtain doré coupés au bol. En voyant Maggie, il courut se blottir contre la jambe de son père.

Les doigts gourds de Maggie s'empêtrèrent dans le plaid qui lui bordait les jambes.

— Ne vous levez pas, dit Eric. Nous partons.

Susie renversa la tête pour le regarder.

— Je veux rester, moi.

— Non ! Il faut que je fasse le dîner, mademoiselle.

— Qu'est-ce qu'on mange ?

— Des spaghettis.

— Oh non ! gémit-elle. Nous en avons déjà mangé hier soir.

Maggie émit un petit rire.

— Les pâtes réchauffées ne sont pas mon plat préféré non plus. Avec Joe, nous allions commander une pizza... Voudriez-vous vous joindre à nous tous les trois ?

Elle venait d'inventer l'histoire de la pizza, mais la tentation de soudoyer les deux enfants était trop forte.

— Je ne sais pas... commença Eric.

— S'il te plaît, papaaaa ! glapit Susie.

Eric baissa les yeux vers son fils.

— Qu'en penses-tu, Jason ?

174

Celui-ci se contenta de hausser ses épaules étroites, dans un geste qui ne l'engageait à rien.

— Chez vous ou chez nous? demanda Eric.

— Ici, si ça ne vous fait rien, répondit Maggie.

Longer l'allée, traverser la rue étroite dépassaient ses forces. Le trajet en voiture l'avait vidée de toute son énergie. Eric mit la main sur la nuque de Jason, qui posa la tête sur la hanche de son père.

— A quelle heure?

— Six heures?

Il consulta sa montre.

— Parfait. Cela nous donne le temps de nous débarbouiller.

— Ne vous inquiétez pas, dit Maggie. Venez comme vous êtes.

Jason leva les yeux vers son père.

— J'ai du sable dans mes chaussures, dit-il doucement.

— Alors, enlève-les, suggéra Maggie en souriant. Il ne faut pas mettre du sable partout dans le cottage de ton papa.

Elle s'émerveillait toujours des différences de caractère entre enfants de la même famille. Jason était sérieux, sage, tandis que Susie semblait plus libre, plus exubérante. Les réactions de l'un influaient-elles sur celles de l'autre?

— Ce n'est pas son cottage, expliqua Susie. Il appartient à son copain. Nous vivons dans l'ancienne maison de papa, et lui, il vit ici tout seul.

Le résumé de Susie affectait son père, se dit Maggie, en notant l'ombre d'un regret dans les yeux d'Eric.

— Quelle sorte de pizza dois-je commander? demanda-t-elle, changeant intentionnellement de sujet.

— Pas d'ail! déclara Susie d'un ton sans réplique. Je n'aime pas ça. Et pas de champignons non plus. Jason n'en veut pas.

— Ce n'est pas vrai, objecta Jason.

— Tu ne les aimes pas, insista Susie.

— C'est toi qui ne les manges pas.

Maggie leur adressa un gentil sourire.

— Que diriez-vous d'une pizza aux saucisses et poivrons ?

— Extra ! approuva Eric.

— Avec des olives, ajouta Susie. Beaucoup d'olives.

Maggie se tourna vers Eric, qui confirma.

— Je sais que ça ne va pas avec le reste, mais c'est la vérité. Dites-leur de les livrer à part.

— Je verrai ce que je peux faire.

Eric jeta le sac sur son épaule et tendit sa main libre à Susie.

— Viens, ma puce. Nous allons faire une salade pour accompagner la pizza.

— On revient ! cria-t-elle à Maggie en attrapant la main de son père.

— Je vous attends !

Une minute plus tard, Joe fit coulisser la porte vitrée et sortit sur la terrasse.

— Tu parlais avec quelqu'un ?

— Oui, répliqua-t-elle. Nous avons des invités, ce soir.

— Alors, je cours chez le traiteur.

Joe n'avait jamais posé de questions comme : « Qui vient dîner ? » Il faisait confiance à Maggie et c'était l'une des innombrables qualités qu'elle appréciait chez l'homme qu'elle avait épousé, des décennies auparavant.

— Inutile. Nous commanderons une pizza.

Une fois de plus, elle se débattit pour se libérer du plaid qui lui enserrait les jambes et de nouveau, elle dut renoncer.

— A condition de trouver une pizzeria qui assure les livraisons, acheva-t-elle.

176

— Mais tu détestes les pizzas !

— Tu comprendras quand tu verras nos invités.

— Alors j'attends la surprise, dit-il en retirant le plaid. A quelle heure arrivent-ils ?

— A six heures.

— Excellent. Cela te laisse le temps de faire une petite sieste.

— Oh, Joe ! Tu m'as promis de me laisser respirer un peu, protesta-t-elle gentiment.

— Et toi, tu m'as promis de te reposer de temps en temps.

Depuis toujours, Joe prenait soin d'elle. Comment pourrait-il arrêter maintenant ?

— D'accord, mais pas plus d'une demi-heure.

— Marché conclu, convint Joe.

2

Pendant le dîner, le petit Jason ne desserra pas les dents. Il grignotait sa pizza comme s'il subissait une punition. Susie, bavarde comme une pie, ne laissa personne placer un mot, alimentant la conversation de questions, de commentaires et de cancans de famille, qui plongeaient parfois son père dans la perplexité.

A la fin du repas, Susie s'excusa pour aller aux toilettes, tandis que Joe et Eric commencèrent à débarrasser la table. Maggie resta seule avec Jason. Profitant de ce tête-à-tête, la vieille dame pria le garçonnet de l'aider à aller au salon. Elle sentait que le divorce de ses parents l'avait profondément atteint. Dès lors, Jason avait endossé par rapport à sa mère et à sa sœur le rôle protecteur du chef de famille.

Il regarda un instant la main ridée avant de s'en emparer de sa menotte parfaitement lisse. Il conduisit Maggie dans la pièce adjacente et elle le suivit en se déplaçant encore plus lentement que d'habitude. Ce petit parcours, cette infime connivence, elle le savait, contribuerait à abattre la barrière invisible qui les séparait.

— Si on s'asseyait près de Josi? dit-elle, utilisant sans vergogne son animal domestique comme appât.

178

La chatte somnolait sur le canapé. Son poil noir, duveteux, soyeux, la faisait paraître plus grosse qu'elle ne l'était réellement.

— Est-ce qu'elle aime les enfants ? demanda Jason.

— Presque autant que moi, répondit Maggie.

Il avança prudemment, aux aguets, tandis que Josi ouvrait à moitié un œil d'agate. Il s'agenouilla sur les coussins du canapé et avança la main. Avant d'effleurer Josi, il jeta un coup d'œil anxieux à Maggie.

— Elle ne va pas me griffer ?

— Bien sûr que non.

Du bout des doigts, il toucha la patte de Josi, frôlant le coussinet. La chatte ouvrit l'autre œil. La petite main de Jason remonta vers la fourrure gris sombre du ventre. L'animal releva la tête, les oreilles dressées. Enfin, très doucement, Jason lui caressa le flanc. Josi reposa alors sa tête sur le coussin. Un puissant ronronnement emplit la pièce.

Les yeux écarquillés, le petit garçon écouta un instant le son sourd et continu qui semblait se dérouler à l'infini.

— Qu'est-ce que c'est ?

— Ça veut dire qu'elle t'aime bien.

— Vraiment ?

Maggie se laissa tomber sur le canapé, près de Jason. La chatte posa une patte possessive sur sa jambe. Mû par une force irrésistible, Jason fit courir sa main dans l'épaisse fourrure de la bête, qui ronronnait de plus belle. Quand ses doigts frôlèrent le bras de Maggie, elle se sentit cajolée, elle aussi.

Susie fit alors irruption dans la pièce.

— Oh ! Est-ce que je peux le caresser ?

— Ce n'est pas lui, corrigea Jason. C'est elle.

— Je peux ?

— Bien sûr, dit Maggie. Vas-y doucement.

179

Susie se blottit près de Jason et posa sa main à plat sur la tête de Josi.

— C'est quoi, ce bruit ?

— Ça veut dire qu'elle m'aime bien, déclara Jason.

Susie regarda Maggie.

— C'est vrai ?

Maggie inclina la tête.

— Oui. Et elle t'aime bien aussi.

Susie se pencha pour planter un baiser sur le nez de Josi, qui se frotta le museau avec sa patte.

— Elle a une drôle d'odeur, remarqua la petite fille.

— Parce qu'elle mange beaucoup de poisson.

— Beurk !

Susie se redressa, ayant perdu tout intérêt pour la chatte noire.

— Tu n'as pas de jouets ? demanda-t-elle.

— J'ai des livres, répondit Maggie, se souvenant de sa maigre collection de romans pour enfants rangée dans le placard. Veux-tu que nous en lisions un ensemble ?

— Oh, oui !

Tout en essuyant un verre, Joe passa la tête par la porte du salon avant de se retirer, rassuré. Entourée des deux petits, un illustré sur les genoux, Maggie était dans son élément. La vie s'était montrée cruelle en ne donnant pas d'enfants au couple. Ils avaient fait des pieds et des mains pour en adopter mais, après l'étude de leur dossier, l'assistante sociale n'avait pas donné son feu vert, à cause de l'épilepsie de Maggie. Et quand la médecine avait réussi à contrôler les crises, l'âge était alors devenu une barrière à l'adoption.

— Elle sait s'y prendre avec les gamins, constata Eric, lorsque Joe retourna dans la cuisine.

— Parfois, je me dis que Dieu l'a privée d'enfants parce que beaucoup d'autres avaient besoin d'elle.

Eric se tut. Au bout d'un long moment, il demanda gentiment :

— C'est le cancer, n'est-ce pas ?

Joe le regarda.

— Comment avez-vous deviné ?

— Les signes d'une longue maladie ne trompent pas, même quand le patient les combat farouchement.

— Elle ne se plaint jamais.

Pour se donner une contenance, Joe plongea l'éponge dans l'eau savonneuse et la passa sur le plan de travail.

— Où en est la maladie ?

— Le pronostic n'est pas très bon, murmura Joe d'une voix râpeuse, comme si ces mots lui écorchaient les lèvres.

Il aurait pourtant dû s'habituer, depuis le temps, mais il ne parvenait pas à surmonter son chagrin.

— L'un des médecins prévoit l'issue fatale dans un mois ou deux, reprit-il. Selon un autre, elle vivra jusqu'à Noël.

— Personne ne peut prédire ces choses-là avec certitude, déclara Eric. J'ai eu des patients qui sont décédés juste après le diagnostic, alors qu'ils étaient censés vivre encore un an, et d'autres qui ont défié toutes les lois de la science.

— Mais la plupart meurent plus ou moins à l'échéance fixée par les spécialistes.

— Oui... Joe, si je peux faire quelque chose, n'hésitez pas à me le demander.

— Merci. Julia nous a dit que nous pouvions compter sur vous.

— Julia vous a parlé de moi ?

— Nous lui passons un coup de fil tous les quinze jours. La pauvre petite s'est retrouvée très seule après la mort de son mari. De temps à autre, elle a besoin de parler à quelqu'un. Elle s'est mis dans la tête que vous avez des points communs avec Ken. Que d'une certaine manière, vous êtes faits de la même étoffe...

Eric sortit les couverts en argent du lave-vaisselle.

— Ken était un être hors du commun, n'est-ce pas? demanda-t-il.

— La crème des hommes.

Joe avait pris l'infarctus de Ken aussi à cœur que le cancer de Maggie.

— Les Huntington formaient le couple idéal, reprit-il avec un soupir. Il faudra un siècle à Julia pour remplacer Ken, si toutefois cela lui arrive.

Muni d'un torchon, il se mit à essuyer les couverts avec une application exagérée. En fait, son esprit vagabondait.

— Julia est jeune. Ce sera dur pour elle de vivre seule toute une vie... Je ne continuerai pas à vivre sans Maggie, ajouta-t-il à mi-voix. Je n'y arriverai pas.

— Etes-vous mariés depuis longtemps?

— Nous avons fêté nos soixante-cinq ans de mariage en mars dernier. Maggie avait vingt ans et moi vingt-trois quand nous nous sommes passé la corde au cou... Nous avons beaucoup changé, de l'eau a coulé sous les ponts et, pourtant, j'ai parfois l'impression que c'était hier. Je nous revois encore dans la petite église de Reno...

— Vous vous êtes mariés à Reno?

— Eh oui. Vous devez croire que cette ville a été inaugurée par la génération de vos parents, mais non! Cela remonte à la nôtre.

Joe plia le torchon et l'accrocha près de l'évier.

— Avant que j'oublie, dit-il encore. Si jamais vous revoyez Julia, vous ne savez rien au sujet de Maggie. Comme elle venait de perdre Ken, nous ne lui avons rien dit. Elle le saura de toute façon lorsque... vous voyez ce que je veux dire.

— Je comprends.

182

— Voulez-vous du café ?

— Nous allons partir. Je ne voudrais pas que les enfants abusent de la gentillesse de votre femme.

— Ne dites pas ça, Eric. Ils sont le meilleur remède à ses souffrances. Venez voir.

Il l'entraîna jusqu'à la porte du salon, entrouverte sur une scène charmante : Susie, assise aux pieds de Maggie, jouait avec les coquillages laissés par Margaret ; Jason était pelotonné contre la vieille dame, qui lui lisait *Lassie revient* ; Josi ronronnait, étalée sur les genoux du petit garçon.

— Ils ne rendent pas souvent visite à leurs grands-parents, murmura Eric. Il va falloir remédier à cette lacune.

— En attendant, nous serons heureux de les recevoir.

Il s'agissait d'une prière plutôt que d'une proposition. Joe aurait tout fait pour procurer à Maggie un peu de bonheur, un but dans sa journée, car ils ne vivaient plus qu'au jour le jour.

— C'est une excellente idée et je vous en remercie.

Les yeux bleu sombre d'Eric exprimaient une profonde affection, tandis qu'il observait ses enfants à leur insu.

— Jason a besoin d'attention, de compréhension. Il a très mal vécu notre divorce. Sa mère vient de se remarier. Il refuse d'accepter que nous ne vivrons plus jamais ensemble tous les quatre.

Eric fourra les poings dans ses poches avant de continuer :

— Shelly est en voyage de noces, c'est pourquoi les enfants sont avec moi en juillet au lieu d'août.

— Sans indiscrétion, dit Joe après une hésitation, comment avez-vous vécu, vous-même, ce remariage ?

— C'était inévitable. Shelly est jolie, douce, gentille.

— Papa ! papa ! cria Susie, viens voir ce que j'ai fait.

183

Eric entra dans le salon, sous le regard ému de Joe. Il s'accroupit près de sa fille et referma sa main autour de la cheville de son fils. Il communiquait par le toucher et cela plaisait au vieil homme.

Maggie leva les yeux. Son regard croisa celui de Joe. Elle lui adressa un sourire satisfait avant de se pencher de nouveau sur le livre. Sa voix claire emplit l'espace.

Quand le cancer s'était déclaré, Joe avait essayé de la persuader de rester tout l'été à San Jose. Il craignait qu'elle ne se fatigue, que son état n'empire. Maggie s'y était opposée. Elle voulait se rendre au chalet et maintenant Joe réalisait qu'elle avait eu raison. Elle avait encore un cadeau à donner et avait trouvé en Jason le parfait destinataire.

Plus tard, ce dernier se rappellerait la vieille dame au chat, qui l'avait gavé de pizza et d'histoires. Et, qui sait, au tréfonds de son âme, peut-être s'efforcerait-il de mériter le précieux don de son temps qu'elle lui avait fait.

— Quelle belle journée! s'exclama Maggie.

Sur la terrasse, les pinsons picotaient allègrement les graines dans la mangeoire, tandis que les moineaux, pondérés, patients, nettoyaient sur les dalles les vestiges du festin.

Joe l'enlaça par-derrière et tous deux demeurèrent un instant devant la fenêtre, lui, les yeux encore bouffis d'un sommeil tardif, elle, titubant de fatigue. Mettant son index sous le menton de Maggie, il lui fit relever la tête pour cueillir sur ses lèvres le premier baiser de la journée.

— Ma chérie! Que fais-tu debout aux aurores?

Elle passa son bras autour de la taille de Joe et huma profondément son odeur familière, rassurante, revigorante, aussi indispensable que l'oxygène.

— Je ne pouvais pas dormir.

— Comment vas-tu aujourd'hui?

— Très bien. Je songeais à Jason. Il est extraordinaire. Je ne l'ai vu qu'une fois, mais d'ores et déjà je peux affirmer que je n'ai jamais connu de petit garçon aussi attachant.

— Vous vous entendez bien, tous les deux.

— Il a une belle âme. Par exemple, il n'a pas essayé de

tirer la queue de Josi et, quand elle lui a mordillé la main pour qu'il arrête de lui caresser le ventre, il n'a pas paniqué. Ce genre de réaction, ça ne s'invente pas, Joe. Ça fait partie d'un être.

— Sa sœur est très attachante aussi.

Un sourire éclaira les traits tirés de Maggie.

— Si nous avions adopté une petite fille, elle aurait été comme Susie.

Le vieil homme pressa ses lèvres sur la tempe de sa femme.

— Que veux-tu pour ton petit déjeuner?

— Du thé... Un muffin à la rigueur.

Maggie n'avait plus faim ou alors très rarement. Elle flottait dans ses vêtements. Sa maigreur, même quand parfois elle se sentait mieux, trahissait un départ imminent pour l'ultime voyage.

Mais elle ne regrettait rien. La mort ne l'effrayait pas. Mourir avant Joe l'emplissait de gratitude... et de tristesse. Si le contraire arrivait, elle tiendrait le coup. Ne serait-ce que pour accompagner son mari. Supporter le deuil, la solitude, représentait l'épreuve finale d'un grand amour.

Même le cœur brisé, Joe survivrait. Lors de son dernier check-up, son médecin lui avait annoncé qu'il était parti pour vivre centenaire. C'était supposé être une bonne nouvelle, mais Maggie avait aperçu une lueur désespérée dans les yeux de son mari. Elle avait alors décidé de lui laisser les innombrables souvenirs de leur union heureuse et pas les images affreuses de la maladie.

Quand le diagnostic leur avait été révélé, Maggie avait longuement réfléchi. On se marie pour le meilleur et pour le pire. Eh bien, le pire, elle ne le partagerait pas avec Joe. Depuis soixante-cinq ans, cet homme avait été son meilleur ami et son amant. Il refuserait de la laisser s'en aller, tout simplement. Dans son esprit, il avait peut-être accepté l'inéluctable, mais pas dans son cœur. Il se demanderait sans relâche s'il n'avait pas renoncé trop tôt à se battre. Un jour de plus, une semaine, un mois prendraient alors une importance capitale.

Maggie était résolue à ne pas traîner plus que de raison. Pour rien au monde elle ne voulait que Joe termine sa vie dans le dénuement à cause d'un acharnement thérapeutique aussi ruineux qu'inutile.

Des semaines durant, lors de discussions passionnées, elle était parvenue à le convaincre qu'après tout, elle avait le droit de choisir. Elle préférait partir lucide, dans la dignité, plutôt que de sombrer dans la déchéance ou de terminer dans une salle de réanimation, branchée à des moniteurs. Ça non, elle ne le voulait pas.

Joe s'était finalement rangé à son opinion. Pas par lâcheté, mais à la suite d'une réflexion sereine, raisonnable.

Maggie avait choisi son anniversaire pour en finir avec la vie. Il s'agissait d'une date hautement symbolique, qui refermerait parfaitement le cercle. Joe l'avait longtemps serrée dans ses bras lorsqu'elle le lui avait dit. Après un interminable silence, il avait simplement répondu qu'il l'accompagnerait jusqu'au bout. Bien sûr, elle avait refusé, mais il avait insisté. Depuis le temps, elle aurait dû savoir qu'il était suffisamment têtu pour ne pas la laisser tout organiser à sa manière.

— Tu es ailleurs, dit-il doucement. A quoi penses-tu ? Au petit Jason ou à quelqu'un d'autre ?

— A nous. J'ai sûrement eu une vie antérieure exemplaire pour être récompensée par toi dans celle-ci.

— Si c'est le cas, la prochaine sera un tourbillon.

— On verra, murmura-t-elle. Contentons-nous du présent.

— Tu as raison.

— Quel est le programme, aujourd'hui? se renseigna-t-elle.

Autrefois, ils ne faisaient aucun projet. Cette fois-ci, d'un commun accord, ils avaient décidé de préparer leurs journées. Observer les oiseaux-mouches à Carmel Mission, les otaries à Point Lobos, visiter le terrain de golf de Pebble Beach où, jadis, il faisait un parcours pendant qu'elle conduisait la voiture, déguster un pique-nique sur les pentes verdoyantes de Fremont Peak.

— Nous allons déjeuner à Steinbeck House, répondit-il.

Ils étaient des habitués de ce restaurant réputé de la région. Joe y avait sa bouteille de whisky pour l'apéritif.

— As-tu réservé?

Il eut un sourire indulgent.

— Bien sûr. Il y a déjà une semaine.

— Et tu as choisi aujourd'hui...

— Parce que ta quiche préférée figure au menu.

Maggie émit un soupir heureux.

— Tu me gâtes.

Il lui lança un regard empreint d'une feinte surprise.

— C'était ta condition pour que tu acceptes de m'épouser.

Elle se hissa sur la pointe des pieds et l'embrassa.

— J'étais une fille futée. Rappelle-moi tes autres devoirs.

— Faire la vaisselle, laver et repasser mon linge.

— Mmm! Le règlement se relâche.

— A moins que ce ne soit passer l'aspirateur et astiquer la salle de bains?

Elle lui décocha un gentil coup de coude dans les côtes.

— Je crois qu'il s'agissait surtout de me convaincre que j'étais la plus belle femme du monde. Sans tricher.

— Oh, si j'avais triché, tu ne m'aurais pas cru.

Pendant soixante-cinq ans, le désir ne s'était pas éteint dans les yeux bleus de Joe.

— A quelle heure as-tu réservé?

— A une heure.

— Combien de temps nous faut-il pour y aller en voiture?

Il la scruta un instant.

— Est-ce que tu penses la même chose que moi, chérie?

— Je crois que oui.

— En es-tu sûre?

— L'esprit est prompt, donnons une chance à la chair.

Il lui adressa un sourire espiègle.

— Me croiras-tu si je te dis que tu me combles de bonheur?

— Prouve-le-moi, répondit-elle doucement en lui prenant la main pour l'entraîner vers la chambre.

Quand Joe retira la chemise de nuit de Maggie, il ne remarqua pas sa peau ravagée par le temps et la maladie. Il vit le corps magnifique qu'il avait étreint la nuit de leurs noces, les seins pleins, haut placés, le ventre plat, les cuisses lisses comme une mer calme, douces comme un murmure.

Ce corps, il le connaissait aussi bien que le sien; il savait où le toucher, quand et comment bouger en elle pour la mener à l'extase. Ses soupirs le guidaient, de petits gémissements l'avertissaient qu'elle était proche de l'orgasme et qu'il devait accentuer la cadence de ses reins.

Il contint sa fougue, afin de ne pas lui faire mal, et cette précaution éveilla en lui la poignante conscience de la peur, refoulée des mois auparavant. Contrairement à Maggie, Joe avait peine à vivre au jour le jour sans songer à la terrible échéance. La vie, leur vie commune, ne représentait plus le cocon sécurisant, à l'abri de tous les dangers. La brèche qui s'y était formée s'élargissait un peu plus chaque jour. A quatre-vingt-huit ans, Joe avait perdu la plupart de ses amis; il aurait dû mieux se préparer à affronter l'inévitable. Mais il n'y avait pas songé. Comme si cela n'arrivait qu'aux autres. Le diagnostic avait mis fin à l'illusion. Les lois de la nature s'appliquaient aussi à lui. Et à Maggie.

Après avoir fait l'amour, la vieille femme se blottit contre son mari avec un sourire de contentement.

— Il n'y a pas de meilleure façon pour commencer la journée.

— Ça va? Je ne t'ai pas fait mal?

Du bout des doigts, elle lui effleura le torse.

— T'ai-je donné l'impression d'avoir mal?

Il eut son sourire espiègle qu'elle aimait tant.

— Je t'ai entendue gémir, à un moment.

— Seulement une fois? demanda-t-elle, taquine.

Il l'attira contre lui.

— Nous avons eu une vie heureuse, Maggie. Je n'aurais pas voulu plus.

— Nous avons été bénis des dieux, mon amour. Nous avons même la chance de pouvoir nous dire adieu.

Elle esquissa une grimace, puis dégagea son bras afin d'apaiser l'élancement dans son épaule. Depuis plusieurs jours, elle avait diminué la dose des antalgiques, préférant l'inconfort à l'anesthésie des sens et de l'esprit. Elle s'efforçait de cacher la douleur lancinante qui la taraudait, mais elle n'y parvenait pas toujours. Tant que Joe pensait qu'elle ne souffrait pas, ils arrivaient à retrouver leur ancienne entente. Et, parfois, les manifestations du mal régressaient au point de se faire oublier.

— J'ai beaucoup pensé à Julia et à Ken, depuis que nous sommes arrivés, dit-elle. Ils étaient tellement heureux. Te souviens-tu de notre dernier dîner à Winslow?

Ken avait porté un toast en émettant le souhait de vivre aussi longtemps et aussi heureux avec Julia que toi avec moi. Je n'ai pas eu alors le moindre doute qu'il en serait autrement.

— Oui, je m'en souviens très bien. Et maintenant, Julia est seule et cela peut-être pour le restant de ses jours ; à moins qu'elle ne tente une seconde chance.

— Cela viendra en temps et en heure. Personne ne prendra la place de Ken, bien sûr, mais un second mari lui procurera un autre bien-être, une relation différente.

Maggie se tourna dans le lit pour regarder Joe dans les yeux.

— Je ne voudrais pas que tu exclues la possibilité de trouver quelqu'un d'autre, mon chéri.

Allongé sur le dos, le vieil homme scruta le plafond d'un air entêté.

— Cela ne risque pas d'arriver. Je t'aime, Maggie. Je t'ai toujours aimée. Il n'y aura personne d'autre.

— Cela ne me dérangera pas, tu sais.

Joe s'assit sur le lit en tournant le dos à sa femme.

— Je ne veux pas parler de ça.

— Je t'en prie, mon chéri. C'est important pour moi. Promets-moi de prendre cette suggestion en considération.

— Mais pourquoi ?

— Parce que te savoir seul me brise le cœur.

Il se tourna brusquement vers elle.

— Me laisser seul, du moins maintenant, c'est ton choix.

Maggie tressaillit.

— Je croyais que tu me comprenais.

La tension quitta soudainement Joe. Se sentant accablé, il ferma les yeux pour contenir un subit flot de larmes.

— Je suis navré. Pardonne-moi.

La vieille dame glissa sa main dans celle de son mari. Elle aurait donné n'importe quoi pour adoucir sa peine, mais elle serra les dents, afin que les mots qu'il souhaitait entendre si désespérément ne jaillissent pas. Elle ne changerait pas d'avis. Plus maintenant.

— Veux-tu prendre une douche? demanda-t-il, ramenant la conversation sur un terrain neutre.

— Nous avons le temps, non?

Joe jeta un coup d'œil à la pendulette de chevet, et un petit sourire malicieux fit briller ses prunelles.

— Oui. A condition de prendre notre douche ensemble.

— Monsieur Chapman, je vous aime!

Il porta la main décharnée de Maggie à sa bouche et y pressa ses lèvres.

— Moi aussi, madame Chapman.

4

Le lendemain matin, Maggie cherchait le journal dans la boîte aux lettres, quand Jason traversa à toutes jambes la rue qui séparait les deux propriétés.

— J'ai attendu! cria-t-il en remontant l'allée. Papa m'a permis de venir à condition que tu sois réveillée.

Elle lui sourit.

— Je suis complètement réveillée, vois-tu.

— Tu veux venir voir le feu d'artifice avec nous?

La question la prit de court. Brusquement, elle se souvint qu'ils étaient le quatre juillet, jour de l'Indépendance.

— Oh, oui, avec plaisir. Joe pourra venir aussi?

Jason hocha la tête avec enthousiasme.

— Je dirai à papa de faire quelques sandwichs de plus.

— Et moi? Qu'est-ce que j'apporte?

Le petit garçon fronça les sourcils.

— Tu veux dire des pétards?

— Pourquoi pas... Ou des feux de Bengale.

— Ou alors des cookies aux pépites de chocolat?

— Bonne idée. Je m'en occupe.

Les yeux de Jason s'arrondirent.

— Tu sais les faire?

— Naturellement. Tu les aimes ?

Il acquiesça.

— Et Susie ?

— Elle les aime aussi, mais moins que moi.

Eric apparut sur le perron de sa maison d'où il agita la main.

— Il vous a trouvée à ce que je vois.

— Oui, et il nous a gentiment invités à fêter avec vous le quatre juillet.

— J'espère que vous serez des nôtres, insista Eric.

— Elle a accepté, exulta Jason.

Susie jaillit alors de la maison.

— Je peux venir, Maggie ? cria-t-elle.

— Bien sûr... Si ton papa est d'accord.

Susie voulut s'élancer, mais Eric la stoppa en plein élan.

— Minute, mademoiselle. Je crains qu'à vous deux, vous ne créiez pas mal de souci à nos amis.

— Pas du tout, répliqua Maggie. Avec Joe, nous allons faire une promenade sur la plage. Nous serons ravis d'emmener les enfants.

Eric s'accroupit devant Susie, lui susurra quelque chose au creux de l'oreille, et la petite fille hocha vigoureusement la tête. Se redressant, il la prit par la main. Une minute après, ils avaient rejoint Jason et Maggie.

— Je suis enchanté que vous veniez ce soir, déclara Eric. A vrai dire, l'idée était de Jason mais j'y adhère de tout cœur.

— A quelle heure doit-on venir ? Et que désirez-vous que l'on apporte ?

Voyant la déception sur la frimousse de Jason, la vieille dame s'empressa d'ajouter :

— A part les cookies au chocolat, bien sûr.

Eric jeta à son fils un coup d'œil désapprobateur.

194

— Je suppose que c'est encore une de tes idées?

— J'ai juste dit à Maggie que je les aimais bien, se défendit le petit garçon.

— Joe en raffole également, dit Maggie. Et moi, j'adore les pique-niques.

Susie enlaça les jambes de Maggie.

— Tu sais, le feu d'artifice, c'est comme des guirlandes de fleurs dans le ciel. C'est papa qui me l'a dit.

Maggie se tourna vers son voisin.

— Quelle métaphore poétique, mon cher.

En riant, il posa la main sur son cœur.

— Je ne suis pas écrivain pour rien. Du moins, je me plais à me le répéter.

— Mon petit doigt me dit que vous n'avez pas beaucoup avancé, ces jours-ci.

— J'écris quand les enfants sont couchés et tôt le matin, avant qu'ils se lèvent.

La porte vitrée coulissa; Joe apparut sur la terrasse.

— Bonjour, bonjour! Il me semblait bien entendre des voix.

— Nous sommes invités ce soir à la fête de l'Indépendance, lui annonça Maggie.

Il parut décontenancé un instant, puis s'écria :

— Mon Dieu! Je perds la notion du temps. J'avais complètement oublié quel jour nous étions.

Il regarda tour à tour les enfants, avec un large sourire.

— Est-ce qu'il y aura un feu d'artifice? demanda-t-il.

— Oh, oui. Un gros. Comme des fleurs dans le ciel, expliqua Susie.

— S'il n'y a pas de brouillard, lui rappela Eric.

— Un pique-nique et un feu d'artifice, que demande le peuple! s'exclama Joe, sa large main posée sur l'épaule frêle de Jason. Ça va être une journée mémorable.

Il adressa un clin d'œil complice à Maggie.

— Il ne manque plus que la pêche Melba.

Les papilles gustatives de Maggie réagirent instantané-ment. L'hémorragie cérébrale de Joe avait mis fin à leur menu traditionnel du quatre juillet : poulet froid, salade de pommes de terre et pêche Melba.

— Je suis sûre qu'il existe au moins un marchand de glaces dans le coin qui vend cette friandise, suggéra Maggie.

— Et même plus d'un, renchérit Joe.

— Je peux venir ? demanda Susie.

— Je ne crois pas que ce soit une bonne idée, coupa Eric avant que ses voisins puissent répondre.

— Mais pourquoi, papa ?

— Soyez tranquille, le rassura Joe. Nous aurons plai-sir à nous promener en ville avec nos jeunes amis.

Eric hésita comme pour donner à Joe une chance de changer d'avis.

— Bon, d'accord, dit-il finalement, d'une voix mal assurée.

Jason leva alors ses grands yeux bruns vers Maggie.

— Tu veux venir aussi ? interrogea-t-elle.

— Je peux, papa ?

Eric émit un soupir.

— Je vous préviens, les deux en même temps, ce n'est pas une sinécure.

— Nous nous en sortirons, affirma Maggie avec un sourire.

— Et Josi ? jubila Jason. Elle vient aussi ?

Maggie regarda le petit garçon en riant.

— Les chats sont casaniers, tu sais. Mais elle sera enchantée de te voir quand nous reviendrons.

Jason leva le regard vers son père.

— Papa ?

— Allez-y, concéda Eric. Mais attention! Si vous n'êtes pas sages, vous serez privés de feu d'artifice.

Ses enfants partis, Eric regagna son bureau. Il se remit au travail, mais en vain. Se concentrer s'avéra impossible. Sans cesse, ses pensées dérivaient vers le charmant vieux couple de voisins. Il n'avait jamais vu Jason et Susie aussi à l'aise avec des adultes qu'avec Joe et Maggie. Ceux-ci attiraient d'emblée la sympathie. Néanmoins, Jason, si réservé d'ordinaire, témoignait à Maggie une sorte d'affection passionnée qui ne lui correspondait pas. Sans doute avait-il besoin de s'attacher à quelqu'un, puisque ses parents ne formaient plus une famille unie. Mais combien de fois le petit garçon supporterait-il de voir basculer son univers par la perte d'un être cher?

Décidément, la paranoïa te guette, pauvre vieux! se reprit Eric intérieurement. Maggie n'était pour Jason qu'une amitié de vacances, une connaissance passagère. Il l'oublierait après la rentrée scolaire quand il reprendrait ses habitudes.

Renversé sur sa chaise, Eric contempla le ciel brumeux par la fenêtre. La responsable du feu d'artifice à Monterey l'avait prévenu : en cas de brouillard, les gerbes multicolores ressembleraient à des taches lumineuses dans les nuages. Elle avait ajouté que cela faisait quatre ans que le mauvais temps gâchait le spectacle. Mais les mauvaises prédictions n'avaient jamais effrayé Eric. Sinon, il n'aurait pas fait médecine. A l'époque, personne ne lui accordait la moindre chance de réussir, sous prétexte qu'il sortait d'un lycée réputé moyen pour entrer dans une faculté fréquentée par le gratin. Il avait démenti tous les pronostics et, plus tard, il avait de nouveau étonné son entourage en démissionnant.

Pourquoi se sentait-il attiré par l'écriture? Il l'ignorait. Sans doute parce qu'il avait quelque chose à dire. Mais qui aurait envie de l'écouter? De toute façon, la postérité ne l'intéressait pas. Il voulait juste divertir et offrir un peu d'évasion à des gens aussi collet monté que ses anciens patients. Adolescent, il considérait la télévision comme un luxe et la lecture comme une nécessité. Il décelait les mêmes préférences chez Jason et rêvait déjà du jour où tous deux discuteraient de littérature.

Tous les liens sont importants quand on ne vit plus sous le même toit.

La sonnerie du téléphone interrompit ses méditations. Sa première pensée fut que quelque chose était arrivé aux enfants. Il décrocha, au comble de l'anxiété.

— Allô?

— Eric?

Il n'avait jamais entendu la voix de Julia au téléphone, mais il sut instantanément que c'était elle. Il eut la sensation qu'elle était partie juste la veille et qu'il attendait son appel.

— Oui, c'est moi. Fidèle au poste, autrement dit à mon ordinateur.

— Je vous dérange en plein travail. Voulez-vous que je vous rappelle plus tard?

C'était la dernière chose dont il avait envie. Il aurait tout fait pour la garder le plus longtemps possible à l'autre bout de la ligne. Depuis son départ, pas un jour ne s'était écoulé sans qu'il ne pense à elle.

— Justement, je m'apprêtais à faire une pause. Que puis-je pour vous?

— J'essaie de joindre les Chapman, vous savez, le couple qui occupe le chalet ce mois-ci. Les avez-vous vus, par hasard?

Il posa les pieds sur le bureau, soudain envahi par un

198

souvenir inattendu : Julia sur la plage, à la recherche de la loutre de mer dans les flots bleus.

— Oui, il y a une heure environ. Ils sont partis faire des courses avec Jason et Susie.

— Jason et Susie?

— Mes enfants.

— Ah, oui, fit-elle, embarrassée de cet oubli.

La voix de la jeune femme l'imprégnait à l'instar d'une pluie d'été qui donne envie de lécher les gouttelettes brillantes et tièdes au coin de ses lèvres.

— Ils resteront avec moi trois semaines. Leur mère est en voyage de noces.

Elle se tut une seconde, puis murmura avec chaleur :

— Ça va?

Etait-ce la douleur qui l'avait rendue si compréhensive? Etait-elle naturellement sensible aux problèmes des autres? Eric répondit d'un ton exagérément enjoué :

— Ça va très bien. Je suis heureux pour Shelly. Et pour les enfants.

— Je vous crois.

Il s'aperçut qu'il avait cherché à l'impressionner et se traita mentalement de crétin.

— Avez-vous un message pour Joe et Maggie?

— Je voulais juste m'assurer qu'ils vont bien. Je les ai appelés deux jours de suite au chalet et une fois chez eux, et je n'ai pas réussi à les avoir. Je commençais à me demander... Oh, ça ne fait rien! Du moment que je sais qu'ils se portent bien.

Le cœur d'Eric se serra. Sous une apparente désinvolture, on devinait la profonde inquiétude de Julia. Rien d'étonnant que Maggie veuille lui cacher son état.

— Et vous? Comment allez-vous? demanda-t-il.

— Mieux.

— Mieux qu'en juin ou mieux que vous n'espériez?

A l'autre bout du fil, Julia hésita.

— Un peu les deux, je crois. Parfois je déprime mais il y a des jours où j'oublie de me rappeler que je dois faire semblant d'être en forme.

— Les Chapman parlent beaucoup de Ken. Ils l'avaient vraiment adopté.

Il prenait délibérément le risque d'ériger une barrière entre Julia et lui.

— Je sais. Il leur était également très attaché.

— Et maintenant, ce sont mes gamins qui les ont adoptés. Les petits chenapans ne lâchent pas Maggie et Joe d'une semelle. Mon fils, d'habitude si réservé, les tutoie!

Intuitivement, Eric savait que ses enfants se comporteraient de la même manière vis-à-vis de Julia. Elle avait un tas de points communs avec Maggie.

— C'est formidable. Je suis sûre que Joe et Maggie sont aux anges.

— Ce soir, nous allons voir le feu d'artifice à Monterey.

— Et moi je suis invitée à une réception, dit Julia d'une voix morne.

Il aurait voulu lui demander si elle y allait seule mais ne trouva pas le moyen de le glisser dans la conversation.

— Je bougonne toujours avant d'aller à une soirée, compatit-il, et en fin de compte je m'amuse bien.

— J'aurais préféré mille fois me rendre à Monterey avec vous tous.

Ces paroles, somme toute banales, firent à Eric l'effet d'avoir gagné au Loto. Etait-ce dû à la solitude, à sa jalousie vis-à-vis de Shelly, à sa volonté de gagner sa part de bonheur, lui aussi?

— Ne bougez pas. Je viens vous chercher en voiture!

Bon sang, il devenait idiot. Au lieu d'une réponse

légère à une déclaration nonchalante, il s'accrochait avec la hargne du missionnaire qui réclame de l'argent. Il plongea les doigts dans sa moustache, qui avait poussé... et qui le démangeait.

— J'aurais sans doute accepté votre offre s'il ne s'agissait pas de la réception annuelle de la compagnie.

Etait-elle sérieuse ? Diplomate ? Il n'aurait su le dire.

— Mais oui. Je suppose que vos activités accaparent une grosse partie de votre temps.

Cette fois-ci, elle garda un long silence avant de répondre :

— Il faut bien que je m'occupe. Mais l'entreprise était le grand amour de Ken, pas le mien.

— Je comprends.

— Je sais.

Une fois de plus, ce lien inexplicable !

— Que comptez-vous faire ? s'enquit-il.

— Continuer. Que puis-je faire d'autre ?

Une demi-douzaine de poncifs lui vinrent à l'esprit. Il les censura aussitôt. Julia était belle, intelligente, riche, elle n'avait guère besoin de ses conseils.

— Je dirai aux Chapman de vous rappeler, d'accord ?

— Ce n'est pas la peine. Je les rappellerai dans quelques jours.

— Savent-ils où vous joindre ?

Certain qu'elle était sur le point de raccrocher, il se démenait pour prolonger leur entretien.

— Ils ont mon numéro... Maintenant que j'y pense, je ne vous l'ai pas donné... en cas d'urgence.

— Ça tombe bien, j'ai un crayon et du papier.

Elle lui dicta dix chiffres et les lui fit répéter.

— Avant de finir, comment va votre roman ?

— Mon agent a exigé la première moitié. Je la lui ai donc expédiée par la poste.

— Et c'était bon?

Un rire échappa à Eric.

— Je n'en sais rien.

— Que va-t-il se passer maintenant?

— De deux choses l'une. Ou il aime et il m'incite à continuer, ou il déteste, et adieu le best-seller. La troisième solution est qu'il soit alléché par le style mais déçu par le sujet; dans ce cas-là, il me demandera d'écrire autre chose.

— Quand vous répondra-t-il?

— J'aimerais bien le savoir.

— Ce qui veut dire que votre cœur bat à cent quarante chaque fois que le téléphone sonne.

— L'attente est une torture, c'est vrai.

— M'appellerez-vous quand vous aurez la réponse?

Il résista à la tentation de demander à la voir.

— Bien sûr. Et si vous n'êtes pas chez vous, je vous laisserai un message sur votre répondeur.

— Prenez soin de vous, dit-elle.

— Vous aussi.

Il raccrocha. Son regard dériva vers la fenêtre qui surplombait la plage. Aux vacanciers s'était ajoutée la cohue des visiteurs du week-end. L'océan roulait ses vagues couronnées d'écume. Des cerfs-volants de toutes les couleurs striaient le ciel bleu cobalt. Il avait passé toute la matinée à espérer que la journée serait belle... Le résultat avait dépassé ses espérances.

Julia posa son stylo sur le bureau. Dans cinq minutes, elle allait avoir une réunion de travail avec John Sidney et ses assistants. Ils évoqueraient les problèmes de sécurité concernant les conteneurs dans lesquels ils expédiaient le matériel à l'étranger. Sa première réaction avait été de confier à John l'initiative de s'entendre avec le fournisseur mais les choses ne se passaient pas ainsi au sein de la compagnie.

Tout en se réservant le secteur de la production, Ken avait l'œil sur tout. Il contrôlait chaque détail grâce à de brefs meetings avec les directeurs des différents départements, plusieurs fois par jour. Quand Julia avait pris sa place, déchirée entre le deuil et l'apprentissage d'un métier, elle avait réduit ces rencontres à deux par semaine.

Le personnel l'avait soutenue sans la moindre réticence. Chacun s'y était mis pour lui faciliter la tâche. La loyauté, l'enthousiasme de tous l'avaient rassérénée. Et en même temps, ils l'avaient intimidée. Si elle avait rencontré une quelconque résistance, elle aurait pu se convaincre de vendre la société. A la place, les associés et les employés l'avaient entourée de gentillesse, de sympathie et de patience.

Un grattement à la porte lui fit lever la tête.

— Entrez.

Pat Faith, sa secrétaire, se pencha par le battant entrebâillé.

— Je viens d'apprendre que l'épouse de John Sidney a fait une fausse couche hier soir. J'ai pensé que vous voudriez le savoir.

Julia chercha vainement à mettre un visage sur le nom de Mme Sidney. Elles avaient pourtant dû se croiser dans des soirées.

— Je ne me rappelle pas qui elle est.

Pat entra dans la pièce et referma la porte derrière elle.

— Blonde, les cheveux longs, très jolie. Avec un grain de beauté sous l'œil droit...

— Toujours tirée à quatre épingles, même aux piqueniques ?

— C'est elle, confirma Pat.

Avant de partir, elle se retourna.

— Avez-vous pu joindre Joe et Maggie?

Pendant les seize ans où elle avait été la secrétaire de Ken, et maintenant de Julia, Pat était devenue leur amie et leur confidente.

— Oui... en fait, non. Il semble qu'ils s'amusent bien avec le locataire du cottage voisin.

— L'écrivain?

Julia ne se souvenait pas de lui avoir parlé d'Eric. Elle inclina la tête.

— Il a un petit garçon et une petite fille. Joe et Maggie adorent les enfants, comme vous savez.

— Ah... Il est marié alors?

Etrange question!

— Divorcé.

Un sourire illumina le visage de Pat.

— Ravie de l'entendre.

— Attendez... Pourquoi...

— Votre expression quand vous parlez de lui me met sur des charbons ardents. Je redoute de vous voir vous engluer dans une affaire de cœur.

Julia la scruta, bouche bée.

— Votre imagination galope, ma parole. J'ai exactement la même expression, que je parle d'Eric ou de n'importe quel autre ami.

— Mais il n'y a pas de mal à avoir de l'intérêt pour quelqu'un. Cela devait arriver un jour ou l'autre. Cependant, vous devez vous montrer vigilante; plus que quelqu'un comme moi, par exemple.

Tous les amis de Ken s'étaient donné le mot. Selon eux, non seulement Julia constituait la cible idéale de tous les coureurs de dot de la planète, mais ils refusaient en outre de comprendre qu'elle pourrait un jour remplacer

204

Ken dans sa vie. Après avoir eu le meilleur, pourquoi et comment pourrait-elle se contenter de moins ?

Quelqu'un frappa à la porte.

— John, probablement, dit Julia. Je vais voir si sa femme et lui ont besoin de quelque chose. Entre-temps, faites envoyer à Mme Sidney une gerbe d'orchidées de chez McLellan... Des couleurs claires ; blanches, roses ou jaunes. Rien de sombre. Ecrivez un mot simple de la part de nous tous.

— Je m'en occupe, répondit Pat.

Julia se leva et avança vers John Sidney, qui l'attendait à la porte du bureau directorial. La mort de Ken lui avait appris combien un geste de solidarité remonte le moral dans un moment difficile. Et si elle n'accordait pas à John la promotion qu'il désirait le plus au monde, elle pouvait au moins lui donner cela.

5

Ils arrivèrent tous les cinq sur la jetée en fin d'après-midi, équipés de couvertures, de livres, de jeux pour Jason et Susie, d'une chaise longue pliante pour Maggie, de chaises de toile pour Joe et Eric. Les lions de mer lançaient des grognements indignés à la marée humaine, tandis qu'Eric observait la nappe de brouillard sur l'océan.

Repus de sandwichs, de salades variées, de viandes froides et de pêches Melba, ils étaient contents d'être enfin installés en attendant le début du spectacle, deux heures plus tard. Joe avait déployé une couverture sur laquelle Jason et Susie s'étaient assis et il leur lisait un conte de fées. Peu à peu, la foule remplissait le port, le môle, la grève, pendant que le soleil plongeait lentement vers les brumes de l'horizon.

— Comment vous sentez-vous, Maggie ? demanda Eric à voix basse, afin que personne d'autre ne puisse l'entendre.

La vieille dame étudia son voisin une seconde avant de répliquer :

— Vous savez, n'est-ce pas ?

— Joe a confirmé ce que j'avais déjà deviné le premier soir.

Elle hocha la tête.

— Je suis un peu fatiguée mais je n'aurais pas troqué une seule minute de cette journée pour un regain d'énergie.

— Essayez de vous reposer davantage... Excusez-moi! De quoi je me mêle!

— Donniez-vous aussi ce conseil à vos patients qui étaient en train de mourir?

— C'est possible. Honnêtement, je ne me rappelle plus. J'ai démissionné en partie parce que je croyais être en train de devenir un médecin imbuvable.

— Ma tante disait que la mort est un début. Qu'il s'agit d'un des multiples voyages de la vie. Je pense à elle chaque fois que le fardeau pèse trop lourd.

— J'aime bien cette idée. Puis-je l'utiliser?

— De quelle manière?

— Dans un chapitre, mon héros se pose des questions philosophiques : la vie, l'amour, la mort...

Maggie sourit.

— Ma tante serait très honorée. Et moi aussi.

Eric mit ses mains sur sa nuque, s'étira et croisa ses jambes au niveau des chevilles.

— Julia m'a raconté que le chalet vous appartenait autrefois.

— Nous avons passé notre lune de miel à Santa Cruz. Et nous sommes revenus tous les ans... Soixante-cinq en tout.

— Je comprends votre engouement pour cette région.

— Nous avons acheté le chalet il y a cinquante ans, quand le gynécologue nous a annoncé que nous n'aurions pas besoin de chambres supplémentaires dans notre résidence principale. Juste après sa retraite, Joe a eu une hémorragie cérébrale; nous avons alors vendu la propriété à Ken, en lui demandant de pouvoir y passer l'été, comme avant. Naturellement, Ken a fait en sorte que nous pensions lui rendre service.

Ce souvenir arracha un tendre sourire à Maggie.

— Nous avons fait semblant d'y croire, mais nous avons choisi de rester en juillet seulement. Joe louait le chalet en juin et en août. Ainsi, nous étions persuadés d'aider Ken à payer son emprunt à la banque.

Elle se mit à rire.

— Vous rendez-vous compte?

— Je crois que j'ai attrapé votre virus, avoua Eric. Je ne veux plus partir. J'aurai peine à rendre à Andrew son cottage quand il reviendra.

— Si vous aviez vu le paysage à l'époque où nous avons atterri ici pour la première fois! s'exclama Maggie, le visage rêveur. Non que je n'aime pas le modernisme, mais quand même! C'était autre chose.

— Je vous en prie, racontez-moi.

— Seigneur, je ne saurais pas par où commencer.

Elle ne se fit cependant pas prier longtemps. Et pendant qu'ils attendaient le crépuscule, elle narra à Eric l'histoire d'une contrée sauvage, loin de tout, mais très verte et très accueillante.

Cannery Row n'était alors qu'une venelle puante. Les pêcheurs de sardines y vendaient leur marchandise. Il n'y avait que les quais et des bateaux de pêche là où aujourd'hui pullulaient les restaurants et les boutiques de luxe. En ce temps-là, Carmel comptait une poignée de charmantes masures, qui valaient aujourd'hui de l'or, alors que les paysans les avaient bradées pour une bouchée de pain.

A force d'explorer la péninsule de Monterey, les Chapman s'étaient liés d'amitié avec des artistes, des pêcheurs, des fermiers. Tout doucement, le paysage avait changé. Les touristes étaient arrivés, le portefeuille bourré de billets de banque. Le paradis terrestre avait bientôt été vendu, démantelé, morcelé. Les versants jadis recouverts de cyprès, de pins et de chênes arboraient à présent les panneaux « Propriété privée », « Défense d'entrer », accrochés à de solides barreaux.

Afin d'attirer une nouvelle clientèle, l'Océan Avenue, la principale artère de Carmel, avait vu pousser comme des champignons des échoppes de souvenirs, des boutiques de tee-shirts et d'autres fanfreluches. Des galeries s'étaient installées, exposant des toiles abstraites. Des papiers gras, des canettes de Coca-Cola et de bière jonchaient la chaussée, les poubelles débordaient d'ordures, les rues étaient livrées aux hordes de touristes. Les visiteurs arrivaient par centaines, caméra au poing, dans l'espoir d'apercevoir Clint Eastwood, qui habitait le comté.

Eric posait encore des questions sur Monterey et Carmel quand le crépuscule les enveloppa de ses voiles de cendre. Maggie avait entrepris de lui raconter le tremblement de terre qui avait quasiment détruit Loma Prieta en 1989, quand les premières gerbes du feu d'artifice explosèrent, rouges, blanches, bleues. Jason se blottit contre Maggie, et Susie monta sur les genoux de Joe pendant que des oh ! et des ah ! fusaient de toutes parts.

— Papa, on dirait vraiment des fleurs ! s'exclama Susie. J'aurais aimé que maman les voie.

Le cœur de Maggie bondit. Les gens que l'on aime sont censés s'aimer entre eux. Et l'absence de cet amour attendu constituait une rude épreuve pour un être aussi tendre et aussi jeune que la fillette aux couettes blondes.

— Eh bien, tu lui feras un dessin et nous le lui enverrons demain, proposa Eric.

— Moi aussi je lui ferai un dessin, déclara Jason, les yeux rivés vers le ciel illuminé.

— Et un pour Roger, suggéra Eric avec gentillesse.

— D'accord, dit Susie.

— On verra, ajouta Jason.

Maggie avait deviné combien l'offre avait coûté à Eric. A l'évidence, partager ses enfants avec un autre homme le désespérait, mais il mettait leur bonheur au-dessus de son bien-être.

Les grappes lumineuses déployaient leurs fruits flamboyants et leurs étoiles filantes au firmament quand, sans prévenir, une douleur fulgurante transperça Maggie. Agrippée aux bras de la chaise longue, elle attendit que cela passe. Avait-elle oublié ses médicaments? Impossible. Joe lui présentait à heures fixes un assortiment de cachets sans jamais faillir.

Eric se tourna vers elle pour lui poser une question. Il se figea. Sans attirer l'attention du petit groupe, il lui prit le poignet et tâta son pouls. Peu après, il saisit son sac et en sortit une poche de plastique remplie de flacons orange foncé. Il ne lui fallut pas plus d'une seconde pour déchiffrer les étiquettes. Il extirpa deux cachets et les glissa dans la bouche de Maggie.

— Voulez-vous un verre d'eau? demanda-t-il en lui prenant la main.

Elle fit signe que non, ferma les yeux, déglutit péniblement, puis attendit l'effet du médicament. Son cancérologue l'avait prévenue : la science n'avait plus les moyens de combattre son mal; elle pouvait seulement améliorer sa vie en phase terminale. Evidemment, le moment viendrait où les puissants antalgiques n'agiraient plus. mais, en principe, cela ne devrait pas se produire avant quelques mois.

Peu à peu, comme la vague efface l'empreinte des pas sur le sable, le médicament estompa la douleur. Bientôt, il ne resta plus que le souvenir de la souffrance et la peur qu'elle revienne.

Maggie rouvrit les yeux ; son regard croisa celui d'Eric.

— Je me sens mieux, articula-t-elle, les lèvres blanches, sans émettre aucun son. Merci.

L'incident avait été si fugace que personne, pas même Joe, ne s'en était aperçu. Eric lui serra la main.

— Si jamais vous avez besoin de moi, n'hésitez pas à m'appeler. A n'importe quelle heure du jour ou de la nuit.

— Pourquoi ? demanda Jason en fixant son père.

Eric lui ébouriffa les cheveux.

— Pour n'importe quoi, répondit-il.

— Et pourquoi Maggie aurait-elle besoin de toi ? insista le petit garçon.

Malgré sa conviction que mentir à un enfant équivalait à perdre sa confiance, Maggie jugea que ce n'était pas le moment de révéler sa maladie aux deux petits.

— Pour faire la glace de la pêche Melba, répondit-elle.

L'explication parut satisfaire Jason.

— C'est vrai ? On fera de la glace ?

— Bien sûr. Quand tu veux.

Par chance, le feu d'artifice attira de nouveau l'attention de Jason. Plusieurs explosions illuminèrent le ciel ; ce fut comme un jardin entier de fleurs éphémères.

Le brouillard s'était dissipé ; Maggie suivit du regard l'ultime flamme bleue qui tomba dans l'océan. Une paix singulière se glissa alors en elle. La beauté du spectacle tenait à sa nature passagère. Il en allait de même pour la vie. Celle de Maggie avait été bien remplie. Elle n'avait qu'un seul regret : n'avoir pas lutté suffisamment pour ses convictions. Elle avait participé activement aux mouvements écologistes, avait prononcé des discours sur les espèces en voie de disparition, sur la mort des oiseaux provoquée par des ballons lâchés lors de différentes célébrations, sur les ravages des produits toxiques dans la chaîne alimentaire.

Elle avait reçu des récompenses pour avoir convaincu les gens de ne plus abandonner leurs animaux domestiques pendant les vacances, ainsi que pour son aide aux sans-abri. Et maintenant que sa vie la quittait, elle se disait qu'elle aurait dû lutter davantage contre les injustices.

— On y va ? demanda Joe.

Il lui fallut une fraction de seconde pour comprendre ce qu'il disait. Elle lui offrit un sourire tout en essayant de s'extraire de la chaise longue.

— Mon Dieu, quelle merveille ! remarqua-t-elle en regardant Jason et Susie. Merci de nous avoir invités.

— De rien, répondit Susie.

Dans un élan impromptu, Jason la serra dans ses petits bras.

— Tu viendras avec nous la prochaine fois, d'accord ?

Elle l'enlaça et posa un baiser sur le sommet de sa tête.

— Promis, dit-elle simplement.

Le trajet du retour se déroula dans le calme. Les enfants, puis Joe, s'abandonnèrent dans les bras de Morphée sur la banquette arrière du pick-up d'Eric.

A la vue du portail, Eric se tourna vers Maggie. Elle ne dormait pas.

— Je sais combien c'est ennuyeux d'entendre poser constamment la même question, mais j'en prends le risque, dit-il. Comment vous sentez-vous ?

— Maintenant ou en général ?

— Les deux.

— Aussi bien que possible, vu ma situation.

Elle capta son regard surpris avant d'esquisser un sourire.

— Désolée. J'ai toujours rêvé de répondre cela à un médecin. Frustrant, n'est-ce pas ?

Il ne put s'empêcher de rire.

— Très. En même temps, voilà une excellente façon de me remettre à ma place.

— Mes forces déclinent, Eric. La fin est proche. Vous avez dû souvent assister aux combats perdus d'avance. Je n'ai rien à ajouter, malheureusement.

Elle posa la main sur son bras.

— Mais ne pensez pas que votre sollicitude me pèse, reprit-elle. Je vous ai pris au mot, vous savez. Je vous appellerai en cas de besoin.

— Je voudrais pouvoir vous aider.

— Vous êtes un homme bon, Eric. J'espère que vous trouverez quelqu'un avec qui vous partagerez toutes les choses fantastiques qui vous attendent.

— Lesquelles ? Si vous avez un heureux pressentiment pour mon livre, dites-le-moi. L'attente me porte sur les nerfs.

— Je parlais de la vie, mon ami. Le livre se fera tout seul.

— Rappelez-moi cette phrase tous les jours, voulez-vous ?

Ils ne resteraient pas longtemps ensemble, il le savait, mais Maggie demeurerait sa meilleure amie, tant qu'elle serait de ce monde.

— Entendu, répondit-elle. Avec plaisir.

6

Joe poussa la porte de la chambre avec sa hanche. Il entra, le plateau du petit déjeuner entre les mains. Josi se frottait contre ses jambes, menaçant de le faire tomber à chaque pas.

— Le brouillard est de retour ! annonça-t-il.

Maggie se cala contre sa pile d'oreillers. La chatte sauta sur le lit, se roula contre sa maîtresse qui lui gratta le menton, et son ronronnement monta, comme un roulement de tambour.

Joe servit deux tasses de thé à l'aide d'un pot qu'ils avaient acheté trente ans plus tôt, lors d'une traversée de l'Atlantique. Il remonta les stores avant de rejoindre Maggie sur le lit.

— As-tu bien dormi, ma chérie ?

Elle n'avait pas fermé l'œil, mais l'avouer n'aurait fait qu'aggraver l'anxiété de Joe.

— Comme un bébé. J'ai fait de beaux rêves.

— Comment désires-tu passer la journée ?

Elle avala avec précaution une toute petite gorgée. Elle n'aurait pas su dire si cela était dû aux médicaments ou à la maladie, mais elle avait perdu la sensibilité au chaud et au froid. A plusieurs reprises, elle s'était brûlée... Le thé était parfait; elle étreignit la tasse jaune vif dans ses paume et prit une nouvelle gorgée.

— Je pensais bien à quelque chose.

Joe haussa un sourcil. Un sourire conspirateur releva les coins de sa bouche.

— Oui?

Au lieu de répondre, Maggie l'observa comme si elle le voyait pour la première fois.

— Tu es sans aucun doute le plus bel homme que j'aie jamais vu.

Il émit un rire.

— Je suis tout ouïe.

— Non mais c'est vrai. Et qui devinerait que tu auras bientôt quatre-vingt-dix ans? Quatre-vingt-dix, Joe! Qui aurait pensé que tu vivrais aussi longtemps?

— Sans toi, je serais déjà mort et enterré.

— Faux! C'est toi et toi seul qui as fait tout le travail. Tu t'es redressé et tu as réappris à marcher, à parler. J'étais simplement là à te regarder.

— Ta modestie te perdra.

Elle dissimula son sourire en avalant une autre gorgée de thé chaud. Le temps avait presque effacé les pénibles réminiscences de ces deux années terribles où Joe avait été si diminué, si faible. Ils avaient été plus forts que la maladie, plus résistants face à l'adversité.

— Dis-moi à quoi tu penses, Maggie.

— Nous avons fait un tas de projets pour cet été, commença-t-elle. Nous nous sommes mis d'accord sur nos déplacements, sur les sites à visiter... Eh bien, je me disais, mais ce n'est qu'une suggestion, bien sûr... C'est juste une idée et je tiens à connaître ton opinion...

— Maggie, cesse de tourner autour du pot.

Josi s'étala sur le dos, les pattes en l'air, les moustaches frémissantes, et Maggie lui caressa distraitement le ventre.

— Que dirais-tu si nous gardions Susie et Jason tous les matins pendant qu'Eric travaille à son livre? débita-t-elle d'une seule traite. Cela ne sera pas long. Ils ne resteront pas plus d'une semaine... Avec la pêche Melba et tout ce dont nous nous sommes empiffrés hier, je n'ai pas eu l'occasion de faire les cookies au chocolat que j'ai promis à Jason. De plus, je pourrais les aider à dessiner le feu d'artifice pour leur mère et leur beau-père.

— En es-tu sûre, Maggie? Tu semblais tellement tenir à tes projets...

— Ils n'ont plus aucune importance, Joe.

— Si cela te rend heureuse, ça me convient, ma chérie.

— Je ne pense plus à moi quand je suis avec eux. Je ne m'écoute plus, tu comprends?

Elle savait que Joe éprouvait la même chose. Le pèlerinage qu'elle avait imaginé pour cette année ne tarderait pas à tourner au cauchemar pour tous les deux. Mieux valait que Joe garde d'elle le souvenir d'une femme enjouée, souriante.

Elle le regarda dans les yeux et y vit le mélange familier d'amour, de regrets et de peine.

— Es-tu d'accord? s'enquit-elle. Ce sont aussi tes vacances. Je ne veux pas te voler ton plaisir.

— Tant que nous serons ensemble, peu m'importe.

— Il nous faudra convaincre Eric. Sans parler des enfants.

— Eric discutera pour le principe. Quant aux enfants, je sais d'ores et déjà qu'ils seront ravis.

Maggie reposa sa tasse sur le plateau.

— Encore une question. Essaie de me répondre sincèrement.

216

— Je ne t'ai jamais menti, Maggie.

— Ce n'est pas pareil. Je crois que tu ferais n'importe quoi pour me rendre heureuse.

— Je ne puis te répondre tant que j'ignore ta question.

Elle passa les doigts dans ses cheveux devenus blancs, clairsemés. Autrefois si épais, si blonds et soyeux, ils recouvraient aujourd'hui à peine son crâne.

— Suis-je égoïste ? demanda-t-elle. Serait-ce injuste d'amener Jason et Susie à devenir mes amis ?

Joe posa le plateau par terre pour prendre sa femme dans ses bras.

— Injuste ou pas, mon amour, ils te sont déjà très attachés.

— On était supposés vivre simplement cet été. Et voilà que tout se complique.

Il l'embrassa tendrement sur le bout du nez.

— Peut-être la vie a-t-elle encore une leçon à nous donner ?

Il l'attira contre lui, et elle nicha sa tête au creux de son épaule.

— Veux-tu que j'en parle à Eric ? suggéra-t-il.

— Ecoute ! dit-elle en redressant le buste.

— Je n'entends rien.

— L'océan et le ronronnement de Josi ont exactement le même rythme.

Ainsi que le cœur de Joe. Elle en percevait clairement les battements quand elle posait la tête sur sa poitrine. C'étaient les sons de la vie, chacun avec sa cadence, sa signification et sa durée.

Debout sur le perron, Eric suivit du regard Jason et Susie qui s'éloignaient main dans la main avec Joe et Maggie. Le brouillard s'obstinait à brouiller l'éclat du ciel depuis deux jours. Emmitouflés dans des vestes, des écharpes, ils avaient décidé de braver le froid ; ils se dirigeaient vers la plage, avec la ferme intention de construire les plus grandioses châteaux de sable. D'après leur arrangement, Eric devait descendre dans l'après-midi, afin d'inspecter leurs travaux et, éventuellement, décerner un prix aux meilleurs bâtisseurs.

Joe n'avait pas caché sa surprise quand Eric avait accepté la proposition de Maggie de garder les enfants pendant qu'il travaillait. Joe ignorait qu'Eric avait déjà réfléchi à tout cela. Il s'était posé la même question que Maggie : Jason et Susie ne souffriraient-ils pas trop de la perdre ? Or, la joie de faire sa connaissance surpassait, à ses yeux, un deuil trop proche. Eric avait toujours pensé qu'il fallait tirer profit des épreuves de la vie et cet été semblait riche en enseignements. Il avait choisi de laisser ses enfants faire leurs expériences.

Son seul regret, c'était qu'ils n'aient pas rencontré les Chapman plus tôt. Les parents de Shelly n'avaient pas su assumer leur rôle de grands-parents. Jason et Susie leur rappelaient trop leur âge, au sein d'une société où seules la beauté et la jeunesse ont cours. Les visites se limitaient à Noël, de préférence chez Shelly et Eric, loin de leurs amis.

Les parents d'Eric avaient péri dans l'incendie d'un hôtel, quand il était encore étudiant. Le temps que le litige soit résolu, il s'était retrouvé orphelin à vingt-cinq ans.

Joe et Maggie incarnaient le grand-père et la grand-mère que Jason et Susie n'avaient jamais eus. Il n'allait pas refuser à ses enfants ce qui lui avait manqué si cruellement.

En grattant distraitement sa moustache, Eric referma la porte et se dirigea vers son ordinateur.

Maggie remplit de sable mouillé une boîte de conserve de tomate vide, puis la retourna lentement. La forme d'une tour apparut sur la plage, mais Susie déclara qu'il s'agissait du corral pour les chevaux. Couchée sur le ventre, très concentrée, elle planta un petit bâton censé représenter la clôture dans le flanc du cylindre.

— Très joli ! la félicita Maggie.

Susie leva les yeux avec un sourire. D'un revers de main, elle balaya les mèches blondes qui barraient son front. Du sable velouta ses sourcils.

— Viens ici, dit Maggie. Ferme les yeux.

Elle essuya le sable à l'aide d'un mouchoir. Au lieu de se remettre au travail, Susie grimpa sur les genoux de sa grande amie.

— Pourquoi on n'a pas emmené Josi ?

— J'ai peur qu'elle ne soit pas un chat des sables.

— Tu veux dire qu'elle n'a pas le droit de venir ?

— Quelque chose comme ça.

— Comme Jason et moi n'avions pas le droit d'aller avec maman et Roger en voyage de noces ?

— Pas exactement. Nous ne laissons pas Josi se rouler dans le sable parce que, quand elle se lèche, elle l'avale et ça lui fait mal au ventre.

Maggie marqua un silence. La seconde partie de la réponse était plus difficile.

— Ta maman et Roger sont partis seuls afin de devenir de très bons copains... Et surtout pour que Jason et toi passiez un moment agréable avec votre père.

Susie passa ses bras autour du cou de la vieille femme.

— Et avec toi.

— Aussi.

— Tu viendras nous voir, quand nous rentrerons à la maison ?

— Je n'aurais pas hésité, Susie, mais je crois que je serai déjà très loin.

— C'est pas grave, puisque tu as une voiture.

— La voiture ne me servira à rien, j'en ai peur.

— Et comment je vais te revoir, moi?

Maggie effleura la poitrine de la petite fille, à l'endroit du cœur.

— Tu me verras là-dedans.

Les minces sourcils de la fillette se joignirent.

— Où ça? demanda-t-elle, confuse. Dans mon ventre?

Maggie éclata de rire. Elle chatouilla Susie, qui se mit à gigoter en riant, elle aussi.

— Oui, exactement là, dans ton petit ventre. Chaque fois que tu te gaveras de pêches Melba ou de cookies au chocolat, je serai là, et je te donnerai un baiser.

Susie roula à terre en riant de plus belle. Sans le faire exprès, elle écrasa le corral de leur château de sable. Au lieu de s'en offusquer, elle redoubla d'hilarité. Retombant en arrière, elle se mit à rouler et à rouler encore jusqu'à ce que leur belle construction fût totalement aplatie.

Maggie riait aussi. Un point sur le côté, qu'elle avait essayé d'ignorer, gagnait du terrain. Mais malgré l'avertissement, elle s'allongea dans le sable près de Susie. Lorsqu'elle se rassit, la douleur l'aveugla. Un puissant regret lui coupa le souffle... Elle n'était pas si prête que ça à renoncer à la vie.

Levant les yeux, elle vit Joe et Jason. Ils venaient vers elle, portant chacun un seau rempli de coques à bout de bras.

— On a construit un vaisseau spatial, déclara Jason, sérieux comme un pape. On va le recouvrir de coquillages.

Joe se pencha vers Maggie.

— Que se passe-t-il?

220

Susie riait aux larmes, le visage dans ses mains.

— Rien. Ça ne te regarde pas.

Il l'étudia un instant, avant de demander :

— C'est l'heure du cachet ?

Elle acquiesça.

Joe passa son seau à Jason. Subrepticement, il prit un flacon dans sa poche et tendit le médicament à Maggie. En époussetant le sable de son dos et de ses épaules, il reprit d'une voix circonspecte :

— Je suppose que ça ne me regarde pas non plus ?

— Nous avons écrasé la maison de sable ! cria Susie.

— Je vois.

Joe scruta le visage ravagé de sa femme.

— Pourquoi ?

— C'était amusant, répondit-elle.

— Tu réalises, naturellement, que vous avez un gros handicap, Susie et toi, par rapport à notre vaisseau spatial ?

Maggie hocha la tête, mais il ne bougea pas. Il ne bougerait pas d'un centimètre tant qu'elle ne se sentirait pas mieux. Et il resterait à côté d'elle lorsqu'elle mourrait, à la maison ou à l'hôpital. Il serait là lorsque les hommes en blanc la brancheraient à une machine, qui prolongerait artificiellement sa vie. Et il l'aiderait...

L'esprit de Maggie redevint soudain clair, comme le sable après le déferlement des vagues. Elle tenait à quitter Joe dans de bonnes conditions. Lorsqu'elle le laissa sur la plage, plus aucun doute ne subsistait : elle avait pris la bonne décision.

7

Maggie se trouvait chez Eric lorsqu'il reçut l'appel qui fit tout basculer.

A l'autre bout de la ligne, Shelly avait prié son ex-mari de garder les enfants une semaine de plus, afin qu'elle puisse s'installer avec Roger à leur nouveau domicile. Eric avait accepté, naturellement. Il était ravi de prolonger leur séjour.

Cela signifiait que les deux bambins seraient encore là pour l'anniversaire de Maggie. Par conséquent, son projet si soigneusement préparé de mettre fin à sa vie tombait à l'eau.

Elle informa Joe le soir même, et, sans mots superflus, les deux époux s'assirent sur le canapé, Josi allongée sur leurs jambes, comme si elle aussi allait participer à leur décision.

— Merci de ne pas prendre la présence des enfants pour une providence.

— La providence, Maggie, serait de trouver le remède miracle. La science fait des progrès mais ne guérit pas encore tous les cancers. La victoire viendra mais pas pour nous, malheureusement.

S'il n'avait tenu qu'à lui, il aurait donné sa vie pour sauver Maggie. Il aurait tout sacrifié pour elle.

Josi enfouit son museau sous la main de sa maîtresse ; un puissant ronronnement enfla dans la pièce.

— Et maintenant, il faut choisir un autre jour, dit-elle d'une voix morose.

— Pas ce soir. Tu n'es pas capable d'y voir clair.

— Peut-être. Mais si la date est simplement remise aux calendes grecques, j'y penserai davantage.

Ce serait peut-être aussi une raison de découvrir chaque jour une raison d'attendre le lendemain. Elle aimait la pluie comme le soleil, le thé et les toasts tout autant qu'un somptueux dîner. Son cœur bondissait à la vue d'un papillon sur une fleur, les facéties de Josi lui arrachaient invariablement un sourire. Et puis, il y avait Joe. Elle ne respirait que pour lui. Si elle l'avait aimé un peu moins, peut-être serait-elle restée jusqu'au bout.

Jeune fille, sur les bancs du catéchisme, elle croyait au ciel et à l'enfer aussi fermement que l'on croit à l'existence d'autres continents. Avec le temps, des questions sans réponse avaient ébranlé sa foi. Pourquoi Dieu, tout-puissant et miséricordieux, laissait-il mourir des petits enfants dans des conditions atroces ? Ne pouvait-il pas aider les affamés, les pestiférés, les misérables ?

Elle avait fini par comprendre que Dieu n'était pour rien dans les croyances organisées par ses serviteurs. Plus tard, elle sut que Joe, après un parcours analogue, avait tiré les mêmes conclusions.

Leur église était petite : juste Joe, elle, et Dieu. Ils s'étaient voués corps et âme à préserver Sa création, les animaux, la nature. Le seul mot inscrit dans leur Bible avait guidé chaque geste de leur existence. Ce mot était «amour».

— Tu dors ? demanda doucement Joe.

Elle renversa la tête et le regarda.

— Non. Je réfléchis.

— A quoi?

Elle hésita une seconde, de crainte qu'il n'interprète son questionnement comme un doute. Sa voix intérieure l'incita cependant à répondre. Elle ne lui avait jamais rien caché, pas même ses pensées les plus intimes.

— Je me demande ce qui se passe quand on meurt.

— Et?

— Je sais ce que j'aurais voulu.

Il l'embrassa avec une profonde tendresse.

— Moi aussi. Crois-tu qu'on a des chances d'y arriver?

— Nous serons ensemble, Joe. J'en suis convaincue. Et si le ciel n'existe pas, je serai toujours dans ton cœur.

— Oh, Maggie, notre plus grand bonheur fut de nous rencontrer. On n'a pas le droit de demander plus.

Un drôle de petit sanglot lui serra la gorge; il déglutit.

— Pourtant, je veux tout, reprit-il. L'éternité avec toi.

— S'il y a un moyen, mon chéri, je le trouverai. Même s'il s'agit d'un petit nuage caché dans l'infini, je le chercherai pour t'attendre là-haut.

Trois jours plus tard, après le déjeuner en compagnie de Jason, de Susie et d'Eric, Maggie alla faire une sieste. Une heure après, Joe la trouva sur le lit en position fœtale, l'œil fixe, le front moite, les traits convulsés par la douleur.

— Le traitement... ne marche plus, parvint-elle à articuler entre ses dents serrées. Appelle Eric.

Joe se rua hors de la pièce, priant pour qu'Eric soit chez lui. Il lui avait semblé que tout à l'heure, pendant le repas, il avait été question qu'il emmène les enfants au cinéma.

Il saisit le combiné du téléphone et composa le numéro, tout en jetant un coup d'œil par la fenêtre. Dieu merci, le pick-up était encore là.

Eric arriva aussitôt. Un seul coup d'œil à Maggie lui suffit. Il la souleva et la transporta dans sa voiture. Dix minutes plus tard, ils étaient tous à l'hôpital. Joe resta dans la salle d'attente avec Jason et Susie, tandis qu'Eric poussait Maggie sur un chariot à travers le dédale des urgences.

Pris au piège de sa peur, Joe n'avait pas remarqué l'effet que leur course éperdue avait produit sur Jason. Soudain, il ne le vit plus près de Susie. Le petit garçon, collé au mur, fixait la direction empruntée par son père et Maggie. Joe s'approcha de lui et posa la main sur son épaule.

— J'ai vu un distributeur automatique dans le hall. Tu veux boire quelque chose?

Les yeux soucieux, Jason le regarda.

— Qu'est-ce qui est arrivé à Maggie?

— Elle est malade, dit simplement Joe, et les médicaments qu'elle prenait jusqu'à maintenant ne font plus effet. Ton papa va l'aider à obtenir un nouveau traitement.

— Est-ce qu'elle va mourir?

La question méritait une réponse paternelle. Déconcerté, Joe se cantonna dans le silence.

— Elle va mourir, n'est-ce pas, Joe?

Le vieil homme hocha la tête.

— Est-ce que je pourrai lui dire au revoir?

Les yeux clos, Joe sentit le picotement familier des larmes sous ses paupières. Avec son innocence et son affection enfantines, Jason venait de résumer ce qu'il s'efforçait d'admettre depuis des mois... C'était un cadeau du ciel de pouvoir partager les instants ultimes de l'être

225

aimé, de lui dire «je t'aime» une dernière fois avant le grand départ.

— Elle en sera enchantée, dit-il à Jason.

Le petit garçon se pencha vers le vieil homme d'un air conspirateur.

— Je crois qu'il ne faut rien dire à Susie.

Affalée dans un fauteuil, la fillette regardait des dessins animés à la télévision, inconsciente du drame qui se tramait autour d'elle. Joe sourit à son jeune complice.

— Tu es un vrai grand frère, Jason.

De retour au chalet, Maggie dormit le reste de la journée et toute la nuit suivante. Le lendemain matin, assommée par les nouveaux antalgiques, elle demanda à voir Eric et les enfants.

Susie entra dans la chambre la première et bondit sur le lit sans une ombre d'hésitation. Elle se blottit entre Maggie et Josi, qui ronronnait comme un moteur.

— Papa a dit qu'on ne pouvait pas rester longtemps, murmura-t-elle, dans l'espoir que Maggie intercède en sa faveur.

Eric se tenait dans l'embrasure de la porte, Jason à son côté.

— Comment vous sentez-vous? demanda-t-il.

— Très bien... grâce à vous.

Il sourit.

— Merci pour ce compliment qui revient, j'en ai peur, aux gélules jaune et bleu que vous avez rapportées de l'hôpital.

Jason se taisait. Ses grands yeux apeurés brisèrent le cœur de Maggie. Si elle avait su à quoi elle exposait cet enfant, elle n'aurait pas permis à leur amitié de s'épanouir.

— Je suis désolée de t'avoir fait peur, hier, dit-elle. Aujourd'hui, tu peux constater que je vais mieux.

Jason ne bougeait toujours pas.

— Je les ai avertis que la visite serait brève, expliqua Eric. Nous reviendrons cet après-midi, si vous êtes d'accord.

Susie supplia Maggie du regard.

— Bien sûr que je suis d'accord, répondit celle-ci.

Elle prit la menotte de Susie dans sa main flétrie.

— J'ai un travail pour toi, quand tu reviendras.

— Lequel, Maggie?

— Je ne trouve plus la balle rouge de Josi. Pourras-tu regarder pour moi derrière le canapé?

— Oh, oui! s'exclama Susie. Je peux même le faire tout de suite. Je regarderai aussi sous la télé.

Eric fit signe à sa fille de descendre du lit.

— Nous vérifierons en sortant, ma chérie.

Alors qu'Eric entraînait Susie vers le salon, Jason resta un moment à l'entrée de la chambre.

— Je suis triste que tu sois malade, dit-il alors.

— Moi aussi. Je suis navrée de ce qui s'est passé hier.

— Ce n'est pas ta faute. Tu ne l'as pas fait exprès.

— Tu es un brave petit garçon, Jason. Et je suis contente que tu sois mon ami.

Il demeura immobile, déchiré entre la volonté de rester et l'impulsion de prendre la fuite. Finalement, il s'approcha du lit et tomba dans les bras de la malade.

— Joe a dit que je pouvais te dire au revoir, mais je ne peux pas. Pas encore, murmura-t-il.

Maggie leva les yeux. Joe se tenait sur le pas de la porte. Elle l'interrogea du regard et reçut une réponse silencieuse. Elle serra alors Jason et posa un baiser sur ses cheveux fins et parfumés.

— N'aie crainte. Nous avons beaucoup de temps devant nous, assura-t-elle.

— C'est promis ?

— Promis ! Dans combien de jours repars-tu chez toi ?

— Cinq.

— Eh bien, je serai ici chaque jour.

L'instant d'après, Eric réapparut.

— Jason, tu viens ?

— Je te ferai un dessin sur lequel il y aura Susie, papa et moi, déclara Jason.

— Formidable ! Rapporte-le-moi cet après-midi, d'accord ?

— D'accord, papa ?

Eric adressa un sourire à Maggie.

— Si vous vous sentez d'attaque, nous pourrions commander une autre pizza et dîner tous ensemble sur la terrasse.

— Ce sera merveilleux, approuva Maggie. Qu'en penses-tu, Jason ?

Avant qu'il ait le temps de réagir, la voix tonitruante de Susie retentit à travers le chalet.

— Ça y est ! Je l'ai !

La petite fille déboula dans la pièce, brandissant victorieusement la balle rouge.

— Josi ! Attrape !

Elle lança la balle en direction de la chatte, qui la saisit au vol d'un coup de patte. Le jouet rebondit, et Josi suivit ses mouvements avant de se laisser tomber paresseusement sur le matelas.

— C'est l'heure de sa sieste, dit Maggie. Ce soir, elle sera plus alerte.

— Ça ne vous fera pas de mal de dormir un peu avec elle, déclara Eric. En route, les enfants.

Il prit les deux petits par la main et sortit de la pièce.

— Appelez-moi si vous avez besoin de quelque chose, dit-il à Joe. N'hésitez pas.

Le vieil homme revint dans la chambre. Il souleva Josi pour s'asseoir près de Maggie. La chatte lâcha un feulement indigné, puis sauta de l'autre côté de la malade où elle se roula en boule.

— Elle a encore grossi, constata Joe.

— Les enfants la gavent de friandises. Ils adorent la voir quémander.

Joe prit la main de sa femme dans la sienne.

— Comment te sens-tu ?

— Comme quelqu'un qui vient de prendre de la morphine.

— Maggie, réponds-moi.

— La tête me tourne, je suis lessivée, mais je n'ai plus mal.

— Plus du tout ?

La question concernait sa maladie, alors elle pouvait donner une réponse honnête. La douleur n'était pas physique. Elle lui étreignait le cœur, l'esprit, l'âme. Refoulant ses larmes, Maggie répliqua avec sincérité :

— Non. Plus du tout.

8

La brise du large faisait bruire les platanes. La semaine était terminée. Eric ramenait Susie et Jason chez leur mère. Au milieu de la route, Joe et Maggie regardaient s'éloigner le pick-up. La dernière chose qu'ils virent avant que la voiture disparaisse au tournant fut le petit visage de Jason collé contre la vitre. Ensemble ils lui adressèrent un signe d'au revoir.

— Tu lui manqueras, fit remarquer Joe à Maggie.

Celle-ci lui passa une main dans le dos, dans un geste familier, affectueux.

— Eric a tout expliqué à Shelly. Elle sait que pendant quelque temps son fils aura besoin d'une attention particulière.

— Que veux-tu faire ce soir?

Elle le regarda.

— Il est temps, Joe.

Il crut encaisser un violent coup de poing.

— Mais nous...

— Il le faut, coupa-t-elle sèchement sans lui donner le temps de réagir.

Oh, il aurait tant voulu l'implorer d'attendre encore un peu, une semaine, ou seulement un jour. Or, d'un commun accord, ils avaient décidé que Maggie, seule, avait le droit de choisir l'heure de sa mort.

— Est-ce que tu souffres? demanda-t-il.

— Ça n'a pas d'importance.

— Tu ne veux pas te promener avec moi sur la plage... avant?

Elle secoua la tête, puis lui frôla la joue du bout des doigts.

— Je dois le faire maintenant, Joe.

Il la prit dans ses bras.

— Il y a encore mille choses que j'ai envie de te dire.

— Dis-en une, au hasard, répondit-elle.

Il aspira profondément l'air humide. Le choix ne se posait pas.

— Je t'aime, dit-il simplement.

Main dans la main, ils retournèrent vers le chalet. Près de la grille, Joe cueillit une rose rouge. Après son mariage avec Ken, quand Julia avait commencé à jardiner, elle avait estimé que le parfum des fleurs comptait plus que leur beauté. La rose associait les deux. Joe planta la corolle satinée dans les cheveux de Maggie, puis l'embrassa sur les lèvres.

Une fois à l'intérieur, Maggie se dirigea vers la salle de bains, où elle sortit de leur cachette les pilules soigneusement mises de côté depuis des mois. Avant de les prendre, elle pria Joe de sortir. Cette journée allait suffisamment le traumatiser sans qu'il assiste à cette cérémonie insoutenable. Lorsqu'elle ressortit de la salle de bains, il l'aida à s'allonger, puis s'assit au bord du lit. Il lui prit la main.

Elle lui toucha la joue.

— Va-t'en, maintenant.

Il secoua la tête avec un sourire triste.

— Cette fois-ci je ne t'obéirai pas, mon amour.

Maggie fixa son mari au fond des yeux, dans une communication silencieuse qui lui signifiait qu'elle regrettait de le quitter, mais qu'elle n'avait pas peur.

— Je t'aime, Joe Chapman.

Ce furent ses derniers mots, soufflés tendrement tandis que ses yeux s'embrumaient.

Les paupières de la vieille dame se fermèrent et elle sombra dans le sommeil. Joe resta à côté d'elle jusqu'à son dernier soupir, l'ultime battement de son cœur. Alors il se leva et posa un baiser sur le front pâle. La rose dans les cheveux de Maggie lui emplit les poumons de son parfum suave, lui rappelant la douceur des innombrables étés passés.

— Attends-moi, ma chérie, murmura-t-il. Je ne serai pas long.

Le crépuscule inondait la pièce d'une lueur orange. Joe retira le flacon de pilules qu'il avait dissimulé derrière la pile d'assiettes, dans le placard de la cuisine. Il s'agissait de barbituriques de contrebande qu'il s'était procurés au Mexique, un mois après que Maggie l'eut mis au courant de ses plans. Dès l'instant où le mal s'était déclaré, il avait su que vivre dans un monde sans elle ne le tentait pas. Maggie faisait partie de son existence depuis soixante-cinq ans... Continuer seul n'avait pas de sens. Joe s'était octroyé lui aussi le droit de choisir une meilleure fin à leur histoire.

Il revint dans la chambre, se coucha sur le lit, attira doucement Maggie dans ses bras.

— As-tu vraiment cru que je te laisserais partir sans moi?

Il ferma les yeux et attendit. Lentement, les cachets qu'il avait ingurgités réduisirent sa conscience à un petit point lumineux. Alors, se sentant libre, léger, il cria à Maggie qu'il arrivait. A son dernier souffle, le point lumineux explosa en un brillant kaléidoscope de couleurs.

Joe reposait en paix.

Et il n'était pas seul.

9

Eric rentra tard cette nuit-là. Il avait caressé le projet de rendre visite à l'ami qui lui avait acheté son cabinet médical à Sacramento, puis il s'était ravisé. Il se sentait si triste, si vide après avoir déposé ses enfants chez Shelly et Roger, qu'il serait sûrement de mauvaise compagnie.

Les lumières étaient éteintes au chalet. Joe et Maggie devaient dormir... Pour la première fois depuis des jours, le temps s'était éclairci. La lune tranchait d'une épée d'argent la surface de la mer. Un sentier magique se dessinait sur le miroir sombre de l'eau. Au lieu d'aller se coucher, Eric fit un tour sur la plage.

Toute la journée, il avait farouchement combattu la jalousie irraisonnée que le bonheur de Shelly avait fait flamber dans son cœur. Un bonheur que, du reste, elle méritait. Pourtant, il avait du mal à s'en accommoder. Entre l'avant et l'après, trop de changements s'étaient produits. Il s'en voulait pour l'échec de leur mariage. Son égoïsme l'avait aveuglé au point de ne pas le laisser voir ses erreurs. Seule la pensée qu'il ne voulait plus vivre avec Shelly l'avait sauvé de la dépression. Il l'avait abandonnée physiquement d'abord, moralement ensuite, mais la séparation semblait réelle depuis seulement un an.

Malgré ses efforts, il n'avait pas réussi à épargner à Jason et à Susie les affres du divorce. Ils semblaient cependant s'en être remis... Il crut les revoir sous le porche, entre Shelly et Roger, le saluant de la main ; une charmante petite famille.

Quelque chose de blanc luisait sur le sable. Eric se pencha. Un dollar des sables, parfaitement constitué, sans la moindre fissure. Le premier coquillage intact qu'il trouvait, alors qu'il en avait cherché tous les jours avec Jason. Il le glissa dans sa poche. Demain, il appellerait son fils pour lui faire part de sa trouvaille. Cette perspective allégea sa tristesse, et il remonta vers son cottage d'un pas plus vif. Les chaussons de Susie, oubliés dans l'entrée, lui arrachèrent un sourire. C'était comme un gage qu'elle allait revenir.

Le lendemain matin, il se mit à son roman. Toutes les demi-heures, il se levait pour regarder par la fenêtre si Joe n'était pas à la boîte aux lettres. A neuf heures et demie, il commença à s'inquiéter. A dix heures, il estima qu'il avait assez attendu.

Il aperçut l'enveloppe sur la porte d'entrée depuis l'allée et força l'allure. Il contempla longuement le carré de papier blanc où son nom avait été tracé d'une écriture nette. La prémonition de ce que l'enveloppe contenait l'assaillit d'un seul coup.

Bon sang, comment avait-il pu négliger les indices ? Peut-être étaient-ils si visibles, si évidents, qu'il n'avait pas voulu y croire.

Une tristesse inouïe le suffoqua. L'air déserta ses poumons. La mort faisait partie de la vie ; c'était ce qu'il avait appris en premier à la faculté de médecine. On a de la compassion pour l'enfant qui meurt sans avoir goûté à la douceur de vivre, pour la jeune mère qui n'aura pas l'occasion de voir grandir ses petits. Mais si l'on tient à faire carrière dans la médecine, il faut se blinder contre le chagrin.

Joe et Maggie avaient eu une existence longue, heureuse. Ils s'étaient aimés avec une force extraordinaire, d'un amour profond, rare. Quoi de plus normal qu'ils meurent comme ils avaient vécu? Ensemble?

Sa main, aussi lourde que son cœur, décacheta l'enveloppe. Des larmes inattendues lui mouillèrent les joues lorsqu'il tira la feuille de papier. Sa vue se brouilla, il ne distingua plus les lettres.

Il ne voulait pas qu'ils soient morts!

Du revers de la main, il s'essuya les yeux. Pourquoi était-il aussi sûr de leur message? L'espace d'une seconde, une étincelle d'espoir jaillit, une étoile filante. Sans doute Maggie avait-elle eu des problèmes avec la nouvelle médication. Peut-être étaient-ils retournés à l'hôpital et le priaient-ils d'aller les chercher.

L'étincelle s'éteignit sitôt qu'il lut les premiers mots écrits par Joe.

Cher Eric,

Pardonnez-moi de vous impliquer dans un drame personnel, mais je n'ai pas d'autre solution. Maggie a pris la décision, il y a des mois maintenant, de mettre un terme à sa vie. Je ne m'attarderai pas à vous expliquer pourquoi j'ai choisi de m'en aller avec elle; en tout cas, elle ignorait mes résolutions. J'étais sûr d'avoir pensé à tout et d'avoir seulement à vous demander d'appeler le coroner.

J'avais projeté d'emmener Josi. Je me disais qu'elle serait plus heureuse avec nous. Or, Jason et Susie m'ont fait comprendre que j'avais tort. La pauvre minette a encore de belles années devant elle.

Il serait injuste d'écourter sa vie et, d'ailleurs, Maggie ne me le pardonnerait jamais.

Ce qui m'amène au but de cette note. Pourriez-vous trouver un nouveau foyer à Josi ? Excusez-moi du conseil, mais son propriétaire devra se faire à l'idée que cette bête est la meilleure chose qu'il lui soit jamais arrivée. Si vous réussissez à découvrir l'oiseau rare, le tour est joué.

Il est dur de dire adieu, même dans une lettre. L'amour est un mot trop galvaudé, mais il est le seul apte à décrire mes sentiments et ceux de Maggie à votre égard, et a-l'égard de Jason et de Susie.

Navré de rater la sortie de votre livre. Buvez un verre à notre santé quand vous fêterez votre premier contrat de cinéma. Là-haut, nous ferons de même.

Joe.

Eric plia lentement la feuille de papier avant de la glisser dans sa poche de poitrine. Il aurait troqué tout ce qu'il avait, et tout ce qu'il espérait obtenir, contre un amour comme celui de Joe pour Maggie.

Il passa les doigts dans ses cheveux, respira à fond, puis poussa le battant. La porte n'était pas fermée à clé.

Josi miaulait dans le vestibule. Elle se frotta contre les jambes du nouvel arrivant, après quoi elle fila droit vers la chambre du fond. De temps à autre, elle tournait la tête, afin de s'assurer qu'il la suivait. Elle sauta sur le lit, aux pieds de Joe et de Maggie, endormis pour toujours, et laissa échapper un gémissement long et plaintif.

— Moi aussi, Josi, murmura Eric, accablé. Moi aussi.

Il passa la matinée à répondre aux questions d'une femme policier. Lorsque les formulaires furent remplis, il signa sa déposition. La femme lui tendit l'image qu'ils avaient trouvée dans la main de Joe, en demandant si elle avait une signification particulière. Il s'agissait du dessin de Jason. On voyait ce dernier entre son père et sa sœur devant la maison. Eric et Susie souriaient, mais Jason portait des marques sur le visage. On pouvait croire à des taches de rousseur, mais en regardant de plus près, on voyait des larmes.

— Je peux le garder? demanda Eric.

La femme réfléchit un instant.

— Oui, bien sûr.

La fatigue et l'émotion auxquelles s'ajoutait le désarroi de son fils eurent soudain raison des forces d'Eric.

— Si vous n'avez plus besoin de moi, puis-je vous laisser?

Voyant la femme hésiter, il ajouta :

— J'habite juste à côté. Le cottage vert et blanc.

— D'accord, mais ne partez pas. Au cas où le coroner voudrait vous poser d'autres questions.

— Je ne bougerai pas.

Josi l'attendait à sa porte. Elle s'enroula si étroitement à ses chevilles, qu'il faillit trébucher. Il se pencha et la souleva, surpris de la facilité avec laquelle elle se laissa faire. Il entra dans la cuisine, puis mit la cafetière électrique en marche. Lorsqu'il voulut poser la chatte par terre, elle enfonça ses griffes dans ses épaules avant de frotter sa tête contre le menton de son hôte. Visiblement, elle voulait quelque chose, mais quoi? La pâtée et l'eau qu'il lui avait laissées étaient intactes.

Alors il comprit.

— Ils sont partis, Josi, dit-il d'une voix étouffée. Je sais ce que tu éprouves et je n'y peux rien.

Plus tard, quand le coroner vint chercher Joe et Maggie, Eric retourna au chalet. Il n'était pas obligé d'assister à cette cérémonie mais rien n'aurait pu le retenir chez lui. Quelques voisins se tenaient de part et d'autre de l'allée quand la longue voiture noire s'engagea sur la route. Chacun regagna alors son foyer, et seuls les cris et les rires des vacanciers brisèrent la tristesse ambiante.

Un profond silence tomba sur le chalet. Eric prêta l'oreille ne serait-ce que pour capter un piaillement de mouette, un chant d'oiseau. Rien. On eût dit qu'un voile noir, impénétrable, enveloppait le jardin.

Avant de s'en aller, la femme policier lui tendit la liste des personnes à contacter. Il accepta de s'en occuper. Joe mentionnait un avocat pour le testament, un expert-comptable comme exécuteur testamentaire, un médecin, qui était leur voisin à San Jose. Il y avait également le nom d'une société, Neptune, chargée de s'occuper de l'incinération. Les deux époux souhaitaient que leurs cendres soient mêlées et répandues dans la mer.

En errant dans le chalet, Eric s'aperçut que Joe avait pensé à tout. Le ménage avait été fait dans toutes les pièces, des denrées trônaient sur la table de la cuisine, et les valises, bouclées, étaient alignées dans l'entrée. Là aussi, des instructions écrites demandaient que tout soit envoyé à un foyer de sans-abri.

Joe et Maggie étaient morts comme ils avaient vécu, en donnant tout ce qu'ils avaient aux autres.

10

Eric n'appela pas tout de suite les numéros de la liste de Joe. Il s'accorda une semaine pour recouvrer ses esprits. Il comptait se rendre à Sacramento afin de prévenir Jason et Susie de vive voix. Il aurait voulu attendre pour annoncer la catastrophe à Julia. Mais il trouva le temps long.

Dès le lendemain, alors que Josi, assise sur son manuscrit, le scrutait d'un œil fixe, il essaya de la joindre d'abord chez elle, puis à son travail. Une domestique lui apprit qu'elle était partie une heure plus tôt ; il sut ensuite par sa secrétaire qu'elle serait absente pendant deux jours.

Il émit un soupir, puis raccrocha. L'écran vide de l'ordinateur le narguait. Il repoussa sa chaise et se dirigea vers la cuisine pour se servir sa cinquième tasse de café. Josi sauta à terre. Il la retrouva dressée sur ses pattes arrière contre la porte d'entrée.

— Tu es supposée être un chat d'appartement, minette.

Un miaou dolent lui répondit.

Il ne savait pas ce qu'il allait faire d'elle. Il n'avait jamais eu d'animal, même quand il était petit. Il ne savait absolument pas comment se comporter avec un chat, en dehors de lui donner à manger et à boire. L'idéal serait de confier la chatte aux enfants, mais Shelly souffrant d'asthme et d'allergies, mieux valait ne pas y penser.

Les deux pattes avant sur le panneau de bois, Josi laissa échapper un nouveau miaulement.

Eric ouvrit la porte d'un centimètre. La chatte colla son nez contre la fente étroite. Soudain, sa tête passa, et le reste de son corps suivit.

— Josi! Reviens!

La chatte s'élança vers le portail. Eric sortit à son tour et vit l'animal bondir à travers la route pour disparaître sous les massifs touffus du jardin voisin. Il n'aurait pas cru qu'un chat aussi gros puisse courir si vite.

Le cœur serré, il monta l'allée. Josi grattait frénétiquement à la porte du chalet. Il essaya de la soulever mais elle lança un feulement furieux suivi d'un petit miaulement plaintif.

Il tira alors de sa poche le double de la clé et lui ouvrit. Josi se précipita à l'intérieur. Ses appels, de plus en plus déchirants, de plus en plus frénétiques, retentirent dans chaque pièce. Enfin, elle déboula dans le salon, le poil hérissé.

— Josi! Ils ne sont plus là. Je sais que je compte pour des prunes mais je suis tout ce qui te reste au monde.

Pour la première fois, il réalisa qu'il l'avait adoptée, et qu'il la garderait, en dépit de ses réticences.

Un bruit de moteur et un grincement de pneus déchirèrent le silence. Il consulta sa montre. Il s'agissait sans doute du bénévole du foyer des sans-abri, chargé de récupérer les vêtements et la nourriture. Eric se dirigea vers la fenêtre. Son cœur fit un bond quand il vit Julia sortir de sa voiture.

Il l'attendit à la porte.

— Que faites-vous ici? demanda-t-il.

Elle recula d'un pas, surprise de le trouver là.

— La police m'a appelée...

— Oh, mon Dieu, je suis désolé que vous l'ayez appris de cette manière. J'ai essayé de vous joindre, sans succès. Je songeais à vous rappeler mais j'ai eu d'autres priorités.

Elle fureta du regard dans le vestibule.

— Alors c'est vrai? Ils sont morts? Tous les deux?

Sa voix n'était plus qu'un murmure, elle semblait se tasser dans son élégant tailleur Armani.

— J'espérais que c'était une erreur, reprit-elle. Je priais pour que ça le soit.

La croyant sur le point de s'évanouir, il la soutint dans ses bras; elle s'accrocha à lui comme s'ils avaient sauté d'un avion avec un seul parachute. Des sanglots silencieux secouèrent bientôt son corps mince.

Eric l'attira à l'intérieur. Ils s'assirent ensemble sur le canapé où il se mit à la bercer tout doucement. Les sanglots s'estompèrent, et elle fit mine de se redresser. Mais il la retint. Alors elle se détendit, puis ses larmes coulèrent de nouveau.

Il lui tendait des mouchoirs en papier; elle en prenait un, se mouchait, séchait ses larmes qui, inéluctablement, rejaillissaient de la source brûlante de ses yeux.

— Savez-vous pourquoi ils ont... ils se sont... parvint-elle enfin à bredouiller.

— Je crois que Joe ne voulait pas vivre sans Maggie.

— Je ne comprends pas... Que s'est-il passé?

— Maggie avait un cancer. Elle était en phase terminale. Il lui restait peu de temps à vivre, mais elle avait décidé de mettre fin à son calvaire le jour de sa convenance.

— Elle n'a jamais fait allusion à sa maladie, quand je l'ai vue en mars.

— Elle ignorait en tout cas que Joe avait décidé de l'accompagner dans l'au-delà.

Distraitement, Eric laissa courir sa main sur le bras de la jeune femme; la laine de sa veste glissa sous sa paume comme de la soie.

— Ce que je n'arrive pas à comprendre, poursuivit-il, c'est pourquoi elle a choisi le chalet.

Cent fois, il s'était posé la question. Joe et Maggie chérissaient tendrement Julia. Ils n'auraient pour rien au monde voulu ajouter un chagrin au deuil de Ken en se donnant la mort dans sa maison.

La jeune femme prit un mouchoir de papier et le plia méthodiquement jusqu'à le faire disparaître au creux de sa main.

— Maggie ne savait sûrement pas où aller pour... pour accomplir son acte, articula-t-elle péniblement. Elle comptait sur ma compréhension. Elle devait penser que Joe continuerait à vivre chez eux, à San Jose, et ne voulait pas qu'il se souvienne de sa mort, là-bas.

Durant toute sa carrière de médecin, Eric avait toujours vu les femmes protéger leur mari ou leurs enfants de la même manière. Et cela ne manquait jamais de l'étonner. Il ne douta pas un instant que Julia voyait juste. On eût dit que Maggie elle-même lui avait passé le mot.

— Ils vous aimaient beaucoup tous les deux, dit-il.

Au lieu de lui apporter du réconfort, sa phrase fit jaillir de nouvelles larmes. Julia enfouit son visage dans ses mains.

— Oh, mon Dieu, pourquoi? Pourquoi?

Eric jeta un regard aux valises et aux boîtes en carton dans l'entrée. Prostrée sur le rebord de la fenêtre, Josi attendait fidèlement ses maîtres, l'oreille aux aguets. Les marques des civières qui avaient emporté les corps restaient sur le tapis... Il crut que les murs de la pièce se

243

refermaient sur lui. Il se leva d'un mouvement brusque, la main tendue vers Julia, qui continuait à pleurer.

— Venez. Allons-nous-en d'ici.

— Pour aller où?

— Chez moi. Je vous invite à déjeuner.

— Je n'ai pas faim.

— Vous prendrez bien un peu de café, alors.

Elle promena sur la pièce un regard halluciné.

— Je voudrais...

— Laissez tomber, Julia. Je m'occuperai de tout plus tard. Ne restez pas là, vous vous faites du mal inutilement.

Elle essuya ses larmes du bout de ses doigts, puis se laissa entraîner vers la porte.

— Et Josi?

— Je reviendrai la chercher plus tard.

La chatte ne bougerait pas tant qu'elle ne comprendrait pas que ses maîtres étaient partis pour toujours. Pendant qu'il refermait la porte à clé, Julia, les bras croisés sur la poitrine, jeta un regard circulaire.

— Les fleurs sont magnifiques, dit-elle à l'instar du patient qui, avant d'entrer dans le bloc opératoire, fait aux infirmières des remarques anodines.

— Joe a appris à Jason à jardiner.

— Jason?

— Mon fils.

Elle pressa sa paume sur son front.

— Oh, bien sûr. Vos enfants sont-ils encore là?

— Ils sont retournés chez leur mère il y a deux jours.

Julia fronça les sourcils, s'efforçant de se rappeler.

— Mais avant-hier, Maggie et Joe étaient encore vivants.

Eric hocha la tête.

— Je comprends tout à présent, déclara-t-elle alors.

Maggie avait sûrement choisi de mourir le jour de son anniversaire... Et elle a été forcée de retarder son suicide à cause des enfants. Comme cela lui ressemble! Elle tenait toujours compte des autres avant tout.

Eric passa sa main sur sa nuque raidie par la fatigue. Julia portait des escarpins à talons et des bas noirs.

— J'allais vous suggérer de faire une promenade, mais je suppose que vous n'avez pas apporté de chaussures de marche.

— La police m'a appelée au moment où je partais travailler. J'ai pris l'autoroute directement... L'officier m'a pourtant précisé que ce n'était pas nécessaire...

Elle étouffa un sanglot dans sa main.

— Mais je n'ai pas pu m'en empêcher. J'aurais dû venir pour l'anniversaire de Maggie. Je n'ai pas pu me libérer, à cause de toutes ces maudites réunions... Si j'avais été là, peut-être aurait-elle changé d'avis.

— Je ne crois pas.

— Pourquoi?

Du regard, elle l'implora de lui donner une réponse crédible.

— Maggie avait un cancer, Julia. Elle se mourait. Et rien n'aurait pu changer le cours des choses.

— Au moins, je l'aurais vue une dernière fois, murmura-t-elle, remâchant son regret.

— Et vous ne lui auriez pas facilité la tâche.

— Je ne suis pas d'accord! dit-elle avec force. Ils ont eu tort de mourir comme ça. La vie est trop précieuse pour en gâcher un seul instant.

Eric ne répondit pas. Julia n'avait jamais connu quelqu'un atteint d'un cancer des os. La douleur que Maggie essayait d'assoupir à coups d'antalgiques n'était qu'un début. La souffrance aurait augmenté chaque jour, détruisant peu à peu la Maggie que Joe avait tant aimée.

La malade aurait échoué dans une salle de réanimation, où son dernier souffle aurait constitué une pure formalité.

Eric poussa la porte de son cottage vert et blanc et s'effaça pour laisser passer Julia. La jeune femme pénétra à l'intérieur et resta debout au milieu de la pièce, l'air perdu.

— Préférez-vous du thé ? s'enquit-il.

Comme elle le regardait sans comprendre, il ajouta :

— A la place du café. Un soda peut-être ?

— Rien, merci, répondit-elle, les yeux rivés sur l'océan à travers la fenêtre. J'ai peine à croire qu'il fut un temps où il me tardait de retrouver ce paysage.

— Vous éprouverez de nouveau ce besoin.

— Non, c'est fini. Je confierai à l'agence immobilière toutes les formalités de la vente et je ne remettrai plus les pieds ici.

Ainsi il ne la reverrait plus ! Une rage inexplicable assaillit Eric, qui en eut l'estomac révulsé.

— Je ne savais pas que vous résolviez vos problèmes en prenant la fuite ! assena-t-il brutalement.

Julia planta les poings sur ses hanches.

— Comment osez-vous débiter une telle ânerie ! se défendit-elle. Vous ne me connaissez pas. Vous ignorez tout de mes problèmes et de ma façon de les résoudre.

Il ne s'était pas attendu à une réaction aussi violente. Il n'eut cependant pas le temps de s'excuser.

— Vous n'avez pas idée de ce qu'est ma vie, poursuivit-elle. Je dirige des centaines de personnes beaucoup plus qualifiées que moi, mais je m'accroche de toutes mes forces. Car si je revends l'entreprise, les associés, les employés, tous ceux qui ont aidé Ken à bâtir son empire se retrouveront à la rue. Pourtant, il m'en coûte de rester.

Elle lui tourna le dos, ferma les paupières et se mordit la lèvre. Trop tard ! Les mots étaient sortis presque à son insu. Quelque chose ne tournait pas rond. Pourquoi avait-elle traité Eric ainsi ? Il ne demandait qu'à l'aider. Sentant une main sur son avant-bras, elle sursauta. Elle le dévisagea alors de nouveau ; mais à la place de la colère à laquelle elle s'attendait, elle vit quelque chose d'autre, une expression que sur le moment elle ne put déchiffrer.

— Désolée, murmura-t-elle. Il me fallait un bouc émissaire et vous étiez le seul à ma portée.

Dans un mouvement qui parut étonner Eric tout autant qu'elle, il l'embrassa sur les lèvres. Ce baiser ne recelait pas de tendresse, d'amitié ni même de pitié, mais une passion sans mélange. Assaillie par l'appréhension, elle se raidit mais ses sensations furent les plus fortes. Une sorte d'élan primitif la poussait vers cet homme. Elle répondit à son baiser avec toute la fougue de son désespoir.

Depuis près d'un an, la mort, le deuil étaient ses seuls compagnons. Elle vivait avec ses souvenirs, sa solitude, ses visiteurs. Elle n'attendait plus rien de l'existence. Chaque fête, chaque anniversaire, même la plus simple invitation à dîner éveillaient une foule de souvenirs. Le courrier arrivait encore au nom de Ken, sans parler des réunions dans l'entreprise où son absence pesait lourdement sur l'assemblée.

Julia se débattait en pleine traversée du désert quand le coup de fil lui annonçant le décès de Joe et de Maggie l'avait de nouveau expédiée au fin fond du néant. Et maintenant, Eric lui offrait une occasion de goûter à nouveau à la vie... Le pourquoi et le comment importaient peu. La raison ne jouait pas le rôle principal dans ce drame.

Elle lui passa les mains autour du cou et se pressa contre lui. Ses lèvres s'entrouvrirent. Sa langue rechercha celle d'Eric avec une ardeur qui ne dissimulait rien de ses intentions, et qui arracha à l'homme un soupir rauque.

Julia tira sur le tee-shirt d'Eric comme l'on ôte la dernière barrière entre une prison et la liberté. Ses doigts parcoururent le dos musclé, ses ongles s'enfonçant dans la chair ferme. Elle n'avait pas l'habitude des rapports violents mais celui-ci correspondait à un appel au secours. Eric lui saisit les poignets et renversa la tête pour la regarder dans les yeux.

— C'est ça que tu veux ?

— Pas toi ?

— Julia, réponds-moi.

— Oui, c'est exactement ça.

— Je n'ai pas de préservatif.

— Je veux bien prendre le risque.

Le sentant hésiter, elle eut l'impression d'être abandonnée, rejetée, comme une naufragée sur son rocher, qui voit le bateau de secours s'éloigner.

— Mais pas toi, apparemment, dit-elle.

Eric se rendit alors compte de la force de son désir.

— Oh que si ! grogna-t-il d'une voix enrouée.

Ses doigts s'attaquèrent aux boutons de la veste Armani qui, peu après, glissa à terre. Pourtant, quelque part, dans un recoin de sa conscience, une petite voix lui ordonnait d'arrêter, de considérer les conséquences de son acte, de ne pas profiter de la détresse de cette femme, de se comporter comme l'homme loyal et responsable qu'il avait toujours été. Mais le grondement du désir recouvrit la petite voix et il céda à ses impulsions les plus sauvages.

Son souffle chaud et ses lèvres caressaient Julia. Elle se pressait contre lui, se cambrait, embrasée par la même flamme. Il lui retira son corsage, emprisonna ses seins. Son pouce passa et repassa sur les pointes roses qui se

248

raidirent douloureusement sous la dentelle blanche du soutien-gorge.

— Enlève ça!

Elle obéit. Il se pencha alors pour aspirer la pointe d'un sein, puis l'autre. Elle s'arc-bouta, les yeux clos, retenant un cri de plaisir.

La fermeture de sa jupe s'ouvrit, le tissu satiné glissa sur ses hanches. Elle sentit qu'Eric tirait sur sa petite culotte et baissa les yeux vers sa tête, qui descendait le long de son ventre. Il la débarrassa de ses chaussures avant de remonter vers une cuisse.

— S'il te plaît! supplia-t-elle.

Comment pouvait-elle parler ainsi? De sa vie elle n'avait jamais rien quémandé et, maintenant, elle cherchait avidement des caresses, des baisers. Elle espérait qu'il n'avait pas entendu. Pourtant, bientôt, quelque chose, sa langue, ses lèvres ou ses doigts, frôla le point le plus sensible de son être. Tout son corps en fut irradié. Tremblante, elle s'appuya sur les épaules d'Eric pour ne pas s'affaisser. Ses jambes flageolèrent. Le feu déroula ses flammes dans son bas-ventre. Peu après, un spasme, puis un autre, un autre encore la secoua. Alors Eric la souleva et la porta dans la chambre.

Il se déshabilla, se coucha sur elle et la pénétra. Leurs bouches se cherchaient, se dévoraient. Il accentua ses mouvements, mais elle en voulait plus. Elle lui enlaça la taille de ses jambes, s'ouvrit à lui, cria son nom, comme si c'était la clé du royaume magique.

Les vagues de plaisir l'emportèrent de nouveau. A chaque poussée, il s'enfouissait plus profondément en elle. Elle laissa échapper un cri aigu, puis lui mordit l'épaule. Dans un éblouissement, ils gravirent ensemble les degrés de l'extase.

Eric roula sur le côté, épuisé, en attirant Julia dans le cercle protecteur de ses bras. D'une main douce, il repoussa les cheveux de la jeune femme de son visage pour poser un baiser sur son front moite.

Julia restait immobile. Tout en acceptant ces démonstrations de tendresse, elle luttait contre l'implacable tourbillon des remords. Les minutes s'égrenèrent mais elle ne bougea pas. Alors, se hissant sur le coude, Eric la regarda.

— Julia, qu'y a-t-il?

11

Julia se redressa dans le lit, les bras croisés sur ses seins nus, le dos tourné à Eric comme pour effacer sa présence.

— Oh, mon Dieu! murmura-t-elle d'une voix brisée. Qu'avons-nous fait?

Eric s'assit à côté d'elle. Lui-même se posait des questions. Cependant, il ne comprenait pas cette réaction un peu exagérée.

— Nous avons fait l'amour, dit-il en réponse à une interrogation purement rhétorique.

La jeune femme le foudroya du regard.

— Nous avons eu un rapport sexuel, corrigea-t-elle.

— Tu appelles ça comme tu veux. En tout cas, moi je ne regrette rien.

— Moi, si!

Elle attrapa la chemise d'Eric pour se couvrir.

— Je parie que ce genre de chose ne t'est jamais arrivé, ironisa-t-il.

— C'est exact.

Il se retint pour ne pas la reprendre dans ses bras, sachant qu'elle se défendrait farouchement.

— Comment te sens-tu? s'enquit-il.

Julia passa les doigts dans ses cheveux emmêlés.

— Es-tu devenu fou? Comment veux-tu que je me sente? Vulgaire. Stupide.

A bout de nerfs, elle ramena ses genoux sous son menton et enfouit son visage dans ses paumes. Eric lui écarta les bras, la forçant à le regarder.

— Tu as oublié d'ajouter : rassasiée.

Un voile brûlant colora le visage de Julia.

— En effet, admit-elle à contrecœur.

Il eut un sourire.

— Tu ne me demandes pas comment je me sens?

— Eric! Ne plaisante pas avec ça.

— Je ne plaisante pas. Je ne dramatise pas non plus... La vérité est tout autre.

— C'est-à-dire?

Eric chercha ses mots un instant, puis déclara :

— Je voulais... J'avais autant besoin que toi d'un peu de tendresse.

— Je sais que ce n'est pas crédible, mais je n'ai jamais fait l'amour avec un autre homme que Ken.

Julia se laissa tomber sur l'oreiller, les yeux rivés au plafond.

— En dehors de toi, acheva-t-elle.

— Pourquoi serait-ce si difficile à croire?

— A cause de mon comportement.

— Confidence pour confidence, je suppose que je devrais avouer que tu es la première femme, depuis Shelly.

Elle se retourna vers lui, oubliant la chemise qui lui recouvrait les seins.

— Tu plaisantes!

— Pour quelle raison mentirais-je sur un sujet aussi important?

— Parce que les hommes...

— Les hommes, Julia?

252

Elle haussa les épaules.

— Ils sont plus libres... moins sentimentaux...

— Sans me poser en représentant de la gent masculine, je n'ai jamais considéré les rapports sexuels comme une agréable aventure d'un soir. Ils font suite à un état d'esprit. Et j'ai eu envie de faire l'amour avec toi dès que je t'ai vue, Julia.

— Pourquoi?

— Je ne peux pas décrire ce que j'ai ressenti.

— Tu es écrivain, pourtant.

— Justement, parfois j'en doute.

Il essaya néanmoins de s'expliquer. La jeune femme l'écouta, redoutant un discours fumeux. A la place, elle entendit l'expression de ses propres sentiments, avec une franchise qu'elle n'avait pas rencontrée depuis la mort de Ken. Ses amis, hommes et femmes, ne la comprenaient pas. Ils ignoraient les doutes et les craintes qui la tourmentaient sans relâche depuis un an. Quand Eric eut terminé, elle lui prit la main.

— Je veux bien une tasse de thé maintenant.

Il lui frôla les lèvres d'un baiser, passa son jean et enfila sa chemise. Avant de sortir, il tira son peignoir de la penderie et le tendit à Julia.

— La salle de bains est là.

Elle glissa ses bras dans les manches de flanelle et serra la ceinture deux fois autour de sa taille.

— Puis-je utiliser ta brosse à dents?

— Naturellement, répondit-il sans hésiter.

Elle l'avait soumis à un petit test personnel, curieuse de connaître sa réaction. Pour une raison qu'elle ne put analyser, sa réponse lui fit plaisir.

— Et, à propos...

— Oui?

— J'aime bien ta moustache.

Il porta la main à sa lèvre supérieure.

— Je songeais à la raser.

— Oh, non.

Il lui adressa un sourire.

— D'accord.

Une fois dans la salle de bains, Julia réalisa l'étendue de sa requête. Qu'est-ce que ça pouvait lui faire qu'il garde ou non sa moustache ? Lorsqu'ils se quitteraient cette fois-ci, leur séparation serait sans aucun doute définitive.

Eric posa la bouilloire sur la gazinière. Il prépara une gamelle et un bol d'eau fraîche pour Josi, et alla jusqu'au chalet voisin. Lorsqu'il ouvrit la porte, la chatte débou la dans le vestibule avec un miaulement plein d'espoir. En le voyant, elle arbora un air déçu, presque humain. Il posa la nourriture, s'accroupit et tendit la main pour la caresser. L'animal se laissa tapoter gentiment la tête et toléra sa présence pendant une minute entière, après quoi elle se percha de nouveau sur le rebord de la fenêtre où elle se figea, en attente.

A son retour, la bouilloire sifflait. Il mit des sachets d'earl grey dans deux tasses, versa l'eau frémissante, puis apporta le tout dans la salle de séjour. Il admirait un cerf-volant rouge et jaune sur le ciel gris, quand il sentit Julia à son côté. Elle se tenait elle aussi devant la fenêtre. Son silence semblait plus détendu qu'anxieux.

Le nuage de son parfum enveloppa Eric ; il sut qu'il n'oublierait jamais cette fragrance. Les moments qu'ils avaient passés ensemble, leur étreinte sauvage, le kaléidoscope de leurs émotions s'étaient à jamais gravés dans sa mémoire, aussi intensément qu'un film en couleurs.

Debout près de Julia, il éprouvait un besoin physique

d'être touché, cajolé, mais pas forcément avec sensualité. Un peu d'affection lui suffirait amplement. Voilà une éternité que personne ne lui avait planté un baiser sur la joue, qu'aucune main rassurante ne s'était posée sur son épaule, l'air de dire : « Ne t'en fais pas, je suis là ! »

Oui, l'affection lui manquait. La complicité aussi. Une conversation devant un feu de cheminée, une bonne bouteille lors d'un pique-nique, un rire de connivence autour d'une vieille blague que l'on se raconte souvent, un regard échangé lors d'une soirée mondaine...

— Tu peux faire ça ? demanda Julia. Lâcher un cerf-volant ?

— Les yeux bandés et les mains attachées dans le dos.

Soulevant un sourcil, elle le fixa, l'œil pétillant.

— Ah bon ? J'aimerais bien voir ça.

— Moi aussi, dit-il en riant.

— Je devrais m'habiller.

— Pourquoi ?

Elle ne s'attendait pas à cette question.

— Je ne sais pas... Je ne me sens pas très à l'aise dans ton peignoir...

Bizarrement, elle se sentait tout à fait décontractée, au contraire. Le tissu avait la douceur du velours contre sa peau. Mais elle avait simplement formulé ce que lui suggérait sa conscience. L'implacable petite voix pour laquelle il était indécent qu'elle déambule vêtue de la robe de chambre de son amant. Son amant ! Ce seul mot lui donnait la chair de poule.

— D'ailleurs, tu es habillé, toi.

Il leva les bras avant de les laisser retomber.

— C'est ça, ou rien !

— Ainsi, tu es l'homme d'une seule robe de chambre, plaisanta-t-elle.

— Je suis aussi l'homme d'une seule femme, renchérit-il d'une voix sérieuse.

La sentant se raidir, il abandonna ce sujet épineux et lui offrit une tasse de thé fumant. Elle la prit et retira le sachet qu'elle posa dans un cendrier vide, sur le bureau d'Eric.

— Parfait, apprécia-t-elle en prenant une gorgée.

Elle serrait la tasse entre ses mains pour se réchauffer.

— Quel sale temps pour un mois de juillet!

— Il fait froid depuis deux jours.

Il posa sa tasse.

— Je reviens tout de suite.

Lorsqu'il réapparut, il lui remit une paire de chaussettes noires en fil d'Ecosse.

— Tiens.

Julia les enfila, assise sur le canapé, puis ramena ses jambes sous elle.

— Que vas-tu faire de Josi?

Eric hocha la tête.

— Je n'ai pas encore pris de décision. J'aurais voulu la garder mais je n'ai jamais eu de chat. Je ne sais rien de nos chers félins.

— Moi non plus. J'ai eu un poisson rouge autrefois... Mon petit ami de l'époque l'avait gagné au tir dans une foire. La malheureuse bête n'a pas survécu plus d'une semaine.

Elle le regarda par-dessus le bord de sa tasse.

— Trois jours de plus que le petit ami, précisa-t-elle.

Eric prit place en face d'elle, posant ses pieds nus sur la table basse en noyer. Ne rêve pas! s'ordonna-t-il. Julia est peut-être entrée dans ta vie sans intention d'y rester.

— Comment as-tu rencontré Ken?

— Dans un salon d'informatique. Je gardais le stand d'une amie. Ken est arrivé, il s'est mis à me poser des questions et j'ai fait semblant de comprendre ce qu'il disait. Trois mois plus tard, nous étions mariés.

— Maggie m'a dit qu'elle n'avait jamais vu de couple plus amoureux.

— Oui, je sais...

Julia cligna plusieurs fois des paupières, afin de chasser une petite larme qui miroitait sur ses cils.

— Maintenant, je comprends pourquoi Joe s'est suicidé lui aussi, ajouta-t-elle d'une voix chevrotante. Si je n'avais pas été aussi lâche, j'aurais agi de même.

Eric la considéra, horrifié.

— Tu n'es pas sérieuse. Joe avait quatre-vingt-huit ans. Tu en as à peine trente.

— Trente-deux. Les années n'ont rien à voir.

— Tu parles! Crois-tu vraiment que Joe se serait fichu en l'air à ton âge?

— Tu ne sais pas ce que c'est que de vivre seul jusqu'à la fin de ses jours.

— Regarde un peu autour de toi, Julia.

La jeune femme fixa le thé sombre au fond de sa tasse.

— Toi, tu as tes enfants.

— Deux fois tous les quinze jours, quand leurs petits copains ne fêtent pas leur anniversaire. Et un jour ils seront grands et préféreront vivre leur vie plutôt que de rendre visite à leur vieux père.

— Oui mais Shelly et toi...

— Quoi? Nous ne nous aimions pas autant que Ken et toi? Qu'est-ce que tu en sais? Dis-toi que j'ai pu détruire le plus grand amour du siècle par pur égoïsme. Ça ne veut pas dire que je ne doive pas espérer une seconde chance.

— Ken était exceptionnel.

— Et pas moi?

— Pas de la même manière. Nous étions exceptionnels... ensemble.

Eric encaissa le coup.

— Maggie me l'a dit, murmura-t-il.

Quelqu'un frappa à la porte, le dispensant de poursuivre. C'était la remorque municipale pour la voiture de Joe et Maggie. Le véhicule serait reconduit à San Jose, où il serait vendu avec la maison. Eric partit s'occuper des formalités. A son retour, il trouva Julia habillée et recoiffée. Les tasses et les sachets de thé avaient disparu. Il était convaincu que, dans la chambre, le lit avait été fait, le peignoir rangé dans la penderie. Obscurément, il se demanda ce qu'elle avait fait des chaussettes.

— Eric, je dois rentrer. Le conseil d'administration se réunit demain matin. Je ne peux pas manquer la séance.

— Tu n'as pas besoin de te justifier, Julia. Tu es libre.

Elle boutonna sa veste, lissa un pli inexistant.

— J'appellerai l'équipe de nettoyage dont j'ai toujours utilisé les services. Ils ont la clé et ne te dérangeront pas.

— Cela ne sera pas nécessaire. Il n'y a pas un grain de poussière dans la maison. Joe a tout briqué avant de tirer sa révérence.

Elle garda un instant le silence, visiblement bouleversée.

— Et... le lit? s'enquit-elle finalement.

— Ils n'ont pas utilisé ta chambre, Julia... Ils ont préféré la pièce de derrière, celle qui a un lit double, et ils ont recouvert le matelas de plastique.

Avec un tressaillement, elle se détourna.

Eric avait eu l'intention de lui épargner ces détails mais, à l'évidence, elle avait besoin de les entendre.

— Et, après le départ du coroner, je me suis occupé de tout le reste.

Elle leva sur lui un regard brillant de larmes.

258

— Merci. Il faut que j'y aille.

— Je t'accompagne à ta voiture.

Une fois dans sa Mercedes, Julia baissa la vitre.

— Je ne regrette pas d'être venue, Eric... Et je ne regrette pas non plus ce qui s'est passé entre nous.

C'était plus qu'il n'attendait, moins qu'il n'espérait. Mais il ferait preuve de patience. De persévérance. Il accorderait à Julia le temps dont elle avait besoin. Des semaines, des mois, un an. Trois cent soixante-cinq jours de réflexion... Ce n'était pas grand-chose en comparaison d'une vie entière ensemble.

12

Le lendemain, Eric revenait de sa troisième tentative manquée pour ramener Josi quand le téléphone se mit à sonner.

C'était Julia.

— J'ai reçu une lettre de Joe dans le courrier d'aujourd'hui, annonça-t-elle avec des larmes dans la voix.

— Je me demandais en effet pourquoi il n'avait rien laissé pour toi au chalet.

— Moi aussi.

— Cela t'a-t-il aidée à mieux comprendre son geste?

— J'étais sûre que jamais je ne comprendrais, et pourtant, c'est arrivé! Il me demande de leur pardonner. Ils ont eu peur que je cesse de venir au chalet à cause de leur suicide. Heureusement que je ne leur avais rien dit à propos de la vente, termina-t-elle après une pause.

— Peut-être devrais-tu reconsidérer tes projets.

— J'ai essayé.

— Résultat?

— Je n'ai pas changé d'avis. Je n'ai plus rien à faire à Santa Cruz. Toutes les personnes que j'ai aimées n'y sont plus.

Eric aurait dû recevoir ces paroles comme une claque.

Mais ce fut une image qui lui vint à l'esprit. En Alaska, il avait vu un grizzly sur un rocher en pleine rivière. A un mètre de là, un saumon s'efforçait de remonter le courant, qui l'entraînait inéluctablement vers la gueule ouverte de son prédateur. L'espace de cet instant figé, la vie palpiterait pour l'éternité dans le poisson frétillant. Ses sentiments à l'égard de Julia étaient comme cela.

— Alors il ne reste plus qu'à savoir quand tu mettras la propriété en vente.

Il était inutile de discuter. Elle semblait inébranlable. Qu'à cela ne tienne, il la poursuivrait à distance !

— Il se peut que j'évite cette pénible démarche. Peter Wylie m'a fait savoir qu'il était intéressé.

— Peter ? Il ne devrait pas tarder à se montrer, je crois ?

Il se fichait éperdument de la date de retour du vieil ami de Ken. Mais c'était une façon comme une autre de mettre fin à la conversation.

— La semaine prochaine.

— Et la famille qui loue le chalet en août ?

Eric souhaitait savoir combien de temps il avait devant lui avant de prendre une décision définitive concernant Josi.

— Ils arrivent le premier week-end d'août et s'en vont après le Labor Day.

— Julia, excuse-moi, mais j'allais sortir.

Autant qu'elle éprouve, elle aussi, cette sensation de perte qui le torturait.

— Oh, désolée. J'aurais dû te demander si je ne te dérangeais pas.

— Non, mais je suis un peu pressé.

Bon sang ! A quoi rimait cette boule au fond de sa gorge maintenant ?

— Bonne chance, Julia.

La jeune femme répondit avec une seconde de retard.

— Tu as été un ami formidable, Eric. Je te dois beaucoup.

Il ne voulait pas de sa gratitude.

— Tu ne me dois rien.

— Me préviendras-tu quand ton livre sortira?

— Oui, bien sûr.

— N'oublie pas. Ça m'intéresse vraiment.

— Donne-moi ton adresse. Je t'enverrai un exemplaire.

Il saisit un stylo, et griffonna la rue, le numéro et le code postal au verso d'une page de son manuscrit.

Il ne leur restait plus qu'à se dire au revoir. Eric raccrocha avec la sensation qu'il avait creusé le fossé qui, déjà, les séparait. Mais il avait opté délibérément pour cette tactique. Il fallait que Julia en arrive à se demander pourquoi il lui manquait.

Deux jours plus tard, Josi l'attendait derrière la porte du chalet. Il posa la pâtée et l'eau fraîche, mais la chatte n'y toucha pas. Assise, immobile, elle leva sur lui un regard étrangement circonspect.

— Que se passe-t-il, minette?

Elle se roula alors à ses pieds, encerclant de sa queue une de ses chevilles. Puis, avec un miaulement énigmatique, elle se rassit et, de nouveau, le scruta.

— Il va falloir que tu m'expliques, dit-il. Je ne parle pas le langage des chats.

Elle ne bougea pas, ne le quitta pas des yeux. Enfin, à titre d'essai, Eric se pencha pour la soulever. Josi s'installa alors dans ses bras, émettant un ronronnement aussi sonore qu'un roulement de tambour.

Le lendemain, avant le déjeuner, Eric travaillait à son ordinateur. Roulée en boule sur le manuscrit, la chatte somnolait, quand la sonnerie du téléphone lui fit dresser une oreille. Eric décrocha.

— Quand peux-tu venir à New York ? claironna dans l'écouteur la voix de Mel, son agent. Je voudrais te présenter à certaines personnes.

— Pour quoi faire ?

— Je me suis permis d'envoyer la première partie de ton œuvre à différentes maisons d'édition.

— Et alors ?

— Si tu tiens à devenir copain avec ton éditeur, il est grand temps que tu saches lequel tu veux. Tu n'as que l'embarras du choix.

— Tu as trouvé un éditeur prêt à publier mon roman ? demanda Eric, incrédule. Il n'est même pas fini.

— Ils sont pourtant nombreux à miser sur toi.

— Tu veux dire qu'ils offrent un contrat, avec une avance à l'appui, avant même que le bouquin soit terminé ?

Il se gratta la moustache, incapable de concevoir le raisonnement des magnats du livre.

— Et si l'intrigue plonge dans la seconde moitié ? Si la fin est mauvaise ? Bref, si je déçois leurs espérances ?

En proie au vieux démon du doute, Eric reprocha à l'agent littéraire son initiative.

— Je t'avais demandé de ne rien tenter avant que j'aie écrit le mot fin, Mel ! Et tu étais d'accord.

— C'était avant que je lise la première partie. Ne te tracasse pas, mon vieux. C'est excellent.

— Pourvu que ça dure !

Ces derniers temps, il avait l'impression d'écrire de la bouillie.

A l'autre bout de la ligne, Mel insista :

— Alors tu viens quand ?

Eric regarda sur le mur le dessin que son fils avait fait pour Joe et Maggie.

— Tu le sauras dans deux ou trois jours. J'ai quelque chose à régler avant.

Il écarta la queue de Josi du téléphone, puis raccrocha.

— Qu'est-ce que je vais faire de toi, mimi?

Un chat pouvait sans problème survivre pendant plusieurs jours, avec suffisamment de croquettes et la bonne volonté des voisins. Mais après ce que Josi venait d'endurer, il était hors de question de la laisser seule. Se croyant de nouveau abandonnée, elle chercherait à s'échapper.

Le menton dans sa paume, Eric la regarda.

— Je vais peut-être te chercher le foyer que Joe a évoqué dans sa lettre.

Josi bâilla comme un fauve avant de refermer les yeux.

— Tu pourrais au moins avoir la décence de t'inquiéter.

La chatte émit un son, une sorte de gloussement félin. Eric se rappela un article qu'il avait lu à propos de ces animaux étranges que les Egyptiens adoraient comme des divinités. «Un chat ne vous appartient jamais. C'est vous qui lui appartenez.» Josi semblait en connaître long sur ce chapitre.

Sans réfléchir davantage, il composa le numéro de Julia à Atherton.

Elle répondit à la deuxième sonnerie.

— C'est Eric.

— Ah... bonjour...

Comment était-ce possible d'éprouver en même temps de l'excitation et de l'anxiété? Quelques jours plus tôt, elle avait cru comprendre qu'ils s'étaient fait leurs adieux. Alors, pourquoi cette réaction particulière aujourd'hui?

— J'ai une faveur à te demander.

264

— Vas-y. Après tout ce que tu as fait pour moi cet été, je ne peux rien te refuser.

Munie de son téléphone sans fil, la jeune femme émergea sur la terrasse de derrière et se pelotonna sur sa chaise longue préférée. Un faucon décrivit un cercle dans l'azur. Mue par une pulsion absurde, elle faillit lui raconter cette scène, lui décrire sa résidence située en dehors de la ville, parmi les collines vertes et la forêt dense qui lui procuraient un peu de calme dans son existence de plus en plus fiévreuse.

— Je dois m'absenter pendant quelques jours. J'ai besoin de quelqu'un pour garder Josi.

Elle ne l'aurait jamais deviné. Elle marqua une pause imperceptible. Avoir Josi sous les yeux lui rappellerait à chaque instant qu'elle avait perdu Joe et Maggie. Bon sang, elle était devenue tellement lâche !

— Avec plaisir, répondit-elle.

— Je la déposerai chez toi avant d'aller à l'aéroport, si tu n'y vois pas d'inconvénient.

— Entendu. Je te faxerai le plan... Il me semble avoir vu un fax à côté de ton ordinateur. Je me trompe ?

— C'est en effet ainsi que le vendeur a appelé ce machin au magasin où je l'ai acheté. Mais je ne sais pas comment le faire marcher. Tu l'inaugureras.

— Je suis contente que tu aies pensé à moi pour Josi, dit-elle. J'avais peur que, compte tenu de notre dernier entretien...

Elle s'interrompit, la bouche soudain sèche.

— J'essaie simplement de te dire que je ne voulais pas perdre... que je tenais beaucoup à notre amitié.

— Moi aussi.

Eric incarnait pour elle l'ami idéal. C'était le premier qu'elle avait rencontré depuis un an ; il avait le mérite de ne pas avoir connu Ken. En cela, il était un tremplin vers la vie normale. Cette constatation eut le don de l'attrister. Sans souhaiter vivre dans le deuil, la jeune femme répugnait toutefois à avancer vers l'avenir. Son cœur restait attaché au passé. Le temps et les circonstances avaient décidé à sa place.

— Quand viendras-tu ? demanda-t-elle.

— Ça dépend du vol. Et puis, il faut que je me rende...

Il marqua une pause interminable.

— ... à Sacramento, poursuivit-il enfin. Les enfants ne savent pas encore pour Joe et Maggie.

Le cœur de Julia bondit. A l'évidence, Eric adorait ses enfants, et il allait pourtant devoir leur apprendre une nouvelle bouleversante.

— A ton avis, comment vont-ils le prendre ?

— Je ne me fais pas de souci pour Susie. Elle est trop petite pour comprendre le sens de la mort. En revanche, Jason m'inquiète. Il a compris que Maggie était condamnée, le jour où nous l'avons conduite à l'hôpital. Mais j'aurai du mal à lui faire comprendre que Joe est parti aussi.

— C'était donc ça, murmura Julia.

— De quoi parles-tu ?

— Le dessin de Jason que tu as accroché au mur, près de ton ordinateur. Je lui ai longtemps cherché une signification qui me semble claire maintenant. Il leur disait adieu.

— Joe le tenait dans sa main quand il est mort.

— Ne t'inquiète pas pour ton fils, Eric. Il a résolu son problème avec Joe et Maggie avant de partir. Tout est dans le dessin.

— J'espère que tu as raison.

— J'en suis sûre. Fais-moi confiance.

— Je te rappellerai dès que je saurai la date exacte de mon départ.

La main fine de Julia se crispa sur l'écouteur. Eric sem-

blait avoir prononcé cette phrase pour abréger la conversation.

— Sans indiscrétion... où vas-tu ? Non, ça ne fait rien !
coupa-t-elle rapidement. De quoi je me mêle !

Pendant une seconde, elle crut qu'il allait quand même
lui répondre. Mais non.

— A très bientôt, dit-il simplement.

— C'est cela, oui.

Mais qu'est-ce qui lui prenait ? Elle terminait des entre-
tiens d'affaires d'une voix plus chaleureuse. A présent,
elle n'avait plus qu'à conclure.

— Au revoir, Eric.

— Au revoir, Julia.

Eric reposa l'écouteur sur le combiné, puis regarda distraitement le curseur qui clignotait sur l'écran. C'était
étrange de voir comment certains événements tombaient
du ciel avec un fracas de fin du monde, tandis que
d'autres survenaient si subrepticement, si discrètement,
que l'on aurait pu les manquer si l'on n'y avait pas prêté
attention.

Il tendit la main et gratta Josi derrière l'oreille. Sans
elle, il n'aurait sans doute jamais rappelé Julia. Il n'aurait
pas trouvé de raison valable, et il n'aurait pas non plus
entendu l'insistante petite voix de sa conscience lui dire
que ses sentiments pour elle étaient vrais. Certes, il existait sûrement d'autres moyens en dehors du gros chat noir
et gris, mais, pour le moment, Eric n'en voyait aucun.

Plus tard, il appela Shelly, lui expliqua en deux mots
le but de son coup de fil et la prévint de son arrivée le
lendemain matin.

— C'est étrange, lui dit son ex-femme. Jason parle
d'eux comme s'il savait déjà qu'ils sont morts. Je ne l'ai

jamais vu comme ça, Eric. On dirait un vieux sage dans le corps d'un enfant.

— Les Chapman étaient des êtres exceptionnels, Shelly.

— En plus, c'est la première fois qu'il perd quelqu'un.

Eric se retint pour ne pas lui rappeler qu'il y avait différents degrés de perte et que Jason en avait déjà gravi quelques-uns, malgré son jeune âge. Il garda le silence. Shelly ne méritait pas de subir sa rancune.

La rencontre se déroula mieux qu'il ne l'avait espéré. Shelly avait raison. Jason avait déjà accepté la mort de ses amis. Il ne voulut pas savoir si Joe était décédé, lui aussi. Dans son esprit, ils formaient une entité. Ce qui arrivait à l'un arrivait fatalement à l'autre. Il avait même deviné que son père avait hérité de Josi.

Eric quitta Sacramento encore sous le choc et s'engagea sur l'autoroute, en direction d'Atherton. Il allait déposer Josi chez Julia pendant son absence. Il ne souhaitait pas la revoir, pas tout de suite. Ses défenses s'amenuisaient, il n'avait pas le moral. Et, au milieu de sa confusion, une partie de son esprit, celle qui savait que Julia n'était pas prête à lui donner ce qu'il souhaitait le plus au monde, demeurait étrangement lucide. D'ailleurs, qu'est-ce qui lui prouvait qu'elle changerait jamais d'opinion à son sujet? Pourquoi voudrait-elle d'un homme qui avait déjà détruit son premier mariage?

Cependant, un argument de taille jouait en sa faveur : elle l'aimait, elle aussi. A ceci près qu'elle l'ignorait encore.

QUATRIÈME PARTIE

Août

1

Peter Wylie aperçut Eric à bord de son pick-up. Il sortait du parking longue durée de l'aéroport au moment où lui-même partait avec la navette.

Il appréciait Eric Lawson. Du moins il le pensait. Pourtant, le croiser ici lui procurait une sensation de malaise qu'il ne s'expliquait pas.

Le fait de l'avoir vu au chalet avec Julia l'avait incommodé. Eric n'appartenait pas au même monde que la jeune femme. Bien sûr, on ne pouvait exiger que Julia passe le reste de sa vie seule. Mais de là à se contenter d'un homme moins intéressant que son premier mari... Evidemment, on ne pouvait pas lui en vouloir. Ken était un être hors du commun. A vrai dire, Peter n'en connaissait pas d'autres comme lui.

Ou alors, Eric s'était mis en tête de courtiser Julia. D'où son insistance à faire ses courses, à se rendre indispensable.

Ou bien... nom d'un chien! Cela ne le regardait pas. Julia ne vivrait pas seule le restant de ses jours pour rester fidèle à Ken.

La navette freina brutalement, mettant fin aux réflexions de Peter. Il prit ses bagages dans le coffre et entra dans l'agence de location de véhicules d'où il ressortit au volant d'une voiture. Peu après, il roulait en direction du sud.

Habituellement, il faisait une halte chez Ken et Julia avant de reprendre la route de Santa Cruz. C'était un rituel qui datait de l'époque où les Huntington s'étaient installés à Atherton. Ils dînaient tous les trois, évoquant les événements qui s'étaient produits pendant les deux mois durant lesquels ils ne s'étaient pas vus. Peter passait la nuit sur place et repartait le lendemain matin. Il avait envisagé d'appeler Julia, inventant un quelconque prétexte pour briser cette routine. Trois heures de retard à Heathrow, plus le long vol l'avaient épuisé. Il était moulu. Mais quelle que fût l'excuse, la jeune femme ne le croirait pas. Et à juste titre. La vérité était toute simple : Peter ne voulait pas se retrouver dans la villa sans Ken. Chaque fois qu'il avait essayé, il en était reparti abattu. L'absence de son ami était trop pesante, trop évidente.

Même du vivant de Ken, Peter n'avait jamais passé plus d'une nuit à Atherton. L'idée que Katherine était peut-être déjà au chalet l'incitait à repartir au plus vite. A l'instar du boxeur qui se voit accorder une dernière chance de monter sur le ring, il ne tenait pas en place. Au bout de quelques années, ses hôtes avaient cessé de lui demander de rester davantage. Ils avaient fini par accepter son départ, tôt le matin, alors que rien ne pressait. Peter s'en allait, animé par l'espoir que Katherine se trouvait déjà sur place ; chose qui n'était jamais arrivée et qui paraissait aussi insensée que son amour pour elle.

Peter n'avait jamais rien dit à personne à propos de Katherine. Il n'allait pas crier ses sentiments sur les toits. Katherine elle-même les ignorait. Peter vivait d'ailleurs dans la crainte qu'elle ne s'en rende compte un jour.

Alors, très certainement, elle ne voudrait plus jamais le revoir. D'un autre côté, en dépit des conséquences, lui déclarer sa flamme le libérerait d'un lourd fardeau. Mais la peur le retenait. Non, il ne ferait rien pour précipiter la confrontation.

D'une certaine manière, au demeurant assez perverse, ce que Peter admirait le plus chez Katherine, c'était son sens du devoir et son dévouement à sa famille. Elle adorait son mari et ses deux fils.

Tous les quatre formaient la famille idéale.

Peter aurait cassé la figure à quiconque aurait essayé de briser leurs liens. Alors pourquoi ne parvenait-il pas à oublier cet amour impossible?

Il engagea la voiture dans la longue allée de la villa, freina devant la grille et s'annonça à l'interphone. Ken avait installé un système électronique d'ouverture à l'époque où une secte sataniste installée dans les environs avait annoncé la fin du monde. Julia répondit d'une voix vibrante d'excitation, puis les grilles s'ouvrirent. Peter comprit alors qu'il avait eu raison de venir. Julia avait tout perdu, il aurait été injuste de la priver aussi de sa visite. Il avança sur le chemin à trois voies menant au sommet de la colline, où s'érigeait la villa considérée comme la plus belle demeure de la région. L'architecte, d'un commun accord avec Ken, avait tenu compte de l'emplacement de la construction. Chaque fenêtre donnait sur une vue à couper le souffle; il n'y avait d'ailleurs ni rideaux ni volets.

Très spacieuse, la villa était aussi confortable et fonctionnelle que le chalet. Chaque meuble avait été choisi en conséquence; pour sa beauté tout autant que pour son aspect pratique.

Julia l'attendait à la porte, les bras ouverts.

— Peter! Que c'est bon de te revoir! Laisse-moi te

regarder. Tu as une mine splendide!... Non! Tu as l'air crevé. Entre! Un bon scotch te remettra sur pied.

Il sourit.

— Je suis content de te revoir en forme, Julia.

Elle le précéda dans le vaste salon.

— Un double?

— Oh, non. Un doigt, noyé de soda. Sinon, tu devras me porter jusqu'à la table pour dîner.

Julia se dirigea vers le bar.

— Où étais-tu cette fois?

— A Londres. Je rendais visite à des amis dans le Connecticut et ils m'ont embarqué. J'ai vu quelques pièces de théâtre, et j'ai assisté à plusieurs réceptions.

La jeune femme lui tendit un verre à whisky en cristal taillé.

— Vraiment? s'étonna-t-elle. Ça ne correspond pas tout à fait à ta conception du divertissement.

— J'ai dû faire appel à toute ma diplomatie. La semaine a été un enfer.

Julia prit place à un bout du canapé d'un blanc satiné, se débarrassa de ses chaussures et fit signe à Peter de s'asseoir près d'elle.

— Je veux tout savoir sur ton voyage. Comment se portent les nababs de l'art?

Il ôta lui aussi ses chaussures, s'affala sur le canapé et posa ses pieds sur la table basse. Quand Ken et Julia avaient emménagé, Peter avait eu du mal à s'habituer à leurs manières décontractées. Il s'installait sur une chaise à dossier, aussi droit que les conifères autour de la maison. Un jour, Julia lui avait dit de se détendre et, depuis, il faisait comme chez lui.

— Mes tableaux se vendent toujours. Et quant à mon attachée de presse, elle a la trouille que je devienne trop célèbre.

— Mais...

— Si tu la connaissais, tu comprendrais. Elle est du genre anxieux.

Josi traversa allègrement la pièce et s'étendit devant la baie, les yeux fixés sur l'abreuvoir où les oiseaux s'en donnaient à cœur joie.

— Tu as un chat maintenant? s'étonna Peter.

— Une invitée de passage. Elle est arrivée il y a une heure. Mais visiblement, elle se plaît.

— Tu fais du baby-sitting d'animaux domestiques?

— C'est un cas spécial. Josi? appela-t-elle.

La chatte pointa les oreilles mais dédaigna l'appel, trop fascinée par le spectacle des oiseaux.

— Josi? répéta Peter. N'est-ce pas le nom du chat de Joe et de Maggie?

Lors du silence qui suivit, une prémonition funeste l'assaillit.

— Il leur est arrivé quelque chose?

Julia hocha la tête. D'une voix triste, elle lui raconta la fin de ses meilleurs amis.

Dans l'esprit de Peter, les Chapman étaient intimement liés à Ken. Leur rencontre avec ce dernier précédait de plusieurs années ses étés à Santa Cruz, comme ses visites chez les Huntington dans les collines d'Atherton. Peter croisait Maggie et Joe environ une semaine par an mais, en dépit de ce laps de temps trop court, il les avait pris en affection. Leur disparition l'affligea sincèrement. Enclin au romantisme, il saisit néanmoins l'aspect poétique de leur mort simultanée, seule issue possible d'une grande histoire d'amour.

— Et Josi? Qui s'en occupe en temps normal?

— Je l'aurais adoptée si elle n'avait pas jeté son dévolu sur Eric. C'est donc lui qui en a hérité.

275

— Eric Lawson? Le gars qui a loué le cottage d'Andrew?

Il avait parfaitement saisi de quel Eric il s'agissait. Eh bien, pour quelqu'un qui s'était retiré au bout du monde pour se consacrer à l'écriture, il semblait se mêler bougrement de la vie de ses voisins !

— Il a été très gentil avec eux, expliqua Julia. Je ne suis pas surprise qu'ils lui aient demandé de garder Josi.

En entendant son nom, la chatte bondit sur le canapé et se roula près de Julia, qui lui caressa la tête.

— Personne n'aura aimé un animal autant que les Chapman, murmura-t-elle.

— Leur as-tu rendu visite pendant qu'ils étaient au chalet ?

— Pourquoi me demandes-tu cela ?

— Je présume que Maggie et Joe t'ont expliqué combien ce type a été formidable, puisque tu sembles ne plus jurer que par lui.

Délaissant Josi, Julia fixa Peter.

— Qu'est-ce que tu me chantes ? As-tu un problème avec Eric ?

— Tu ne trouves pas un peu bizarre sa façon de s'immiscer dans la vie des autres ?

— Comme le jour où il t'a trouvé blessé sur la plage et qu'il t'a secouru avant que tu sois saigné à blanc ?

Peter se redressa et prit la direction du bar, où il ajouta du soda dans son scotch. Une agitation singulière le gagnait. Il paierait cher pour savoir ce qui le dérangeait chez Eric. Ce dernier semblait parfaitement affable en apparence, mais Peter flairait cependant une sorte de mystère en lui.

— Sais-tu quelque chose sur Eric qu'il ne t'ait pas dit lui-même ? interrogea-t-il.

— Peter, où veux-tu en venir ?

— Pardonne-moi, Julia, mais il existe un tas d'escrocs qui courent après les riches veuves.

Au moins, il avait réussi à mettre des mots sur ses soupçons. La jeune femme cligna des paupières.

— Si j'ai bien compris, tu insinues qu'Eric s'est lié d'amitié avec Andrew à l'université, parce qu'il subodorait qu'un jour, son ami deviendrait voisin avec Ken Huntington, et que ce dernier mourrait à trente-neuf ans, laissant sa veuve dans la nature; une veuve riche et facile à séduire, qui plus est!

— Evidemment, de ce point de vue, ça n'a ni queue ni tête...

— Mais d'un autre point de vue?

— Je ne prétends pas qu'Eric a tout prévu, concéda-t-il. Je crois qu'il a saisi l'occasion pour te plaire.

— Et sur quoi bases-tu cette brillante déduction?

— Je ne sais pas. C'est une intuition. Je ne peux pas l'expliquer.

— Mais il a dû faire quelque chose qui a mis ton intuition infaillible en alerte, non?

Peter prit une gorgée de scotch.

— Il aurait fallu être aveugle pour ne pas comprendre à quoi il pensait quand il te regardait.

— A quoi pensait-il?

Peter haussa les épaules.

— On aurait dit un gosse qui lorgne les billets de loterie de son meilleur ami. Il aurait dansé la danse du ventre pour t'impressionner.

— Il me semble que tu avais mis Ken en garde de la même manière quand il a commencé à sortir avec moi... Tu craignais que je ne sois pas assez chic pour lui.

L'accusation porta. Peter exhala un soupir. Dès l'instant où Ken avait posé les yeux sur Julia, il avait été convaincu qu'il avait rencontré la femme de sa vie.

— Toute la question est peut-être là, convint-il à contrecœur. Je crois que je n'accorde désormais à personne le droit de te regarder...

Aux yeux de Peter, Julia serait toujours l'épouse de Ken. Le reste le révoltait tout autant que si l'on rasait le Taj Mahal pour construire un gratte-ciel à la place. Ken ne pouvait pas, ne devait pas être remplacé.

Il tenait sans doute l'explication. Mais de quel droit pouvait-il exiger de Julia une existence entière sans homme?

— Oublie ce que je viens de dire, murmura-t-il. Ça n'a pas de sens.

— Oh, Peter, donne une chance à Eric. Essaie de mieux le connaître quand il reviendra. Fréquente-le. Je suis sûre qu'il te plaira.

Il se servit un deuxième scotch, puis posa les coudes sur le comptoir.

— Est-ce une façon de m'annoncer...

— Je ne t'annonce rien du tout. Eric et moi sommes amis. Je n'oserais pas refaire ma vie de si tôt.

— Pourquoi dis-tu cela?

Au lieu d'une réponse rapide, enlevée, dont Peter avait l'habitude, Julia parut réfléchir avant de déclarer :

— Tu n'es pas le seul à penser que Ken est irremplaçable. Nos amis, les employés de la firme, ses associés croient la même chose. Je suis en passe de devenir une Jackie Kennedy, c'est-à-dire un symbole dédié au bûcher du veuvage. A la limite, on me pardonnerait une ou deux affaires de cœur, à condition qu'elles soient discrètes. Mais un autre mariage! Jamais! Pour tous ces gens, y compris toi, c'est impensable. Comment convoler en justes noces avec un homme qui ne saurait être qu'inférieur à Ken?

278

Peter la scruta, interloqué. Il n'allait pas nier un raisonnement qu'il avait eu lui-même.

— Je n'avais pas idée...

— Personne n'a idée, mon ami, dit-elle en se levant et en allant se planter devant la baie. Le pire, c'est que je me sens coupable. Alors je m'évertue à rentrer dans le moule. Eric ne transgresse pas les règles, ajouta-t-elle en se tournant pour le regarder. Probablement parce qu'il ne les connaît pas.

Avec un sourire maussade, Julia fourra les mains dans les poches de son pantalon de soie blanche.

— Rassure-toi, il n'essaiera plus de m'approcher.

— Aurais-tu envie qu'il le fasse?

La question échappa à Peter; il redouta la réponse.

— Parfois, la nuit, j'essaie de m'imaginer dans vingt, dans trente ans... Alors je prends peur. Le reste du temps, je suis tellement occupée que je ne sais plus comment je m'appelle.

— Tu ne peux pas continuer ainsi.

— Non?

— Ce n'est pas une vie, Julia.

— Quels sont mes choix?

— Ce n'est pas parce qu'Eric n'est pas l'homme qu'il te faut, que tu ne trouveras pas... plus tard...

Mais qu'est-ce qu'il racontait? Trouver égalait s'installer. Se remarier. Remplacer Ken. Cela, Julia le savait. Et la pire des solitudes ne la conduirait pas à cette extrémité.

— Juste par curiosité, Peter, qu'est-ce qui te fait penser qu'Eric n'est pas l'homme qu'il me faut?

— Tu plaisantes?

— Dis toujours.

— Tu as besoin de quelqu'un qui t'aide à diriger l'entreprise. Eric sait à peine compter son argent...

— Pourquoi?

— Pourquoi quoi?

— Pourquoi ai-je besoin de quelqu'un qui m'aide dans l'entreprise? Insinues-tu que je ne peux pas la diriger toute seule?

— Non, pas du tout, dit-il, désarçonné. Mais il te faut un homme qui soit de ton milieu, au moins. Qu'est-ce qu'Eric sait de ta vie? Plus important encore : en quoi peut-elle le concerner?

— Je ne connaissais rien à l'informatique quand j'ai épousé Ken.

— Certes, mais vous n'avanciez pas dans des directions opposées. Eric est un raté, Julia. Il a quitté le cabinet médical qu'il a mis dix ans à bâtir. Ça résume le personnage.

Julia demeura un instant immobile, les épaules tombantes.

— Je n'ai jamais voulu la place de Ken.

— Il aurait été fier de voir que tu as réussi haut la main.

— Oh, non, pitié!

Submergée par une colère inexplicable, la jeune femme leva les yeux au plafond, les dents serrées. Peter vit un camaïeu d'émotions passer sur son visage délicat. Il ne connaissait pas cette femme, torturée et confuse. Jusquelà, il avait vu en elle une veuve digne, une épouse inconsolable qui avait accepté son triste sort avec le fatalisme des êtres qui n'ont eu qu'un seul amour.

— Je ne sais plus quoi dire, murmura-t-il.

— Moi non plus, répliqua-t-elle.

Julia eut alors un sourire qui encouragea Peter à quitter ce sujet épineux. A sa grande honte, il saisit la perche.

— Veux-tu que nous allions dîner dehors? Dans ce merveilleux petit restaurant où Ken commandait toujours des crevettes au curry...

Il s'interrompit. Nom d'une pipe, fallait-il être crétin !

— Entendu, Peter, répondit son amie, résignée. Va ranger tes bagages. Pendant ce temps, je vais réserver une table pour deux.

Elle était prête à tout lui pardonner. Même ses gaffes et ses maladresses. Il avait été le meilleur ami de Ken. Toutefois, en tant que tel, Peter aurait dû être le premier à comprendre que vivre sans amour équivalait à se condamner à une profonde et perpétuelle solitude.

2

Au milieu de l'allée, Katherine Williams indiquait à grands gestes à Paul, son fils cadet, la direction à suivre. Le jeune homme passa la marche arrière, et sa mère lui fit signe de freiner quand le hayon de la camionnette s'aligna sur la porte du chalet.

— Quel besoin avais-tu d'apporter toute cette camelote ! se lamenta Paul en sautant à terre et en contournant la voiture pour aider sa mère à décharger les bagages.

Ils étaient venus plus tôt que prévu cette année et... oui, elle avait emporté trop de choses ; mais Katherine garda le silence. Ce n'était pas tellement ça qui agaçait Paul, elle le savait ; il craignait plutôt que sa chère mère ne caresse le projet de les convaincre, son frère Michael et lui, de rester tout le mois au lieu du lundi et du mardi convenus.

— On ne sait jamais, répondit-elle. Je pourrais ouvrir un gîte pour sans-abri.

— Les sans-abri ne vivent pas sur les plages de Santa Cruz.

— Paul, mon chéri, ouvre les yeux. Il y en a partout.

S'emparant du panier à provisions bourré à ras bord, Katherine se dirigea vers le chalet. Paul avait grandi dans une petite ville. Cela l'avait préservé des dures réalités de la vie, plus apparentes dans les grandes cités. A trente-cinq kilomètres de Sacramento, et en pleine expansion, Woodland n'en demeurait pas moins une petite ville provinciale.

— Bah! souffla Paul, chargé d'une malle. Ici, devenir sans-abri relève d'un choix philosophique.

Il se sentait concerné malgré tout, cela s'entendait au ton de sa voix; Katherine n'insista pas. Paul était son ange gardien. Il serait resté s'il appréhendait de la laisser seule au chalet. Son sens de la liberté requérait à la fois l'approbation de sa mère et son exemple. C'était la raison pour laquelle elle avait décidé de passer ses vacances au chalet, comme tous les mois d'août depuis douze ans. Paul avait besoin de cette routine rassurante.

— Ne t'affole pas. Je serai aussi sage que si Michael et toi étiez ici, avec moi.

Elle posa le panier sur la table de la cuisine, cherchant machinalement du regard la carte traditionnelle des Chapman. Cette année, il n'y en aurait pas, Julia l'avait prévenue. La certitude que Joe et Maggie étaient morts ensemble, comme ils avaient vécu, avait tempéré son chagrin. Ses grands-parents, qui avaient exprimé le même souhait, avaient échoué dans des maisons de repos différentes, à des kilomètres de distance l'un de l'autre. Les deux dernières années de leur vie, ils ne s'étaient vus que lors de rares visites... Qui donc avait le droit de juger les Chapman? Pas elle, non, certainement pas. Dans les mêmes circonstances... Mais ces circonstances ne s'appliqueraient jamais à elle, alors il était inutile de se perdre en vaines méditations.

Paul lui adressa un sourire espiègle.

— Cela veut-il dire que Michael et moi devons rester aussi sages que quand tu es à la maison?

Katherine sortit un paquet de céréales et le rangea dans le placard au-dessus de l'évier.

— Vous serez si occupés que vous n'aurez pas le temps de vous mettre dans le pétrin.

— Cinq minutes suffisent pour ça, tu sais.

Les poings sur les hanches, elle laissa filtrer un regard lourd de menaces à travers ses paupières mi-closes.

— Attention ! Je peux toujours changer d'avis et rentrer plus tôt que prévu.

Loin de paraître intimidé, Paul éclata de rire.

— Oh, maman ! J'adore quand tu te fâches. Mes copains aussi.

Katherine ne put s'empêcher de sourire.

— Va décharger la voiture au lieu de raconter des bêtises.

En se dirigeant vers la porte, le jeune homme cria par-dessus son épaule :

— Et Michael ? A quelle heure arrive-t-il ?

— Pas avant dix heures ce soir. Il s'arrête en route, chez Allison.

Du haut de ses seize ans, Paul arbora un air de vieux bougon.

— Compris ! Son altesse ne va pas se pointer avant demain. Il va entrer en roulant des mécaniques et annoncer : «J'étais trop fatigué pour conduire. Mieux vaut se reposer que s'endormir au volant.» Tiens, mon œil !

— Qu'il soit là ce soir ou demain, ça n'a pas d'importance, dit Katherine d'un ton posé.

A dix-neuf ans, Michael poursuivait ses études dans une ville universitaire. Il partageait son temps entre la faculté et ses parents, et cet été, Katherine avait lâché du lest.

Son cadet haussa les épaules.

— Non, aucune ! Absolument aucune !

Il sortit sans attendre de réponse.

Sa mère le suivit d'un regard triste. Il lui tardait de repartir, pensa-t-elle, de retrouver son nouveau job, ses amis. Une boule lui noua la gorge. Psychologues, philosophes et autres experts en éducation proclamaient pourtant qu'un parent doit éprouver plénitude et fierté lorsque ses enfants réclament leur indépendance. Eh bien, non, pas elle. Katherine n'était pas prête à franchir le pas. Elle n'était heureuse qu'entourée de ses fils. Elle adorait leurs rires, leurs plaisanteries, les moments privilégiés qu'ils passaient ensemble.

Un an plus tôt, tous les quatre formaient une famille parfaite. Leurs amis, leurs relations, les membres de la congrégation de Brandon, tout le monde les citait en exemple. Ils relevaient le niveau moral de la communauté. Le bon pasteur et sa charmante épouse ne représentaient pas seulement le couple idéal. Ils passaient également pour des parents exceptionnels, qui parvenaient à inculquer des principes sains à leurs enfants sans les étouffer pour autant.

Etait-ce possible que ce fût seulement une année auparavant?

Katherine tira du panier un paquet de crackers, ainsi qu'une boîte de conserve de haricots rouges. Elle ignorait pour combien de personnes elle ferait la cuisine et avait fini par prendre un peu de tout. Ses fils lui avaient promis de passer le lundi et le mardi au chalet, comme s'ils craignaient de la décevoir. Et plus tard, elle les avait entendus tirer des plans sur la comète, donner des rendez-vous qui les retiendraient à Woodland les deux journées en question.

Elle désirait leur compagnie mais ne voulait en aucun cas leur imposer des obligations. Si la solitude lui pesait, c'était son problème.

— Hé! Tu rêves?

Paul entra, un sac au bout de chaque bras.

Katherine se força à sourire.

— L'air iodé prédispose à la rêverie, tu ne savais pas?

Il flanqua les sacs sur le plan de travail.

— Puisque tu adores cet endroit, tu n'as qu'à t'y installer.

L'aisance avec laquelle son fils avait prononcé cette déclaration trahissait ses convictions les plus intimes. Paul savait que ses parents ne se remettraient plus jamais ensemble. Les enfants de la paroisse dont les parents divorçaient n'aspiraient pourtant qu'à être de nouveau réunis sous le même toit.

— Et toi, où habiteras-tu? demanda-t-elle.

— Je voulais dire : quand j'aurai fini mes études, riposta-t-il rapidement.

— Au lycée ou à l'université?

Le jeune homme esquissa un sourire penaud.

— Tout dépendra de l'université dans laquelle je serai accepté.

Paul était affecté par la maladie de tous les adolescents de son âge : l'égocentrisme. Attendre de lui une autre attitude paraissait impensable. Katherine plia le sac de papier brun avant de le ranger dans un tiroir.

— Ne t'inquiète pas. Je n'irai nulle part tant que ton frère et toi...

— Coucou! Où êtes-vous? fit la voix de Michael.

— Dans la cuisine, répondit sa mère.

La figure de Paul s'illumina.

— Salut! s'exclama-t-il. Maman a dit que tu rendrais visite à Allison. Je ne t'attendais pas avant demain matin.

— Je n'y suis pas resté, étant donné que plus rien ne me retenait là-bas.

286

— Depuis quand? voulut savoir Katherine.

— Depuis que j'ai emmené Allison avec moi.

— Bonsoir, madame Williams, dit la jeune fille. Il n'y a pas de problème, j'espère? Je voulais téléphoner, mais Michael m'en a empêchée.

— Mais il n'y a aucun problème, lui assura Katherine, en s'efforçant de cacher son enthousiasme.

Pour avoir Paul et Michael auprès d'elle, elle aurait volontiers invité tous leurs amis.

— Vous restez jusqu'à quand? interrogea Paul.

— Allison doit rentrer lundi.

La figure étroite de Paul s'éteignit d'un seul coup; une ombre de déception obscurcit ses yeux.

— Génial! feignit-il de jubiler.

— Allison n'est jamais allée sur la promenade, déclara Michael. Nous irons tous demain, si vous êtes d'accord.

Katherine adressa à son aîné un sourire complice. Elle savait pourquoi il agissait ainsi et ne l'en aimait que davantage.

— C'est une merveilleuse idée, approuva-t-elle.

Le week-end fut presque parfait. Chacun fit de son mieux pour le rendre agréable. Cependant, même la pétillante Allison ne suffit pas à masquer l'absence de Brandon. Le moment le plus rude se produisit le dimanche. Michael suggéra de ne pas aller à la messe pour visiter Big Sur. Tous opinèrent, chose impensable du temps de Brandon.

Le lundi matin, les trois jeunes prolongèrent le petit déjeuner autant qu'ils le purent. Ensuite, ils s'en allèrent. Katherine agita le bras en signe d'au revoir jusqu'à ce que les feux arrière de la Honda de Michael aient disparu dans le brouillard. Retourner dans la maison vide augmenterait la sensation de solitude qui l'envahissait peu à peu.

Alors, malgré l'air frais et sa tenue légère, elle prit le chemin de la plage.

Peter arriva une demi-heure plus tard. Sa priorité fut de se rendre au chalet, afin de repérer des signes révélateurs de la présence de la famille Williams. N'en décelant aucun, il regagna son atelier où il défit ses bagages. Après un voyage de deux mois, la chaleureuse atmosphère de son cottage l'enveloppa de manière sécurisante. A chaque retour, il se demandait pourquoi il vivait ici, alors qu'il pouvait s'offrir plus d'espace sous des cieux plus cléments. La réponse s'imposait alors à son esprit : ici, il se sentait chez lui. Dans ce coin perdu, il pouvait travailler sans se laisser distraire par les mondanités et les lumières aveuglantes des galeries d'art.

Et puis un autre avantage le frappa : durant tout le mois d'août, il se trouverait à trois minutes à pied de l'inaccessible rêve qui avait pour nom Katherine Williams.

En remontant les stores de l'atelier, il contempla la nappe de brouillard sur l'océan. Il y avait peu d'espoir que le temps se dégage aujourd'hui. Mais après soixante jours d'ensoleillement perpétuel dans les six Etats et les deux continents qu'il avait parcourus, la grisaille présentait un contraste agréable. Sur le chevalet trônait encore le croquis d'une loutre de mer et de son petit. Il l'avait réalisé avant son départ et comptait s'en inspirer pour une aquarelle destinée à une vente de charité à San Francisco. Confronté à son œuvre, il pinça les lèvres. Il n'avait pas encore trouvé un équilibre satisfaisant entre les formes.

De Santa Cruz à Monterey, la loutre de mer incarnait la mascotte préférée des touristes. On en trouvait de multiples sortes dans toutes les boutiques de souvenirs de la région : statuettes de bronze, bibelots de verre, cartes à jouer, cartes postales, peintures. Cependant, depuis des années, Peter rêvait de représenter à sa manière la longue silhouette luisante de cette créature agile. Il souhaitait la définir autrement, créer du jamais-vu.

Il posa une feuille à dessin vierge sur le chevalet, la consolida à l'aide de pinces, puis laissa sa main armée d'un fusain courir sur la surface blanche. Peu après, une loutre surgit sous ses doigts, au milieu d'un fouillis de varechs. Le dessin prit vite une tournure qui lui plaisait.

Un grattement à sa porte lui arracha un juron. Habituellement, il n'ouvrait à personne quand il travaillait, mais cette fois-ci la curiosité eut raison de lui. Le crayon gras à la main, le front plissé par l'effort de concentration, il ouvrit le battant.

Katherine recula d'un pas devant sa physionomie austère.

— Je rentrais chez moi... J'ai vu votre voiture et je me suis arrêtée pour vous dire bonjour... Excusez-moi, je vous dérange, je reviendrai plus tard.

La partie la plus pragmatique du cerveau de Peter refusa d'enregistrer ce qu'il voyait. La fatigue avait dû avoir raison de ses forces, il s'était endormi à son chevalet et rêvait que Katherine était là. Il n'y avait pas d'explication plus raisonnable.

Pourtant, l'apparition se rapprocha pour le regarder sous le nez.

— Peter? Est-ce que ça va?

Bon Dieu! C'était bien elle.

— Euh... oui. Vous m'avez simplement surpris en pleine inspiration... Je ne vous attendais pas avant lundi prochain.

— J'ai décidé de venir plus tôt cette année.

— Comment vont les garçons? Et Brandon?

L'ombre d'une hésitation apparut sur les traits de Katherine, qui répondit d'une voix exagérément chaleureuse :

— Ils vont merveilleusement bien. Et ils sont très occupés. Tellement, que je ne sais même pas s'ils descendront au chalet.

Chaque été, Peter se laissait surprendre par la beauté de Katherine. Il aimait ses cheveux auburn, qui ondulaient naturellement, et que le brouillard rendait plus vaporeux. Son regard était doux quand elle souriait, et elle avait une façon charmante de vous observer en penchant la tête sur le côté. Chaque année, le peintre découvrait une nouvelle chose, un nouveau trait, qui lui tenait lieu de souvenir jusqu'à l'été suivant.

— Entrez donc, murmura-t-il, embarrassé.

Il s'effaça pour la laisser passer.

— Voulez-vous boire quelque chose ? Du café ? Il me reste quelques sachets de thé que j'ai conservés depuis la dernière fois que vous êtes venue.

— Non, merci.

Dans le salon, elle s'assit dans le fauteuil Voltaire, devant la cheminée.

— La pièce a changé, remarqua-t-elle.

— Le buffet et le tapis sont nouveaux. J'ai assisté à une vente de charité et, vous savez ce que c'est, j'ai été pris au piège des enchères.

Il voulut s'asseoir dans le fauteuil voisin mais, se ravisant, prit place sur le canapé, un peu plus loin. C'était la première fois que Katherine lui rendait visite sans Brandon ou l'un de ses fils, et il ne voulait pour rien au monde qu'elle surprenne une expression suspecte sur son visage.

— Etes-vous sûre que vous ne voulez rien boire ?

— En fait, je suis venue vous demander si vous voulez dîner avec moi ce soir. J'ai oublié que je serai seule toute la semaine et j'ai fait un poulet à la cocotte assez gros pour nourrir un régiment.

— Où sont les enfants?

Elle eut un sourire un peu maussade.

— Les enfants ont grandi. Michael, qui reprend ses études dans deux semaines, préfère maintenant Allison, sa petite amie, à sa mère. Paul a dégoté un job d'été à l'épicerie de Woodland... et il est tombé amoureux fou de la fille de l'épicier. J'aurai de la chance si je le revois de tout mon séjour, celui-là.

— Et Brandon? s'enquit poliment Peter.

— Il a un jeune pasteur comme assistant et le met au courant de tout.

Elle se tortilla dans le fauteuil, les yeux rivés sur ses mains. Peter se surprit à supposer que quelque chose ne tournait peut-être pas rond chez les Williams. Katherine le regarda soudain avec un sourire désarmant.

— Vous connaissez Brandon. Il aime penser que le Bon Dieu ne peut se passer de ses services.

— Ainsi vous serez seule ici... pendant tout le mois?

— Il semble bien que oui.

La certitude que le mois à venir serait le meilleur ou le pire de sa vie assaillit Peter.

3

Katherine ferma la porte et s'adossa au battant. Les pas de Peter décrurent dans la nuit. Le dîner avait été une réussite ; exactement ce qu'il lui fallait pour oublier, ne serait-ce que momentanément, que l'an passé, au même endroit, à la même heure, elle se croyait comblée. La culpabilité la taraudait. Elle avait menti à Peter ; un mensonge par omission. Elle avait pris la décision de passer sous silence sa séparation d'avec Brandon sur une impulsion. Voilà des mois que les gens bien pensants la bombardaient de questions insidieuses, avec des mines de circonstance et des regards par en dessous. Elle ne voulait pas que Peter se comporte de la sorte. Katherine avait désespérément besoin d'un peu de normalité ; même pour un mois.

Normalité. Une blague ! Elle ignorait à présent la signification de ce mot. Ils avaient été normaux jadis, quand ils formaient une famille, quand Brandon la considérait comme un deuxième don du ciel, après sa vocation. Etre la deuxième était égal à Katherine. Comment aurait-elle pu être jalouse de Dieu ?

Issue d'une famille qui consacrait ses dimanches au football, elle avait dû travailler dur pour devenir une parfaite épouse de pasteur. Elle était trop jeune à l'époque pour s'apercevoir que Brandon jouait les Pygmalion. Seule la transformation de la pécheresse en sainte le passionnait. L'accomplissement du défi avait émoussé son intérêt. Ensuite, l'ennui s'était installé entre les deux conjoints.

C'était ainsi qu'il lui avait présenté le sujet de ses préoccupations le soir où il l'avait priée de quitter le logement que l'Eglise avait mis à leur disposition. Ce n'était pas faute d'avoir combattu sa lassitude, avait-il ajouté, mais rien n'y faisait. Combien de nuits n'avait-il pas passées en prières ? Hélas, aucune réponse n'était venue d'en haut. Il se surprenait, parfois, à avoir pour de braves paroissiennes des pensées coupables, des désirs qu'il n'aurait dû ressentir que pour son épouse...

Brandon n'avait pas tardé à mettre sur le dos de sa femme ces désirs innommables. La faute incombait à Katherine, qui avait laissé s'éteindre l'étincelle de leur union. Les rapports sexuels entre les époux étaient devenus pure formalité, le compagnonnage, l'amitié, la complicité, inexistants.

Les fidèles avaient merveilleusement soutenu le couple en péril, et Brandon en particulier. Nul n'avait soufflé mot contre Katherine mais, à l'évidence, tous pensaient qu'elle souhaitait la séparation. Naturellement, Brandon avait essayé de démentir cette rumeur. Il avait même déclaré, lors du sermon dominical, que la décision avait été prise d'un commun accord ; mais personne ne l'avait cru. Le révérend Williams, qui n'avait jamais tourné le dos à personne, ne pouvait pas avoir pris l'initiative d'abandonner sa femme.

A la demande de Brandon, Katherine avait cessé de fréquenter les offices à partir du jour où elle avait déménagé dans un trois-pièces en ville : un appartement affreusement étriqué, au loyer modeste. Elle avait repris des études grâce à une bourse et ne pourrait pas payer plus cher tant qu'elle n'aurait pas un emploi.

Cet été, pour la première fois de leur vie, Michael et Paul avaient partagé la même chambre à coucher. Après quelques semaines, n'y tenant plus, Michael était retourné chez son père ; Katherine avait ressenti cette décision comme un échec supplémentaire.

Elle jeta un coup d'œil à la pendule qui égrenait son tic-tac monotone sur la cheminée. Il était presque minuit. Elle n'avait pas sommeil. Si elle allait se coucher, elle était bonne pour une nuit blanche.

Elle inspecta les livres sur les étagères. Des thrillers, dont Ken était friand. Mais pas elle. Margaret Sadler avait laissé plusieurs romans sentimentaux. Katherine en prit un, jeta un coup d'œil au titre et le remit en place. Elle n'allait pas se réjouir du bonheur de l'héroïne, alors qu'elle-même avait raté l'essentiel !

Elle opta finalement pour une biographie de Doris Duke, une femme qui ne lui ressemblait en rien. Elle ouvrit la porte coulissante pour entendre le bruit des vagues, se pelotonna sur le canapé blanc et se plongea dans sa lecture.

Plusieurs heures plus tard, la nuque raide, grelottant malgré le châle afghan qu'elle avait jeté sur ses épaules, elle alla enfin se coucher.

Bizarrement, juste avant qu'elle sombre dans le sommeil, ses pensées voguèrent vers Peter.

Il représentait exactement l'ami dont elle avait besoin en ce moment. Le compagnon avec lequel on partage un repas, on fait une promenade, sans s'entendre poser mille questions indiscrètes ou prodiguer des conseils. Quelqu'un à qui elle ne penserait plus les onze mois suivants.

Deux jours s'écoulèrent avant que Peter se montre. Il avait tout tenté dans l'espoir de provoquer une rencontre fortuite, sans résultat. Ce n'était pas faute d'avoir surveillé la plage aux jumelles et d'être passé et repassé devant le chalet ! Finalement, il avait fini par venir sonner à sa porte.

Katherine lui ouvrit, vêtue d'un maillot de bain une pièce bleu marine, les cheveux coiffés en une longue natte, des lunettes noires posées sur le haut de la tête, et une serviette éponge sur le bras.

— Bonjour, Peter. J'étais sur le point d'aller à la plage pour une séance de bronzage. Ce n'est pas très bon, je sais, mais j'aime ça.

Elle eut un sourire à faire pâlir de jalousie les modèles de marques de dentifrice.

— Je commençais à craindre que le brouillard ne se lève plus jamais.

Peter se demanda s'il existait un endroit en enfer réservé aux hommes qui convoitent les épouses des pasteurs.

— Je vais en ville aujourd'hui. Voulez-vous venir avec moi, si vous n'avez rien de mieux à faire ? proposa-t-il.

— A quelle heure ?

Elle balaya sur sa joue une frisette qui avait échappé à sa natte. Ce mouvement tendit le tissu du maillot sur son sein, et Peter se fit violence pour regarder ailleurs.

— Vers midi ?

Comme elle ne répondit pas tout de suite, il se hâta d'ajouter :

— Ou plus tard, bien sûr. Mais je me suis dit que nous pourrions nous arrêter quelque part pour déjeuner.

— Midi, c'est parfait.

— Formidable ! dit-il en s'efforçant de bannir l'excitation de sa voix. A tout à l'heure.

Alors qu'il aurait dû tourner les talons, il la fixa malgré lui sans un mot.

— Où nous retrouverons-nous ? demanda-t-elle.

— Pardon ?

— Voulez-vous que nous nous donnions rendez-vous quelque part ?

— Ah ! Je passerai vous chercher.

Elle fit mine de refermer la porte mais la rouvrit aussitôt.

— Et que faites-vous, dans l'immédiat ? se renseigna-t-elle.

Il allait rentrer chez lui et essayer d'ôter de son esprit l'image de cette superbe femme en maillot de bain.

— Rien d'important. Pourquoi ?

— Je sais que pour vous, qui vivez ici toute l'année, cela n'a rien d'excitant mais, comme il fait très beau, pourquoi ne pas venir sur la plage avec moi... exceptionnellement, bien sûr.

Il ne devait absolument pas marcher dans cette combine.

— Oui, pourquoi pas ? Je vais chercher mon maillot.

— Avez-vous une serviette de plage ?

— Je ne crois pas.

— J'apporterai celle de Paul.

Peter longea en courant le chemin de son cottage. Tel le flux et le reflux, ses pensées se répétaient indéfiniment. La voix de sa conscience lui délivrait toujours le même message. Il n'avait pas le droit de prendre des bains de soleil avec une femme mariée, pas plus que de l'inviter à déjeuner en ville. Ce n'était pas sain. Et de surcroît, c'était stupide.

Il revint après avoir enfilé son bermuda.

Katherine eut heureusement le bon goût de ne pas lui demander d'étaler de la crème solaire sur son dos. Ils restèrent un moment côte à côte sur le sable dur et granuleux, ce qui permit à Peter de couler un regard de biais vers Katherine. Il n'avait pas besoin de la toucher pour deviner la douceur de sa peau, ou la façon dont le duvet presque invisible de ses bras lui caresserait les lèvres. Comme tous les artistes, c'était un homme tactile.

Katherine roula sur le côté et se hissa sur un coude.

— Quand avez-vous su que vous vouliez devenir peintre?

La main en visière, il leva le regard sur elle.

— Très tôt. Depuis toujours, je crois.

— Et quand avez-vous compris que vous gagneriez votre vie grâce à votre art?

Il sourit.

— Le jour où un amateur a mal lu le prix sur une de mes aquarelles, à l'exposition du foyer des artistes du village, et qu'il a payé sans broncher dix fois le prix d'un paysage, ma foi, très ordinaire.

— Comment décide-t-on de se mettre à peindre?

C'était la première fois que Katherine le questionnait sur son travail.

— On le sent. C'est indispensable. Et cela constitue aussi un défi.

— J'ai réalisé une peinture, une fois. Une croûte affreuse.

— Vous êtes trop sévère avec vous-même. Ou alors vous vous attendiez à quelque chose de grandiose.

Katherine éclata de rire.

— Non, je vous assure. C'était horrible. Mais je n'ai pas tout perdu. J'ai appris à apprécier ceux qui ont du talent. Comme vous, acheva-t-elle, les yeux étincelants.

— Vous n'avez jamais rien vu de mes œuvres.

— Si! Dans une galerie de San Francisco, où je me suis d'ailleurs donnée en spectacle. Brandon a failli avoir une attaque quand j'ai commencé à dire à tout le monde que je connaissais l'artiste.

— Et si je vous demandais de poser pour moi? dit-il aussi tranquillement que s'il s'était agi d'une banalité.

— Parce que je vous intéresse ou parce que vous relevez un nouveau défi?

— Les deux.

— Je ne sais pas... Poser est tellement narcissique.

— Pas quand c'est moi qui peins.

— Ne me dites pas que vous traversez une période cubiste, comme Picasso.

Un rire échappa à Peter.

— Non, rien d'aussi spectaculaire. Je peins ce que je vois, y compris les comédons.

— Je n'en ai pas... J'ai seulement quelques taches de rousseur.

— Eh bien?

Il ferma les paupières, afin de dissimuler combien la réponse lui importait.

— Je ne sais pas pourquoi vous voulez peindre quelqu'un comme moi. Mais si vous êtes sérieux, je suis partante.

Peter rouvrit les yeux.

— Peut-on commencer demain?

— Sans problème. Paul ne descend pas à Santa Cruz; il a changé ses horaires à l'épicerie.

— Et Brandon?

— Il ne vient pas non plus, dit-elle, sans autre explication.

Une incroyable vague de plaisir mêlé de culpabilité inonda Peter à la pensée qu'il aurait Katherine pour lui tout seul jusqu'à la fin de la semaine. S'il achetait le chalet à Julia, il ferait en sorte que les Williams continuent à bénéficier d'un mois de location.

— Ce n'est pas trop difficile ? s'enquit-elle. De garder la pose, j'entends.

— Je l'ignore. Je n'ai jamais essayé.

— Et si je bouge ?

— Tout sera à refaire.

Elle écarquilla les yeux.

— Oh... Je ne suis pas sûre d'y arriver...

Peter posa la main sur le bras de sa voisine en riant.

— Je plaisante ! Je vous promets que vous ne souffrirez pas.

Il n'aurait pas dû la toucher. La brûlure de son bas-ventre irradia dans tout son corps.

— Je vais plonger, annonça-t-il. Vous venez ?

Je vous en supplie, dites non ! pria-t-il mentalement.

Katherine consulta sa montre.

— Non. Je monte me préparer.

— Alors à plus tard.

D'un pas rigide, Peter se dirigea vers la mer. Sans se donner la peine de s'habituer à la température de l'eau, il fit un plongeon dans la première vague qui déferla. Ensuite, il se mit à nager à contre-courant jusqu'à ce que tous ses membres soient engourdis par le froid. Si seulement son esprit en ébullition pouvait suivre le mouvement !

4

Katherine portait une robe de plage à rayures bleues et jaunes, un peu trop grande. Les bretelles glissaient sur ses épaules au moindre mouvement, le décolleté bâillait chaque fois qu'elle se penchait sur son assiette pour piquer une feuille de salade.

Elle surprit Peter en train de l'admirer.

— J'ai perdu du poids sans m'en rendre compte, s'excusa-t-elle. J'espère que mes autres vêtements m'iront mieux.

Elle remonta ses bretelles, redressa les épaules.

— J'ai vécu en jean et en short tout l'été.

— Rien de spécial côté paroisse, je présume?

Il s'était efforcé de poser une question prudente, voire anodine. Il déplaça sa chaise afin de permettre à son voisin de table d'abriter la sienne du soleil. La brasserie sur Pacific Avenue était noire de monde, mais il l'avait choisie en conséquence. Ici, sa sortie avec Katherine faisait nettement moins « rendez-vous d'amoureux » que dans un des restaurants à l'ambiance feutrée de la ville.

— Je crois bien que c'est la première fois que je mets une robe depuis...

Elle s'interrompit, comme si elle avait perdu le fil de

ses pensées. En fait, elle avait eu peur de commettre une gaffe.

— Nous avons battu tous les records de chaleur, cet été, dit-elle finalement.

Peter hocha la tête. Il avait cessé de pratiquer depuis le lycée, mais il lui semblait bizarre que les choses aient évolué au point qu'une épouse de pasteur se promène en jean et en short à Woodland. Il rompit le pain croustillant qui accompagnait sa salade aux fruits de mer et s'appliqua à le beurrer. Au bout d'un moment, il brisa le silence.

— Vous avez bien fait de venir, après tout.

Katherine grimaça un sourire inquiet.

— Pourquoi «après tout»?

— Je voulais dire seule, sans Brandon et les garçons.

Brandon n'avait jamais passé le mois entier à Santa Cruz. Il arrivait le lundi et repartait le vendredi pour préparer son prêche du dimanche. En revanche, les fils Williams restaient avec leur mère au chalet où ils recevaient une ribambelle de copains et de copines.

Katherine pêcha un pépin de tournesol dans sa salade et le lança à un pigeon qui déambulait parmi les tables.

— Je sais que ça ne se fait pas, dit-elle en souriant.

— Mais?

— J'aime les pigeons. Ce sont des créatures étonnantes. Les derniers survivants urbains se nourrissant de miettes et d'eau renversée...

Peter se cala dans sa chaise.

— Et vous êtes sérieuse!

Une rougeur délicate colora le visage de Katherine.

— Mais pas folle. J'ai de la distance, voyez-vous. C'est du reste la raison pour laquelle je ne parle presque jamais de pigeons.

Au fond de son subconscient, Peter avait formulé

l'espoir absurde que mieux connaître Katherine le guérirait de son engouement Fatalement, le quotidien révélerait des failles, des défauts qu'il n'avait pas remarqués. Elle deviendrait alors une femme comme tant d'autres, et il serait libéré. Hélas, même au quotidien, Katherine se révélait exceptionnelle.

— Vous n'êtes pas la seule, vous savez. Il existe un tas d'amis des pigeons dans le monde. Des gens dévoués qui vont les nourrir et les abreuver.

Elle sourit.

— Je suis surprise que les adeptes de ces oiseaux extraordinaires n'aient pas encore mis au point des voyages organisés.

— Qu'en savez-vous?

— Il n'y a pas de cars de tourisme en face de mon appartement.

Tiens donc! Elle vivait dans un appartement! Peter avait pourtant eu l'impression que l'Eglise de Brandon procurait de meilleurs logements de fonction à ses pasteurs... Il aurait mis sa main au feu qu'il les avait déjà entendus évoquer une maison avec jardin. Il préféra cependant ne pas insister.

— Je me demande où sont partis les pigeons après le tremblement de terre, dit-il, amusé par leur jeu.

— Je me pose la même question, répondit Katherine en jetant un regard circulaire aux tours qui bordaient l'avenue. Ici, on a peine à croire qu'il y a quelques années, c'était le chaos.

— Quelle tristesse que d'assister à la destruction de tous les immeubles d'époque!

— Où étiez-vous pendant le dernier tremblement de terre?

C'était une question typiquement californienne, qui

302

donnait à de parfaits étrangers l'illusion d'une expérience commune.

— Je traversais les faubourgs de San Jose en voiture. Je revenais de San Francisco, où j'avais assisté à un de mes vernissages. J'ai écouté pendant cinq heures les bulletins d'information. Au dire des journalistes, tout avait été rasé dans la région.

— Vous avez mis cinq heures pour parcourir cinquante kilomètres ?

— Je m'étais arrêté.

— J'aurais fait la même chose. Y a-t-il eu des dommages chez vous ?

— Deux fenêtres brisées, des fissures dans les murs, mais rien de comparable à ce qui s'est passé ici. Toutes les maisons autour de la baie ont été détruites.

— Michael souhaitait s'inscrire à l'université de San Jose, mais je l'ai découragé. Evidemment, je ne lui ai pas donné la véritable raison, sous peine de m'entendre traiter de folle. Il pense qu'un véritable Californien vit avec les tremblements de terre. Alors j'ai triché. Je lui ai suggéré de s'éloigner le plus possible de la maison s'il avait envie de conquérir son indépendance... Et qu'a-t-il fait ? Je vous le donne en mille ! Il est parti pour le Kansas, en plein pays des tornades !

Elle étouffa un petit rire, et Peter lui sourit.

— Est-ce qu'il se plaît à l'université ?

Le visage de Katherine s'éclaira, et la fierté brilla dans ses yeux, comme toujours lorsqu'elle parlait d'un de ses fils.

— Au début, il s'est senti un peu perdu. Maintenant, il adore ses cours. Surtout depuis qu'il a décidé de passer sa maîtrise.

— Se destine-t-il à l'Eglise ?

Katherine sirota une gorgée de thé glacé avant de répliquer :

— C'était une idée de Brandon. Dieu merci, Michael a suffisamment de bon sens pour suivre son propre chemin.

— Ce travail ne lui convient donc pas ?

Elle jeta un autre pépin au pigeon, ce qui suscita un rictus réprobateur au coin de la bouche d'une des clientes du restaurant.

— Pas plus qu'à moi.

— Ah bon ? Je vous imaginais comme la parfaite candidate à ce poste.

Surprise, elle cligna des paupières.

— Moi ? Et pourquoi ?

Eric devait faire attention à séparer ses sentiments d'un simple avis amical.

— Vous aimez les gens, vous êtes gentille avec eux... Vos croyances sont naturelles. Vos paroissiens apprendraient autant de votre exemple que de vos discours.

— Il y a longtemps que vous n'êtes pas entré dans un temple, Peter ?

— Très très longtemps, admit-il.

— Ce sont les discours qui plaisent au public. Je n'ai rien de commun avec une assemblée qui se réunit tous les dimanches dans le seul but d'écouter de belles paroles.

Si elle avait été prédicatrice, il n'aurait pas manqué l'office un seul dimanche. Il posa ses mains sur ses genoux, la regarda dans les yeux.

— On y va ?

— Où ça ?

— A la boutique. Il me faut des pinceaux pour attaquer mon chef-d'œuvre.

Elle mit plusieurs secondes à comprendre de quoi il parlait, puis rougit légèrement.

— Allez-vous aussi utiliser du papier neuf?

— Oui.

Peter contourna la table mais se ravisa avant de tendre la main à Katherine. Ne pas toucher! Pas même par hasard. Il la désirait avec une telle fougue qu'il n'osait même pas l'approcher. Il paya l'addition, et ils quittèrent côte à côte la terrasse de la brasserie.

Dans la rue, elle indiqua une librairie.

— J'y ferais bien un saut, si vous n'êtes pas trop pressé. Je n'ai plus rien à lire au chalet.

— Allez-y, je vous rejoins. J'ai quelque chose à régler.

Il la trouva dans l'aile concernant la littérature populaire, en train de parcourir la quatrième de couverture d'un livre de poche. Sitôt qu'il l'aperçut, il se dit qu'il avait commis une erreur. En la laissant, il s'était précipité chez le fleuriste. Il n'avait pas le droit de lui offrir des fleurs, et tant pis pour toutes les excuses qu'il avait imaginées. Il commença à battre en retraite vers la corbeille à papier, quand elle leva les yeux.

Refermant le roman, elle le mit sous son coude, avec un autre récit qu'elle avait choisi.

— Je paie et nous partons.

Il fit semblant de feuilleter un livre d'art pendant qu'elle se dirigeait vers la caisse. Elle avait vu le bouquet. Il n'avait plus qu'à le lui donner, en rendant ce présent le plus anodin possible.

— Je suis en admiration devant les créateurs, dit-elle, revenant près de lui, et regardant elle aussi le livre d'art. Dans ma seconde vie, je serai actrice... non! Chanteuse.

— Vous croyez à la réincarnation?

— Pas vraiment... C'est ma façon de me plaindre de mon manque absolu de talent pour les choses les plus ordinaires.

— Qu'est-ce que vous racontez? Vous êtes la femme la plus extraordinaire que je connaisse.

Croyant qu'il la taquinait, elle ébaucha une révérence.

— Et vous, le plus galant de mes amis.

Etait-il possible qu'elle ait une si mauvaise image de sa personne? Elle qui possédait la capacité de remonter le moral des autres? Et Brandon? Ne comprenait-il pas qu'il était l'homme le plus chanceux sur terre?

Se sentant ridicule avec son bouquet, il le lui tendit.

— Oh! Elles sont pour moi?

— Elles vont avec votre robe.

Elle regarda les roses thé, comme si elle s'attendait à les voir disparaître.

— Personne ne m'a jamais offert de fleurs.

— Jamais?

Elle devait vouloir dire «sans raison particulière».

— Pas même à l'hôpital, quand j'ai eu mes bébés. Brandon ne croit pas aux démonstrations...

Elle porta le bouquet à son visage pour en humer le parfum.

— Il n'y croit pas du tout. Quand Michael et Paul sont nés, il a demandé aux paroissiens de n'envoyer aucun cadeau, mais seulement des donations aux bonnes œuvres. C'est le genre ni fleurs ni couronnes et il l'a fait savoir à tous dès qu'il est devenu pasteur. Nous avons perdu quelques fleuristes, mais le reste des ouailles a retenu la leçon. Pour Brandon, dépenser de l'argent pour quelque chose d'aussi éphémère, alors qu'on peut avec la même somme nourrir une famille du tiers-monde pendant un mois, confine au péché. On aurait pu penser que les dons à l'assistance publique augmenteraient... mais non.

— Et maintenant, comment vous sentez-vous?

Elle eut un sourire empreint de plaisir coupable.

— Bien, murmura-t-elle. Très, très heureuse...

C'était si simple.

Il se demanda si Brandon avait une vague idée de ce que lui coûterait peut-être un jour son comportement intraitable.

5

Katherine se regarda dans le miroir de la penderie. Peter lui avait recommandé de s'habiller simplement. Il avait précisé que c'était elle qu'il allait peindre, pas ses vêtements. Elle avait essayé les quatre robes qu'elle avait apportées, mais aucune ne lui allait. Comment avait-elle pu perdre autant de kilos sans même s'en rendre compte ? Un an plus tôt, Brandon la trouvait trop grosse, empotée et sans attrait. Elle avait accepté de poser sur une impulsion, sans prêter attention aux conséquences. A présent, y penser l'angoissait terriblement. Peter pourrait juger son portrait inintéressant, invendable. Les modèles étaient supposés être jolis ou, du moins, différents des autres femmes.

Katherine s'estimait ordinaire. A en croire Brandon, elle était même terriblement ennuyeuse. Pour une raison qui lui échappait, Peter ne voyait pas cet aspect de sa personnalité. Probablement parce qu'il ne la connaissait encore pas assez.

En revanche, si le portrait était vendu et que le modèle devenait célèbre... Si cela suscitait le genre de spéculations qui avaient entouré Andrew Wyeth et ses portraits d'Helga? Eh bien, à la grande satisfaction de Brandon, elle serait incapable d'expliquer un tel succès.

Bon Dieu, elle filait un mauvais coton. La paranoïa la guettait. Avait-elle tellement envie d'un peu d'excitation dans sa vie pour laisser libre cours à une imagination débridée?

Elle s'assit sur le bord du lit. Quel point commun y avait-il aujourd'hui entre la jeune fille espiègle, invitée à toutes les fêtes, et la femme morose dont les seules amies fréquentaient le temple dont son mari lui avait interdit l'accès? Peut-être n'était-elle pas la femme unidimensionnelle que Brandon décrivait. Le sexe avec lui n'avait jamais rien eu à voir avec les étreintes torrides montrées au cinéma ou décrites dans les livres. Chaque fois qu'elle lui avait suggéré de faire l'amour autrement, par exemple ailleurs que dans le lit, ou dans une autre position que celle du missionnaire, elle n'avait récolté que des critiques acerbes. La discussion qui s'ensuivait généralement tuait tout désir en elle. C'était une élève lente. Et elle avait mis longtemps à comprendre que Brandon préférait des rapports sexuels aussi prévisibles et aussi routiniers que sa propre existence.

Du moins l'avait-elle cru.

Si elle avait essayé de découvrir ses véritables besoins, elle n'aurait pas eu à affronter un divorce en rentrant à Woodland. Mais Brandon en avait décidé ainsi. Katherine ne savait plus où elle en était. Elle se sentait aussi abasourdie que si elle avait consulté pour une verrue plantaire et avait appris qu'il ne lui restait pas plus de six mois à vivre.

Elle jeta un coup d'œil à la petite pendule près du lit. Elle avait cinq minutes pour se changer et se rendre à l'atelier de Peter.

Peter savait très exactement comment il allait la peindre. Des années durant, il l'avait représentée dans des croquis qu'il dessinait de mémoire, le plus souvent dans un décor marin. Trois de ces dessins avaient figuré dans des expositions, dans un cadre orné d'une pastille rouge, comme s'ils étaient déjà vendus.

Il avait espéré que ces exercices auraient un effet libérateur et qu'à force de peindre et de repeindre le même sujet, il parviendrait à chasser le modèle de ses pensées. Or, cela ne s'était jamais produit.

Toutes ces années avaient cependant abouti à une résignation qui l'avait apaisé. Il l'aimait. Il l'aimerait jusqu'à la fin de ses jours. Le soleil se lèverait chaque matin, la marée couvrirait la plage et se retirerait, le brouillard tomberait et se dissiperait, et il aimerait toujours Katherine. C'était simple, indiscutable, absolu.

Elle arriva dans une robe bleu céruléen au col arrondi et aux manches courtes, ajustée sous les seins, tombant sur les chevilles. Les bras écartés, elle esquissa un tour sur elle-même.

— Est-ce que cela vous convient?

— C'est parfait, dit-il, le cœur battant.

— J'ai une faveur à vous demander.

— Tout ce que vous voulez.

— Ne dites pas aux garçons que j'ai posé pour vous. Ils risquent d'être choqués.

— Et Brandon?

— Je ne... crois pas que le sujet se présentera, répondit-elle après une hésitation.

— Mais s'il se présente?

— Alors je lui dirai la vérité.

Forcément! Qu'est-ce qu'il s'imaginait? Qu'elle allait mentir à son mari?

— Serait-il fâché de savoir que vous avez posé pour moi?

Elle enfouit les mains dans les poches de sa robe.

— Ne vous en faites pas, Peter. Brandon ne viendra pas de tout l'été.

Quel sombre crétin! Il semblait inconcevable à Peter que l'on puisse délaisser pendant un mois entier une épouse comme Katherine.

— Avant de commencer, voulez-vous boire quelque chose?

— Un verre d'eau. Mais je peux aller le chercher.

Elle pointa un doigt vers l'autre bout de la pièce.

— La cuisine est par là, si je me souviens bien?

— Je vais vous l'apporter.

— Non, je vous en prie. Je n'aime pas être servie.

Il lui jeta un regard interrogateur auquel elle répondit par un haussement d'épaules, l'air de dire qu'elle n'en savait pas plus.

— Et vous? Vous ne voulez rien? proposa-t-elle.

— Non merci. Je viens de prendre une tasse de café.

Elle s'en alla à petits pas rapides, et Peter se fit la réflexion qu'elle avait l'air d'avoir toujours vécu là. Après quoi, il se traita d'idiot. Aimer Katherine avait été un accident. Imaginer des choses inexistantes et qui n'arriveraient jamais semblait aussi insensé que nager les chevilles entravées de poids.

Elle revint avec un verre d'eau.

— Où voulez-vous que je me mette?

— Sur le parapet de la fenêtre. Nous essaierons plusieurs poses. De profil en regardant la mer, de face, peut-être les yeux fixés sur un interlocuteur invisible.

Elle s'assit sur le coussin et ramena une jambe sous elle.

— Pas mal, approuva-t-il. Oui, c'est très naturel.

Tournée vers la fenêtre, elle laissa son regard errer en contrebas sur les vagues bouillonnantes.

Le soleil éclairait le bas de sa robe. L'ombre et la lumière créeraient différents contrastes suivant les heures de l'après-midi, offrant ainsi à Peter des perspectives changeantes. Il devait dessiner vite pour capter celle qu'il choisirait. Plus tard, il reprendrait les croquis, mais pour le moment seule importait la lumière, la façon dont elle bougerait sur le corps de Katherine, puis illuminerait ses cheveux et donnerait de la texture à sa peau.

Les aquarelles de Peter étaient aussi travaillées que des huiles. Ses mélanges audacieux de peinture à l'eau, de cire, de vernis, d'acrylique ou de gouache avaient choqué les puristes à ses débuts. Mais il ne peignait pas pour plaire aux critiques. Il peignait pour lui-même.

Il commençait toujours par un ou plusieurs croquis et n'utilisait jamais les photos, qui figent le mouvement. Souvent, derrière ses dessins, il griffonnait des notes, afin de mieux se rappeler un détail. Aujourd'hui, il n'en aurait pas besoin.

Katherine se tourna vers lui.

— Oh! Pardon! Vous avez déjà commencé.

Elle reprit sa pose initiale.

— Je voulais juste vous parler de l'oiseau sur votre haie.

— Eh bien?

Elle répondit en s'efforçant de ne pas remuer les lèvres.

— Ça peut attendre.

Il sourit.

— Mettez la main sur votre genou.

Elle s'exécuta.

— Comme ça?

— La paume vers le haut. Là.

Il étudia l'effet un instant.

— Ne bougez pas. Je reviens.

Il sortit, cueillit une capucine orange, revint en courant et la posa dans la main de son modèle.

— Dorénavant, vous ne poserez pas sans une fleur.

Elle changea d'expression. Ses yeux devinrent songeurs, son regard brumeux; son esprit voyageait dans un univers qu'elle seule connaissait.

Deux heures s'écoulèrent avant que la lumière vire au jaune. Il fallait attendre l'ambre et l'ocre fluides du crépuscule pour atteindre l'étape suivante.

— On fait une pause? proposa-t-il.

Katherine s'étira comme un chat trop longtemps endormi devant le feu de cheminée.

— C'était moins dur que je ne le pensais.

— J'en suis ravi. Seriez-vous partante pour une autre séance, ce soir?

Il posa le dernier dessin sur les croquis précédents, en prenant soin de le retourner. Katherine prit le verre d'eau auquel elle n'avait pas encore touché.

— Que voulez-vous faire maintenant?

— Des dessins?

— Non, de vous. Avez-vous faim? Je prépare un en-cas?

Elle endossait le rôle auquel elle avait été reléguée toute sa vie, celui de la mère nourricière.

— Je vais m'en occuper, déclara-t-il.

— Oh, non. Détendez-vous. Vous faites tout le travail.

Sans réfléchir davantage, il la prit par la main et la guida vers la cuisine où il la fit asseoir à table. Il ouvrit le réfrigérateur et sortit du gouda, ainsi que deux grappes de raisin. Avec n'importe quelle autre femme, ce geste aurait été tout naturel. Avec Katherine, il revêtait une importance capitale. Il s'était promis de ne jamais la toucher et la seule sensation de sa paume contre la sienne l'avait enflammé. S'il avait osé, il aurait pressé ses lèvres contre sa ligne de vie doucement incurvée où le destin, trop cruel, ne l'avait pas inclus.

Il sortit du tiroir une planche de bois et se mit à découper le fromage en tranches.

— Parlez-moi de cet oiseau.

— Il était tout petit, à peine plus grand qu'un pinson, avec une tête rouge et un corps jaune.

— Les ailes et la queue noires?

— Je n'ai pas vu la queue, mais les ailes étaient noires, oui.

— C'est peut-être un tangara, mais je ne suis pas expert. Si vous voulez en savoir plus, j'ai un ouvrage sur les oiseaux dans ma bibliothèque : sur l'étagère du bas, à gauche.

Elle se leva mais, au lieu de sortir, prit les grappes de raisin et les rinça soigneusement sous le robinet.

— Excusez-moi. Comme je vous l'ai dit, je n'aime pas être servie.

— Voulez-vous un verre de vin? demanda-t-il.

— Je préférerais de la bière, si vous en avez.

Il fit mine de se diriger vers le réfrigérateur, puis se ravisa.

— Elles sont là-dedans. Et il y a des verres dans le freezer.

— Très bien, Peter, dit-elle en lui tapotant le bras.

— J'en prendrai une aussi.

Elle sourit.

— Encore mieux.

— Et pendant que vous y êtes, le linge sale se trouve dans la buanderie.

Un rire échappa à Katherine.

314

— Ne poussez pas !

Elle avait un rire mélodieux, spontané, qu'on avait envie d'entendre de nouveau.

— Vous avez toujours vécu seul ? demanda-t-elle, tandis qu'elle servait la bière dans les verres givrés.

Avant qu'il n'ait saisi le sens de la question, elle reprit :

— Excusez mon indiscrétion. Ce n'est pas mon affaire... Mais comme je ne vous ai jamais vu avec personne... Vous êtes un être exceptionnel, Peter, c'est dommage que vous n'ayez pas quelqu'un pour partager votre vie.

— Je suppose que je n'ai pas encore rencontré la bonne personne, répliqua-t-il prudemment.

Elle posa les grappes sur une serviette propre.

— Il n'y a donc jamais eu...

Elle s'interrompit, réfléchissant pour trouver le terme adéquat.

— ... d'alter ego ?

La première réaction de Peter fut de mettre cette phrase incongrue sur le compte de la pudeur de Katherine. Soudain, le sens de ses paroles lui apparut dans toute sa clarté.

Elle le croyait homosexuel !

6

Peter respira profondément. Comme si les nuages s'étaient écartés, il comprit brusquement pourquoi Katherine l'avait si bien accepté dans sa vie, pourquoi elle semblait si à l'aise en sa présence, et pourquoi, en ce moment même, elle était là, chez lui. Ce n'était pas la naïveté qui l'incitait à penser que l'amitié pure était possible entre un homme et une femme. Elle lui vouait une confiance absolue pour la bonne raison qu'elle le croyait incapable de s'intéresser à elle autrement que d'une façon platonique.

La bonne blague !

Mais à qui la faute ?

S'il lui avouait la vérité, partirait-elle en courant ? Mettrait-elle fin à leur amitié ? Pouvait-il prendre le risque de la perdre totalement ?

— J'étais marié autrefois, dit-il, optant pour la franchise. Pendant cinq ans. Ma femme voulait des enfants et un mari susceptible d'apporter la stabilité financière à une famille. A cette époque, je ne vivais pas de ma peinture. Je faisais des petits boulots la nuit, et je peignais le jour. Nous nous voyions les week-ends et encore, pas toujours. Alors ce qui devait arriver arriva... Depuis, j'ai eu quelques liaisons, poursuivit-il, soudain bavard. La dernière a duré plus longtemps que les autres. Il s'agissait d'une jeune femme de San Francisco trop snob pour s'enfermer ici, avec les «ploucs», comme elle disait. Nous sommes restés amis. Je la vois encore, quand je suis de passage en ville.

— Vous ne vous sentez jamais seul?

Elle avait posé cette question comme si elle se sentait concernée.

— Autrefois, si. J'ai réalisé ensuite que suivant le vieil adage, mieux vaut être seul que mal accompagné.

Elle tressaillit.

— J'aurais détesté que l'on me dise une chose pareille.

— Mais c'est impossible, Katherine. Vous êtes...

Il dérapait!

— Vous et Brandon êtes faits l'un pour l'autre. Cela se voit comme le nez au milieu de la figure.

— On me l'a déjà dit...

Elle but une longue gorgée de bière glacée.

— Je meurs de soif, soupira-t-elle.

Il sortit une boîte de crackers du placard, les posa dans un plat, puis ajouta le raisin et le fromage.

— Voulez-vous que nous nous installions dans le jardin?

Elle se dandina d'un pied sur l'autre.

— Je vais rentrer, ça vaut mieux. Vous avez mille choses à faire... Je ne voudrais pas vous déranger.

Peter posa le plat sur la table et fourra les poings dans ses poches pour s'empêcher d'attirer Katherine contre lui. Il avait joué et il avait perdu. Sachant maintenant qu'il n'était pas homosexuel, elle ne se sentait plus en sécurité. Une femme de pasteur ne passe pas ses vacances en compagnie d'un autre homme, si innocentes que soient ses relations avec lui.

— Je n'ai rien à faire. Et vous ne me dérangez pas.

Elle mit son verre vide dans l'évier.

— Vous trouverez bien quelque chose.

La frustration assaillit Peter sous la forme d'une boule au fond de la gorge.

— Reviendrez-vous plus tard, afin que je termine les dessins ?

— Oui, bien sûr. A quelle heure ?

— Un peu après six heures ?

— Entendu. Merci pour la bière.

— De rien.

Il la suivit jusqu'à la porte de devant, puis la regarda longer le chemin qui sinuait dans le sous-bois en direction du chalet. Quelque chose s'était brisé entre eux. Mais il osait espérer qu'elle l'accepterait tel qu'il était.

Katherine sortit la clé de sa poche, la glissa dans la serrure et exécuta plusieurs manœuvres infructueuses avant de débloquer le mécanisme. Elle poussa le battant, puis entra en trombe dans le vestibule.

Quelle idiote !

Comment oserait-elle retourner là-bas et regarder Peter en face ? Elle allait devoir s'inventer une maladie diplomatique, oh, rien de sérieux, juste des maux d'estomac ou une migraine...

Désespérée, elle s'affala sur le canapé. Qu'allait-il penser d'elle ? Il devait mal la juger, vu la facilité avec laquelle elle acceptait ses invitations... sans parler de cette séance de pose ! Encore heureux qu'elle ne lui ait pas annoncé la fin de son union avec Brandon.

Le visage enfoui dans les mains, elle soupira. Le pire, c'était qu'elle prenait plaisir à fréquenter Peter. Or, elle ne pouvait pas se permettre ce genre de libertés. Elle était mariée, du moins encore pendant un certain temps. Elle devait préserver les convenances, sauver les apparences. Brandon aurait été ulcéré d'apprendre que l'on avait vu son épouse en compagnie d'un autre homme.

Elle était d'un pathétique ! On eût dit un chien abandonné sous la pluie, qui attend en vain qu'une âme charitable lui ouvre la porte. Par chance, le téléphone sonna avant qu'elle ne sombre complètement dans des abîmes d'autocritique.

La voix de Michael retentit dans l'écouteur.

— Salut, maman. Ça boume ?

— Super. Un temps magnifique ! Viens donc passer quelques jours avant ton départ pour l'université.

S'il te plaît ! pria-t-elle silencieusement. Elle avait besoin de distractions.

— En fait, je t'appelle pour ça. Je ne descendrai plus à Santa Cruz cet été. Le garçon avec qui je devais partager une chambre sur le campus s'est désisté. Il faut que je cherche un autre colocataire.

Katherine déglutit.

— Quand pars-tu ?

— Demain.

— Si vite ? Mais tu as encore...

Elle respira profondément, compta jusqu'à cinq.

— A quelle heure ? demanda-t-elle finalement.

— Six heures et demie du matin. Je n'ai pas trouvé d'autre vol.

— Depuis quand le sais-tu ?

— Depuis deux jours.

— Dommage que tu ne m'aies pas appelée plus tôt. J'ai promis à Peter de l'aider à faire des rangements ce soir. Je n'aurai pas fini avant neuf heures, peut-être plus tard.

— Ne t'inquiète pas. Papa m'emmènera à l'aéroport.

— Je... je voudrais te voir avant ton départ.

— Voyons, maman! On s'est dit au revoir la semaine dernière. On ne va pas recommencer!

— Tu n'es pas déçu que je ne sois pas là?

— Non, au contraire. Je déteste les adieux dans un aéroport. De toute façon, je ne m'en vais pas pour longtemps. Je reviens pour Thanksgiving.

Michael lui servait de la logique là où elle aurait souhaité un peu d'émotion. Eh bien, pourquoi tendait-elle l'autre joue chaque fois qu'on la frappait, si c'était pour se plaindre ensuite?

— Je t'aime, murmura-t-elle.

— Je t'aime aussi, maman.

— Tiens-moi au courant de ton installation.

— Promis.

Elle raccrocha avec la sensation désagréable que sa vie se désagrégeait. Les liens qui maintenaient Michael attaché à sa famille cédaient l'un après l'autre. Mais comment pouvait-il en être autrement? La famille elle-même avait explosé.

Elle avait commis l'erreur de venir seule au chalet cette année. Et ce qui avait commencé comme un besoin de solitude, comme la nécessité d'un temps de réflexion, se terminait comme un rejet, un véritable abandon. Si son fils l'avait un tant soit peu encouragée, elle se serait précipitée à l'aéroport, même si elle avait dû conduire toute la nuit. Il ne l'avait pas fait. Il n'avait pas laissé transparaître le moindre désir.

En regardant la pendule murale, Katherine se demanda si Peter accepterait qu'elle arrive plus tôt. Elle avait besoin d'une présence. De sa présence, plus précisément. Peter était son ami, un ami précieux, surtout en ces moments difficiles.

De nouveau, elle se félicita de ne pas lui avoir appris que Brandon et elle étaient séparés.

7

A mesure qu'il s'approchait de la villa, il tardait à Eric de revoir Julia. A New York, un tourbillon d'occupations l'avait empêché de trop penser à elle. Pourtant, en pleine réunion, l'image de la jeune femme avait jailli dans son esprit. Il avait hâte de lui raconter son séjour, d'avoir son avis sur la décision à prendre. Une sensation d'autant plus remarquable que l'absence de communication avait miné ses rapports avec Shelly.

Mais il avait changé. Secret hier, il appréciait à présent le bonheur d'une véritable intimité. Il ne s'était jamais ouvert à Shelly, n'avait jamais discuté avec elle des tracas ou des petites joies qui tissaient sa journée. Il ne l'avait d'ailleurs pas non plus écoutée lorsqu'elle avait essayé de se confier. Ils avaient commencé leur union comme deux amis et l'avaient terminée comme deux étrangers.

Aujourd'hui, il éprouvait le besoin de se raconter. De s'épancher. De décrire à Julia son voyage, ses nouvelles expériences ; le vertige du succès, de l'argent. L'éditeur qui avait acheté son roman lui offrait un pont d'or : une avance sur ses droits d'auteur supérieure d'un quart de million à celle faite à n'importe quel écrivain débutant. Il lui garantissait aussi que les médias, les télévisions et la presse écrite, s'empareraient du roman dès sa parution. Une publicité dont le prix était beaucoup plus élevé que l'acompte.

La certitude de l'éditeur et de son agent à propos de la réussite du livre effrayait Eric. Selon eux, l'intrigue et le style étaient suffisamment accrocheurs pour séduire le plus récalcitrant des critiques. Eric savait pourtant ce qu'il advenait des romans populaires soumis au jugement des gens de métier. Son ouvrage serait décortiqué, passé au crible et lu à la loupe de manière à ce que le plus infime défaut soit révélé et grossi.

Après tout, mieux valait songer aux lecteurs qui voudraient bien sortir vingt-cinq dollars de leur poche pour acheter le livre. C'était beaucoup d'argent comparé à un litre de lait ou à une baguette de pain... Et pas tant que ça, vu le prix d'une place de cinéma.

Le doute constituait également pour Eric une expérience nouvelle. Une fois le livre remis à l'éditeur, il ne lui appartiendrait plus. Se jeter à l'eau pour un plongeon de haut vol et finir sur le ventre arrivait si fréquemment!

Il n'était même pas sûr qu'il serait capable d'écrire un autre livre...

Il s'engagea dans l'allée et s'arrêta devant le portail où il écrasa le bouton de l'interphone. Il avait d'abord songé à tuer le temps en attendant que le soir tombe, mais il était trop pressé de revoir Julia. Il ressentait une sorte de faim inassouvie, une soif dévorante. Pourvu qu'elle ne soit pas retenue en ville, priait-il tandis qu'il sonnait pour la seconde fois.

Soudain, elle répondit :

— C'est moi, Eric. Je viens chercher Josi.

— J'avais le pressentiment que tu arriverais aujourd'hui. Je t'attends à la porte.

Les grilles s'ouvrirent dans un bourdonnement. Eric

redémarra. Etait-elle restée volontairement chez elle ? L'attendait-elle ? Cette pensée lui coupa le souffle tout en le réchauffant.

Il l'aperçut juste après le dernier tournant. Elle portait une chemise blanche dont elle avait roulé les manches sur ses coudes et un jean délavé, qui la moulait comme une seconde peau. Elle tenait Josi dans ses bras.

De toutes les belles femmes qu'il avait vues à New York, aucune ne pouvait se comparer à Julia.

La jeune femme s'avança au-devant du pick-up, le visage éclairé d'un sourire.

— Comment ça s'est passé ? Je meurs d'impatience. Pourquoi ne m'as-tu pas appelée ?

Simple curiosité ? Intérêt sincère ? Du moment qu'elle posait la question, il s'estimait satisfait. Il coupa le moteur, puis sortit de sa voiture.

— Désolé. J'ignorais que tu te faisais du souci.

Le sourire de Julia s'effaça, tout comme l'étincelle dans ses prunelles.

— Pourquoi pas ? Nous sommes amis, non ?

Il gratta Josi sous le menton ; la chatte renversa la tête en ronronnant, les yeux mi-clos.

— Tout s'est bien passé, dit-il. Mieux que bien. Le livre est vendu.

— Oh... mais c'est fantastique. Félicitations.

— Merci. Il ne reste plus qu'à finir le morceau.

— Combien de temps cela te prendra-t-il ?

— Trois, quatre mois...

La chatte sauta dans ses bras et s'accrocha à son épaule. Son ronronnement monta, si puissant, qu'il crut devenir sourd d'une oreille.

— Ça s'arrose ! s'écria Julia, les mains dans ses poches, en se balançant sur ses talons. Allons au restaurant ! Oh, non, j'ai une meilleure idée. Restons ici. Je vais préparer à dîner. Aimes-tu le saumon? poursuivit-elle sans lui donner une chance de répondre. J'ai une recette extra. Quand tu l'auras goûtée, tu ne pourras plus le manger autrement. Ken disait à ce propos...

Elle s'interrompit, avant de reprendre presque aussitôt :

— Sinon, je réussis fort bien le rôti de porc.

— Que disait donc Ken, Julia?

Elle fixa le bout de ses souliers.

— Ça n'a pas d'importance.

Naturellement! Ce qui importait surtout, c'était qu'elle n'arrivait pas à aligner trois phrases sans mentionner son défunt mari.

— Nous célébrerons mon succès une autre fois, répliqua finalement Eric. Je suis resté absent trop longtemps. J'ai envie de rentrer au cottage pour voir s'il n'y a pas de problème.

— Quelle sorte de problème?

Il la regarda, interloqué. Il ne s'attendait pas à ce qu'elle essaie de le retenir.

— Je ne sais pas... Les problèmes habituels.

— Quelque chose qui ne peut pas attendre?

— Non.

— Alors il n'y a aucune raison pour que tu ne puisses pas dîner avec moi ce soir.

Il sourit.

— Non. Aucune.

— Parfait. Alors saumon ou rôti de porc?

— Saumon.

Elle sourit à son tour.

— Je parie que tu aurais préféré le rôti.

Il se demanda comment elle réagirait s'il lui disait ce qu'il aurait vraiment préféré. Un souvenir jaillit : Julia, haletante, se tordant sous lui.

— Cela m'est égal, Julia. Même si nous ne mangeons rien. Etre avec toi ce soir me suffit.

Elle choisit de le prendre à la légère.

— Oh là là! Si tu écris comme tu parles, je comprends que tout le monde saute sur ton livre.

Josi se raidit, prête à bondir. Afin d'éviter de lui courir après comme au chalet, il l'immobilisa sous son bras. La chatte se débattit de plus belle. Il aperçut alors un écureuil qui traversait la cour. De nouveau, Josi contracta tous ses muscles.

— Je ferais mieux de rentrer le fauve, dit-il.

— As-tu peur pour l'écureuil?

— J'ai un doute.

Il couvrit de sa main les yeux de la chatte, qui lança un feulement indigné.

— Eh bien, dans le doute abstiens-toi, répondit Julia en lui faisant signe de la suivre à l'intérieur de la villa.

Dès qu'ils furent dans la maison, Eric posa Josi. La chatte se mit à se rouler à ses pieds de façon très câline, en poussant de petits miaulements.

— Elle essaie de me dire quelque chose.

— Elle veut prendre sa revanche, remarqua Julia en riant. Toute la semaine dernière, les écureuils se sont payé sa tête. Il suffisait que la pauvre bête soit derrière la baie pour qu'ils organisent une surprise-partie sur la terrasse. Ils ont failli la rendre folle.

— Comment le sais-tu? Tu n'étais pas à ton bureau?

— J'ai décidé d'arrêter... un peu, murmura-t-elle d'un ton mystérieux. Moi aussi je fais mes expériences.. Qu'est ce que je te sers à boire?

Eric aurait aimé un alcool fort. Du whisky de préférence, mais il devait conduire cette nuit-là.

— Un jus de tomate, si tu en as.

— Un bloody mary?

— Non, un jus de tomate sans vodka.

— Installe-toi. Je reviens tout de suite.

Elle quitta le vestibule et, aussitôt, cessant ses simagrées, Josi la suivit en courant, la queue droite comme un *i*. Eric avança vers le salon. Il n'avait pas encore visité la villa mais le luxe ambiant ne l'étonna pas. Le salon, moins ostentatoire qu'il ne l'avait supposé, déployait des fastes que seuls les millionnaires peuvent s'offrir. La pièce, immense, était agrémentée de tableaux savamment éclairés. Les étagères ne contenaient pas de livres, mais des objets en bronze, en argent, en porcelaine.

Un cadre au-dessus de la cheminée attira l'attention d'Eric. Il traversa la pièce pour contempler les personnages : un homme et une femme immortalisés dans une tendre étreinte.

C'était donc lui, Ken Huntington. Séduisant, souriant, visiblement sous le charme de la femme qu'il tenait dans ses bras. Ken et Julia. Le couple parfait. L'artiste avait su capter un instant magique entre deux êtres profondément amoureux.

Eric étudia la peinture de plus près. Ken, appuyé au tronc d'un aulne, entourait Julia de son bras. Elle l'enlaçait par la taille, la tête posée sur son épaule, et lui se penchait de manière que sa joue touche les cheveux de sa femme. Ils étaient simplement vêtus, comme s'ils revenaient d'une promenade en forêt.

— C'est un cadeau de Peter pour nos huit ans de mariage, déclara Julia en entrant dans la pièce avec un plateau. Quel artiste extraordinaire !

— En effet.

Elle lui tendit son jus de tomate.

— Son atelier mérite le détour. Il te montrera ses œuvres. Je lui ai toujours dit que je fouillerais volontiers dans sa poubelle.

— Et qu'a-t-il répondu?

— Qu'il brûlait tous les essais ratés.

— Dommage!

— Oui, vraiment.

Elle leva son verre.

— Au succès de ton livre. Que tout soit accompli selon tes désirs.

— Que les lecteurs en aient pour leur argent.

Julia but une gorgée, puis passa sa langue sur ses lèvres.

— Je serai la première à me ruer chez mon libraire. Et je dirai à toutes mes relations d'en faire autant.

Eric hocha la tête. Comment avait-il pu croire qu'il attendrait des mois, voire un an, afin de laisser à Julia le temps de réfléchir? Il n'y arriverait jamais. Il avait hâte de faire partie de sa vie. Il posa son verre sur le manteau de cheminée, lui prit le sien, le posa à côté.

— Je vais m'en aller, Julia, avant que je dise quelque chose que tu n'es pas prête à entendre.

Il lui toucha la joue puis, lentement, nicha sa main au creux de sa nuque. L'attirant vers lui, il l'embrassa. Les lèvres de la jeune femme étaient incroyablement douces et chaudes. Eric ferma les yeux, s'autorisant pendant une seconde à rêver qu'il n'y avait plus d'obstacle entre eux. Plus de barrière à franchir, plus de fantômes à combattre. Seulement un avenir commun à explorer. Toute l'excitation de la dernière semaine n'était plus qu'une goutte dans l'océan, comparée à cet instant.

Un petit gémissement roula dans la gorge de Julia. Elle répondit à son baiser. Il sentait naître en elle un désir brûlant. Pourtant, elle mit la main contre la poitrine d'Eric pour le repousser gentiment.

Une expression de confusion se peignit sur son visage.

— Excuse-moi, murmura-t-elle.

Elle montra le tableau au-dessus de la cheminée.

— Je ne peux pas... devant lui.

— Je m'en doute.

Il se dirigea vers la baie vitrée et prit Josi sous son bras. Avant de partir, il regarda Julia une dernière fois.

— Tu sais où me trouver, dit-il. La balle est dans ton camp.

Julia dîna seule. Elle prépara le repas avec la même minutie que si Eric était resté. Saumon aux épices. Elle mit une bouteille de chardonnay dans un seau à glace, alluma les chandelles... Elle resta longtemps à table, sans pouvoir avaler une bouchée, puis rangea le tout dans le réfrigérateur pour le déjeuner de Connie, le lendemain.

Elle s'efforça ensuite de chasser Eric de ses pensées en se plongeant dans l'étude d'un rapport sur le marché étranger. Ken avait toujours déclaré qu'il ne comptait pas donner suite et, pourtant, il avait dépensé une petite fortune pour envoyer son équipe de chercheurs dans différents pays. Pour quelle raison ? La question hantait Julia depuis qu'elle avait emménagé dans le bureau de son mari.

Cent fois par jour, elle s'efforçait de deviner ce qu'il avait eu en tête en signant tel contrat et pas tel autre. Et malgré l'aide de chacun, elle ne découvrait pas toujours la vérité. Ken était un dieu, et elle était à jamais emprisonnée dans le rôle de sa prêtresse.

Elle se coucha mais ne put fermer l'œil. Deux heures plus tard, lasse de se retourner dans le grand lit, elle se leva et déambula dans le salon. Ses pas la guidèrent devant la cheminée, où elle contempla Ken sur le tableau. Les yeux clos, elle rechercha dans sa mémoire la sensation de ses bras autour de son corps ; mais ce fut Eric qui lui vint à l'esprit. Des larmes jaillirent de ses yeux, tandis qu'elle fixait le tableau.

— J'ai essayé, Ken, et une fois de plus, je te laisse tomber. Pardonne-moi, je t'en supplie.

On la secouait, on la remontait de quelque part où elle voulait rester. Elle lutta pour se dégager mais la voix devint plus insistante.

— Madame Huntington! Il est l'heure de vous lever.

Julia ouvrit les yeux.

— Connie? Vous êtes déjà rentrée?

— Il est huit heures et demie, madame.

Julia releva la tête. Elle s'était endormie sur le canapé. Son regard capta la pendule sur la cheminée, et son cœur fit un bond.

— Oh! J'ai une réunion de travail dans cinq minutes.

— Voulez-vous que je prévienne votre bureau que vous serez en retard?

— Non, non. Je me débrouillerai.

Encore ensommeillée, elle se dirigea vers le couloir.

— Il y a autre chose, madame Huntington, dit Connie d'une voix contrite. Josi a disparu.

— Rassurez-vous. Eric est passé la chercher hier soir.

Au lieu de se montrer soulagée, Connie parut déçue.

— J'espérais qu'il allait l'oublier.

— J'ignorais que vous aimiez les chats.

— Ce n'est pas ça. Mais il fallait voir comme elle vous faisait sourire, cette bête.

Connie tapota les coussins du canapé avant de reprendre :

— Pourquoi ne prendriez-vous pas un chat?

Julia se figea un instant. Etait-ce ainsi que Connie la voyait finir ses jours? Comme une mémère à chats?

— Je vais y songer, dit-elle.

De sa chambre, elle téléphona au bureau avant de

mettre le cap sur la salle de bains attenante. En contournant le lit, elle aperçut du coin de l'œil le monogramme sur la poche de poitrine de son pyjama. Le H stylisé donnait au vêtement l'apparence d'un étendard.

Pat Faith lui emboîta le pas en direction du bureau directorial.

— J'ai remis tous vos rendez-vous, à l'exception de celui avec Adam Boehm, que j'ai dû annuler. Il vous recontactera.

— Et David? A-t-il rendu les calques?

— Ce matin, à huit heures.

— Bien.

Julia s'assit à son bureau, saisit le téléphone, puis le remit en place avant de rappeler sa secrétaire.

— Pat? Avez-vous une minute?

— Bien sûr, dit la jeune femme en revenant sur ses pas.

Julia lui indiqua le fauteuil devant le grand bureau d'acajou.

— Puis-je vous poser une question personnelle?

— Oui?

Sans réfléchir à la faute qu'elle pouvait commettre en s'ouvrant à une employée qu'elle ne connaissait que dans le cadre de l'entreprise, Julia poursuivit :

— Comment vous sentez-vous sans Howard?

Pat se tassa dans le fauteuil. Son mari était décédé un mois avant Ken. Or, bien qu'elles aient vécu ce drame commun, les deux femmes ne l'avaient jamais évoqué.

— Je pense que cela est moins difficile pour moi que pour vous, admit finalement la secrétaire. Howard était la meilleure chose qui me soit arrivée mais c'était un homme ordinaire pour le reste du monde. Alors que pour tous ici, Ken est assis à la droite de Dieu le père.

Julia eut la sensation de recevoir un cadeau inestimable. Elle avait enfin trouvé quelqu'un à qui parler, une personne qui pouvait la comprendre.

8

Planté devant la fenêtre de la cuisine, Peter se servit une tasse de café. Les stores de Katherine demeuraient obstinément baissés. Il consulta sa montre. Huit heures moins dix... Elle devait pourtant être réveillée.

Le ciel, resté clair toute la nuit, avait encouragé Peter à mettre son réveil aux aurores. Si le brouillard ne tombait pas, il bénéficierait de la lumière idéale pour achever la peinture commencée la veille.

Il avait longuement étudié ses croquis, jetant son dévolu sur celui où Katherine, assise sur le parapet de chêne, regardait l'océan. Son expression, l'attitude de son corps recelaient une intensité rarement atteinte dans un simple dessin. On eût dit qu'elle contemplait un monde invisible aux autres, un monde qui la fascinait et l'effrayait à la fois.

Au début, il n'avait pas saisi le sens de ce langage secret. Il s'y était repris à trois fois, rassemblant les indices, avant de découvrir l'émotion qu'elle essayait si soigneusement de dissimuler. Une émotion qui, cependant, ne révélait pas la cause profonde qui l'avait générée.

Katherine apercevrait-elle ce détail de sa personnalité

lorsqu'elle verrait le portrait terminé ? Penserait-elle qu'il avait délibérément violé son intimité ? Leur amitié s'égarait déjà sur un terrain glissant. Leur relation, si facile au départ, avait reçu un coup presque fatal. Il regrettait un peu de ne pas l'avoir laissée croire qu'il était homosexuel.

Un espoir insensé guidait Peter. Une faille de sa personnalité l'incitait à aduler, au fil des ans, une femme qui jamais ne lui retournerait son amour. Un jour, peut-être, parviendrait-il à la conclusion tardive qu'il avait gâché les plus belles années de son existence. S'il existait un remède contre l'amour, il n'aurait pas hésité à le prendre. Ce n'était pas faute d'avoir essayé de se libérer de l'envoûtement qu'elle exerçait sur lui. Mais toutes ses tentatives avaient échoué. L'amour non partagé constituait un sujet très romantique pour un poème ou une chanson. Dans la vie, c'était autre chose. On pouvait appeler cela de la folie douce, ou plus crûment, de l'obsession.

Il versa le reste du café dans sa tasse, avant de revenir lentement dans l'atelier. Le portrait inachevé de Katherine était posé sur le chevalet. Eh bien, folie ou pas, il l'aimerait à jamais. Essayer de changer ses sentiments paraissait aussi vain que s'acharner à changer les saisons.

Katherine saisit la serviette éponge qu'elle avait laissée sur un rocher et la passa autour de ses épaules. L'eau glacée l'avait frigorifiée et revigorée en même temps. Elle avait nagé contre les vagues avant de se laisser dériver vers la plage et maintenant, elle se sentait merveilleusement vivante. Elle avait brisé les règles qu'elle avait inculquées à ses enfants : non seulement elle avait plongé dans l'océan après avoir mangé mais elle y était en plus allée toute seule.

Elle frissonna ; elle avait la chair de poule et ses lèvres avaient bleui. Elle claquait des dents. Mais elle ne regrettait pas son audace. Aujourd'hui, elle avait admiré un magnifique lever de soleil, un ciel d'or pur. Au creux d'une vague, elle était tombée nez à nez avec une otarie qui, l'ayant prise pour une autre créature marine, l'avait regardée tranquillement avant de s'éloigner.

Faire quelque chose seule constituait une expérience en soi. Elle n'était jamais allée au restaurant ou au cinéma sans escorte. Toute sa vie, elle avait été dépendante. Il était impensable pour elle de se promener en ville sans son mari ou ses enfants. Maintenant que Brandon avait brutalement rompu le cordon ombilical, elle se découvrait une facette dont elle ignorait l'existence.

Elle s'émerveillait des choses les plus simples. Le fait que la terre ne s'arrêtait pas de tourner si le dîner ne se trouvait pas sur la table à six heures et demie, l'emplissait d'une étrange exaltation. Elle mangeait quand elle en avait envie : à cinq heures, à huit, ou pas du tout.

Mieux encore, elle pouvait lire toute la nuit, dormir lorsqu'elle avait sommeil, se lever à huit heures et même à neuf sans être accusée de paresse.

Cette sensation de liberté ne durerait pas, malheureusement. Lorsqu'elle regagnerait Woodland, la routine reprendrait le dessus. Elle devrait se plier aux horaires de Paul et à son propre programme d'enseignement. Cependant, les limites étroites de sa vie antérieure ayant éclaté, elle était bien décidée à ne plus se laisser enfermer dans les structures immuables mises en place par son mari.

Elle avait quarante et un ans. Quarante-deux dans quelques mois. Compte tenu de la longévité de ses parents et de ses grands-parents, elle avait encore plus d'une quarantaine d'années devant elle. Cela voulait dire aussi que la moitié de sa vie s'était écoulée. Brandon aurait certainement vu les choses comme cela.

Elle avait encore quarante ans à vivre.

Elle préférait penser ainsi.

Un sourire étira ses lèvres glacées, tandis qu'elle reprenait le chemin du chalet. Quarante ans. Un tas d'aventures pouvaient lui arriver dans un laps de temps aussi long.

Elle commencerait dès aujourd'hui. Peut-être demanderait-elle à Peter de l'accompagner. Elle avait été décontenancée en comprenant qu'il n'était pas homosexuel, mais la première surprise passée, elle ne voyait pas pourquoi leur amitié ne continuerait pas. La situation ne semblait pas le déranger, lui, pourquoi alors en prendrait-elle ombrage maintenant ? Elle le considérait toujours comme un ami, le seul sans doute qu'elle ait jamais eu. Elle l'aimait bien, Peter. C'était un homme gentil, profond, prévenant... et il la faisait rire.

Si jamais un jour elle décidait de refaire sa vie, elle voudrait trouver un homme qui lui ressemble. Si jamais, se répéta-t-elle, histoire de se remettre les idées en place.

Il avait suffi qu'elle prenne la résolution de s'embarquer pour la seconde rive de sa vie pour qu'un millier d'idées nouvelles se bousculent dans sa tête. Elle avait hâte de commencer. Jusque-là, elle avait passé les hivers à établir la liste de tout ce qu'elle souhaiterait visiter l'été. Le mois d'août arrivait. En dépit de ses promesses, Brandon ne restait pas plus de deux ou trois jours par semaine au chalet; quant aux enfants, ils étaient plus passionnés par leurs petits copains et leurs jeux sur la plage que par les circuits touristiques auxquels elle rêvait.

L'un des projets qu'elle regrettait le plus consistait à suivre les pas de John Steinbeck à travers la Californie. En traversant cet Etat, ce grand auteur avait pris des notes sur différents sites et paysages. Katherine estimait qu'il serait drôle et éducatif de les visiter.

Elle gravit les marches creusées dans la falaise, l'esprit obnubilé par le passé... A mi-chemin du chalet, elle remarqua la Taurus vert foncé sous le grand pin centenaire. La voiture de Brandon?

Hier encore, son cœur aurait bondi dans sa poitrine. Elle aurait pressé le pas, anxieuse de l'accueillir. Aujourd'hui, elle ne savait plus ce qu'elle éprouvait vraiment.

Ce fut lui qui vint vers elle en poussant la porte du jardin.

— C'est un peu tôt pour aller nager, tu ne crois pas?

Brandon incarnait le beau mâle. C'était l'homme le plus séduisant que Katherine connaissait. Même après vingt ans de mariage, il l'impressionnait, surtout quand il souriait. Les chaussettes de coton blanc, les pantalons de toile et les chemises à carreaux qu'il affectionnait faisaient sur lui le même effet qu'une tenue de soirée.

— Que fais-tu ici?

Il la regarda, visiblement désarçonné par son air accusateur.

— Je suis venu te voir.

Elle serra la serviette de bain autour de ses épaules.

— Pourquoi?

— Ai-je besoin d'une raison particulière?

— Oui.

La voix blanche de Katherine étonna Brandon.

— Entrons, proposa-t-il d'un ton raisonnable. Tu es frigorifiée. Pourvu que les voisins ne nous voient pas dehors comme ça.

Si Brandon n'avait pas opté pour l'Eglise, il se serait probablement distingué en politique, tant son image le préoccupait.

336

Katherine chercha la clé épinglée à l'intérieur du soutien-gorge de son maillot de bain, puis ouvrit la porte.

— Qu'est-ce que tu fais ici ? répéta-t-elle, une fois parvenue dans la cuisine.

Brandon évita son regard.

— Il faut que nous parlions, Katherine.

Son assurance n'avait jamais manqué de la séduire. Une sorte d'incroyable pouvoir de persuasion émanait de ses gestes, de ses paroles. Les gens finissaient par se dire qu'il exprimait leurs pensées. Katherine avait mis des années à saisir les méandres de ce procédé. Elle en avait conclu que son mari était un manipulateur. Lorsqu'elle le lui avait fait remarquer, il avait répondu que la fin justifiait les moyens.

A présent, face à lui, elle le regardait droit dans les yeux.

— Tu m'as déjà tout dit.

— J'ai eu tort, Katherine.

Cette déclaration la désarma. Jamais Brandon n'avait admis qu'il se trompait, jamais il ne s'était remis en question. Elle tira sur la serviette qui glissait de ses épaules et attendit la suite.

— Tu me manques, poursuivit-il. Plus que je ne l'aurais imaginé. Ces derniers mois, j'ai vécu un calvaire.

Comme elle restait muette, il laissa échapper un soupir de frustration, puis posa les mains sur les bras nus de sa femme.

— Je ne tournerai pas autour du pot, Katherine. Je veux que tu reviennes à la maison. J'ai eu l'occasion de constater que notre séparation a été une erreur.

Trois jours plus tôt, elle serait tombée dans les pommes, éperdue de reconnaissance... Et une fois remise de ses émotions, elle se serait précipitée dans sa chambre pour faire ses valises.

— Je ne sais que dire, admit-elle enfin.

Il l'attira dans ses bras.

— Ne dis rien. Je vois la réponse dans tes yeux. Tu es aussi heureuse que moi de laisser nos querelles derrière nous.

— La seule chose qui se trouve derrière nous est un mariage brisé, Brandon.

Il ne parut pas l'entendre, à moins qu'il n'ait choisi de l'ignorer. Il l'embrassa, la bouche ouverte. Dans leur code intime, il réservait ce genre de baiser aux préludes amoureux.

Malgré une petite voix intérieure qui la mettait en garde, Katherine se sentit mollir. Des siècles s'étaient passés dans une solitude noire, sans un baiser, sans une caresse. Parfois, le manque d'affection la poussait au désespoir. Finalement, ils étaient encore légalement mariés. Et après toutes ces années ensemble, quel mal y avait-il à s'aimer une dernière fois avant de se quitter?

— Oui... oui... murmura-t-elle, tandis qu'il promenait ses lèvres sur la peau sensible de son cou, derrière l'oreille.

Une longue flamme jaillit dans son bas-ventre. Il suffisait que Brandon la touche pour qu'elle soit prête à se donner. Mais était-ce vraiment lui qu'elle désirait cette fois-ci? La question venait du plus profond de son être. Elle décida de ne pas l'entendre.

Il la prit par la main et se dirigea vers la chambre.

— Non, dit-elle. Ici.

Il fronça les sourcils.

— Ici? Sur le canapé?

— Sur le canapé, par terre, ça m'est égal.

Cette suggestion aurait dû lui plaire. N'avait-il pas prétendu que leurs étreintes l'assommaient d'ennui?

— Pourquoi faire ça ici, alors que nous avons un lit confortable?

— Nous faisons toujours l'amour dans un lit, dit-elle en l'agrippant par le poignet. Je t'en prie, Brandon. Les enfants ne sont pas là, le téléphone ne sonnera pas, personne ne viendra frapper à la porte.

Il l'enveloppa d'un regard suspicieux.

— Qu'est-ce qui te prend? Tu ne lis pas des romans pornos, au moins!

La flamme qui consumait Katherine baissa d'intensité; cependant, l'habitude, le besoin, le manque l'emportèrent. Son estomac se tordit et elle esquissa un sourire implorant.

— D'accord. Sur le lit.

Le triomphe brilla dans les yeux de Brandon.

— Je t'attends dans la chambre.

— Tu... m'attends? répéta-t-elle sans comprendre.

— Oui. Prends donc une douche! Le sable et l'eau salée te montent à la tête!

Le froid la submergea, comme s'il l'avait rejetée dans l'océan. Il voulait faire l'amour dans une version aseptisée. Il avait autant envie d'elle que d'aller se faire pendre. Avec une lenteur calculée, elle lui lâcha la main.

— Qu'y a-t-il, Brandon? Pourquoi es-tu venu aujourd'hui?

— Je te l'ai dit. J'ai compris que j'avais tort...

— Arrête ton char! Je ne prends plus des vessies pour des lanternes.

L'attitude du pasteur changea. Une lueur belliqueuse passa dans ses yeux. La colère et l'impatience l'assaillirent.

— Katherine, ça suffit! Depuis quand mets-tu mes paroles en doute?

Lui avait-il déjà parlé sur ce ton?

Comme s'il s'était rendu compte qu'il dépassait les limites, il se radoucit.

— Excuse-moi. Je m'emporte. Mais ces derniers

temps, j'ai souffert de ton absence. La maison est un gourbi. Je n'ai pas eu un repas décent... Mes sermons en pâtissent...

— C'est normal. Je t'ai servi matin midi et soir, pendant que tu t'occupais de tes chers paroissiens.

— Je ne comprends pas, murmura-t-il. Je croyais que tu voulais sauver notre mariage. J'étais sûr que notre union t'importait autant qu'à moi...

— A d'autres, Brandon. Tu n'as que faire de notre mariage. Si j'ai bonne mémoire, tu m'as flanquée dehors en précisant bien que tout était fini entre nous, que jamais au grand jamais nous ne nous remettrions ensemble.

— Me jeter le blâme ne nous mènera à rien, Katherine, dit-il d'une voix de professeur s'adressant à une élève.

Elle se remit à claquer des dents. Elle avait besoin de temps pour réfléchir.

— Bon, je vais prendre une douche, annonça-t-elle.

— Excellente idée. Tu te sentiras beaucoup mieux après.

Il se pencha et l'embrassa sur la joue tout en lui tapotant la main.

— Je vais faire du café, d'accord ?

— Combien de temps vas-tu rester ?

Visiblement, il s'attendait à tout sauf à cette question.

— Je suppose que cela dépend de toi, Katherine.

Auquel cas, songea-t-elle en empruntant le couloir, il repartirait sitôt qu'elle sortirait de la douche. Elle ralentit, un sourire triste sur le visage... Comment en était-elle arrivée là ? Comment pouvait-elle envisager une vie sans l'homme qu'elle avait considéré pendant vingt ans comme la seule et unique source de son bonheur ?

9

— Je t'en prie, Katherine! s'écria Brandon. Ne me laisse pas tomber.

La colère flambait en lui, mais il s'efforça de la contrôler.

— Tu as besoin de temps, peut-être? demanda-t-il. Je te comprends. Je comprends même pourquoi tu voudrais me voir souffrir à mon tour, avant de revenir à la maison. C'est de bonne guerre, Katherine. mais, crois-moi, j'ai déjà souffert énormément, si cela peut te consoler. Autant que toi sinon plus. Combien de nuits n'ai-je pas fermé l'œil? Combien de fois n'ai-je pas prié pour que tout s'arrange entre nous? Je pensais à toi constamment, je rêvais de te voir m'accueillir sur le perron, quand je rentrais...

Pour se donner une contenance, Katherine prit sa tasse de café. Ses mains tremblaient comme des feuilles, tant et si bien que la tasse lui échappa. Le liquide chaud éclaboussa ses chaussettes blanches, imprimant une traînée brunâtre en forme de cœur penché. Elle reposa la tasse.

— Je refuse de vivre dans le mensonge, Brandon.

Maintenant qu'elle lui avait arraché la véritable raison de son brusque repentir, elle n'avait plus aucun scrupule.

— Tu aurais dû prévoir qu'une fois divorcé, tu aurais peu de chances de devenir membre du conseil.

Elle prit une serviette en papier et se mit à frotter la tache de café.

— D'ailleurs, c'est grâce à moi que tu es devenu le prédicateur le plus célèbre de la région.

— Tu as raison, admit-il sans conviction. Je n'ai pas prêté attention à tout ce que tu as fait pour moi, Katherine. Mais le passé est le passé. A partir de maintenant, je serai plus indulgent, je te le promets.

Elle ne l'avait jamais vu dans un état aussi pitoyable. De nouveau, elle porta la tasse à ses lèvres et réussit à avaler une gorgée de café sans en renverser. Une petite victoire, songea-t-elle amèrement.

— Dis-moi maintenant, Brandon...

— Te dire quoi ?

— Tout ce que tu reconnais que j'ai fait pour toi.

Il parut désemparé.

— Tu n'es pas juste. Je ne vais pas me mettre à énumérer... laisse-moi le temps de recouvrer mes esprits...

Il lâcha un soupir résigné.

— Trève de plaisanteries ! Que te faut-il pour revenir ? Je ferai ce que tu veux.

— Pour combien de temps ?

— Ai-je jamais trahi mes promesses ?

— En dehors de celle selon laquelle nous devions vivre ensemble jusqu'à ce que la mort nous sépare ?

— Katherine, souviens-toi. Tu as prêté ce même serment devant Dieu. Ça veut dire que chacun des époux doit veiller à la pérennité du mariage. Et même s'il faut mettre ton mouchoir par-dessus ta fierté...

— Tu appelles cela de la fierté, Brandon ?

Pour la première fois, elle haussa le ton de sa voix :

— Comment oses-tu te servir de Dieu pour me manipuler?

— D'accord, d'accord, j'admets que j'ai eu tort de te demander de partir. Vas-tu me le pardonner?

Il porta sa tasse vide dans l'évier, puis se retourna pour dévisager sa femme.

— Moi aussi je t'ai pardonné tes fautes.

Les déclarations de son mari la confortaient chaque fois un peu plus dans son opinion : leurs anciens liens semblaient définitivement rompus.

— Formidable, Brandon! Malgré toutes mes fautes, tu souhaites me donner une seconde chance. Mais mon pauvre chéri, je ne te laisserai pas te sacrifier... Avec ta grande bonté, ta grande vertu, tu mériterais une femme qui te rende vraiment heureux. Je sais que devenir membre du conseil te suffit pour le moment, mais dans deux ou trois ans, quand la nouveauté passera, nous nous retrouverons à la case départ. Je ne veux pas revivre ce drame.

Il hocha lentement la tête; son visage était empreint de tristesse et de compassion.

— Je ne te savais pas aussi vindicative, Katherine. Si tu ne veux pas revenir pour moi, fais-le pour les enfants. Pense aux souffrances morales que Michael et Paul endurent, en sachant que leurs parents ne vivront plus jamais ensemble.

— Tu n'as pas pensé à eux, toi, quand tu m'as priée de débarrasser le plancher.

Brandon se rassit en soupirant.

— Mais qu'est-ce que tu gagnes à me punir? Soyons clairs, Katherine. Si tu préfères divorcer, ce sont eux que tu puniras, pas moi.

Un tambourinement à la porte de devant empêcha Katherine de répondre. Peter! Il ne pouvait pas tomber plus mal. Elle alla ouvrir. C'était bien lui.

— Oh, désolé, dit-il en voyant Brandon, debout au milieu du salon. Je ne savais pas que vous étiez ici... Je n'ai pas remarqué votre voiture.

Il se tut un instant, visiblement gêné.

— Je vais au village, reprit-il alors. Avez-vous besoin de quelque chose ?

— Non, merci, rétorqua Katherine rapidement. J'ai acheté tout ce dont j'avais besoin hier.

— Alors, je vous laisse.

Il salua Brandon d'un petit signe de la main.

— Ça m'a fait plaisir de vous revoir.

Le pasteur de Woodland conserva un silence de bon ton. Il attendit un instant après le départ de Peter, puis il regarda sa femme au fond des yeux.

— Katherine, dis-moi que je me trompe. Dis-moi que Peter et toi...

— Je ne sais pas de quoi tu parles !

Elle fit mine d'avancer ; il lui bloqua le passage.

— Je me demandais aussi... Ton insistance à venir seule au chalet... Est-ce à cause de Peter que tu as renoncé si facilement à notre mariage ?

— Cette question ne mérite aucune réponse.

— Je suis venu dans l'espoir de me réconcilier avec toi, Katherine. A présent, je vois que mes prières ne seront pas exaucées, dit-il en passant les doigts dans ses cheveux. Les voies du Seigneur sont impénétrables. Peut-être a-t-Il jugé que je ne suis pas digne de siéger au conseil.

Il attendit une réplique qui ne vint pas.

— J'espère, Katherine, pour notre bien à tous les deux, qu'Il détient notre sort entre Ses mains.

— Si les desseins du Seigneur prévoient que tu sois membre du conseil, Il te dévoilera un autre chemin.

Brandon se dirigea vers la porte.

— Je demanderai à Roger d'activer la procédure du divorce. Laisser pourrir la situation n'a plus de sens.

— Tu as pris Roger comme avocat?

Roger et Martha, sa femme, étaient leurs plus vieux amis à Woodland. Katherine se sentait aussi proche d'eux que de sa famille.

— C'est logique, non?

Naturellement, il ne songeait qu'à lui. Il ne s'était pas donné la peine d'examiner l'effet néfaste que son choix ne manquerait pas de produire sur Katherine. Lui, si attentif au moindre petit problème de ses paroissiens, semblait complètement insensible aux sentiments de son épouse.

— Je t'en prie, dit-elle. Roger est un ami commun. Trouve quelqu'un d'autre.

Il ouvrit la porte et sortit sur le perron.

— J'essaierai.

Elle le suivit dehors.

— Je suis navrée, Brandon. Nous sommes arrivés à un point de non-retour. Je ne peux pas revenir en arrière. Je ne serais pas heureuse.

Pendant deux jours, Katherine ne mit pas le nez dehors. Elle se contentait de prendre le journal dans la boîte aux lettres, puis rentrait vite chez elle. Le brouillard, revenu en force, émoussait toute tentation de sortie. Et quand, par hasard, le soleil perçait la brume, elle fermait les stores.

Il n'y avait jamais eu de divorce dans sa famille. Ses parents, son frère, sa sœur verraient le sien d'un mauvais œil. Ils savaient que Brandon et elle vivaient séparés mais considéraient qu'il s'agissait d'une crise. Une crise qui finirait par se dissiper. Eux aussi portaient Brandon aux nues. Ils étaient aussi fiers de lui que d'autres parents l'étaient de leurs enfants, quand ceux-ci obtenaient un diplôme de médecin ou d'avocat. Existait-il une vocation plus élevée que de se mettre au service du Tout-Puissant ?

Katherine ne se perdit pas en conjectures sur la réaction de sa famille. Ils seraient tous probablement du côté de Brandon, surtout lorsqu'ils sauraient que ce dernier lui avait demandé de revenir et qu'elle avait refusé. Il y avait peu de chances qu'ils comprennent qu'entre-temps, elle avait découvert sa véritable identité.

Il en serait de même avec les amis. Ils se rangeraient tous dans le camp de Brandon... Mais Katherine ne priait plus pour conserver leur amitié. Elle priait pour son bonheur.

Le troisième jour de son exil, elle fut accueillie au saut du lit par un soleil radieux. Résolue à mettre fin à sa longue introspection, elle passa dans la salle de bains. Elle avait touché le fond. Il était grand temps d'émerger à la vie.

Fraîchement douchée, drapée dans son peignoir jaune, une serviette éponge autour de la tête, elle prit la direction de la cuisine afin de préparer un bon café corsé. Un moteur de voiture retentit dans l'allée.

Elle alla à la fenêtre et écarta deux lamelles du store. Une joyeuse surprise l'assaillit. Elle courut ouvrir la porte.

— Salut, champion ! cria-t-elle. Que me vaut l'honneur de ta visite ?

Paul lui adressa un large sourire.

— Je suis viré, maman. Le vieux Fielding m'a surpris en train de voler du raisin. La main dans le sac !

Katherine serra son fils cadet dans ses bras plus longuement que de coutume.

— Menteur !

— Tu ne me crois pas capable d'être viré ? Ou de voler ?

346

— Ni l'un ni l'autre, chenapan!

Elle sourit aux deux meilleurs amis de Paul, qui jaillirent de la Mustang.

— J'espère que vous restez un moment.

Tom, une grande asperge, hocha la tête.

— Si ça ne vous dérange pas!

Elle ajusta la serviette sur ses cheveux.

— Mais non, au contraire. Avez-vous déjeuné?

— On s'est arrêtés sur la route, expliqua Charlie, petit et trapu.

— C'était il y a deux heures, précisa Paul. Je meurs de faim. Qu'est-ce que la maison peut nous offrir?

— Pancakes ou toasts grillés, déclara Katherine.

— Pancakes! répondirent les trois garçons à l'unisson.

— Je vais m'habiller. Ensuite, je trouverai bien un moyen de vous remplir l'estomac. Entrez, cow-boys!

La matinée s'écoula en rires et en plaisanteries. Les pancakes disparurent, tout comme le lait, le miel, le sirop d'érable, les œufs et le bacon. Après le petit déjeuner, Tom et Charlie jetèrent Katherine et Paul dehors, afin de nettoyer la cuisine.

La brise marine soufflait doucement sur la terrasse. Confortablement installée sur le fauteuil en rotin, Katherine se tourna vers son fils.

— Maintenant avoue. Quel est le véritable but de ta visite?

— J'ai pensé que tu aurais besoin de compagnie.

— Et pourquoi l'as-tu pensé?

Le garçon haussa les épaules.

— A son retour, papa faisait une drôle de tête.

— Paul, nous en avons déjà discuté. Je ne veux pas que tu te sentes obligé de t'occuper de moi. Mes problèmes avec ton père ne concernent que lui et moi.

Elle réfléchit un instant.

347

— Je retire la dernière phrase. C'est ton problème aussi. Tu avais le droit d'espérer que tes parents se remettraient ensemble pour toujours, surtout maintenant que tu entames la terminale... Je sens que tu as besoin d'un père et d'une mère, mon chéri, mais...

— Maman, si tu continues, tu vas me faire pleurer.

Elle leva sur lui ses yeux pleins d'amour et de larmes.

— Je ne sais pas ce que j'ai fait pour te mériter.

— Rappelle-toi que je suis un garçon hors du commun, la prochaine fois que tu piqueras une colère parce que j'ai oublié de ranger ma chambre.

Avec un rire, elle s'essuya les yeux.

— Quels sont vos projets pour l'après-midi ?

— Rien de spécial. Peut-être un tour sur la plage, histoire de repérer les jolies nanas.

— Les nanas ? Quel langage !

Paul éclata de rire.

— Oh, maman, ne sois pas vieux jeu, quoi !

— Puisque vous n'avez pas de projet précis, voudriez-vous m'aider à faire une superbe glace ? J'ai aperçu un mixer flambant neuf dans le placard de la cuisine.

— Bien sûr, répondit l'adolescent, visiblement pas très excité à la perspective de déguster une glace maison. Veux-tu que nous fassions les courses ?

— Non. Tout compte fait, je m'en occupe.

Paul perdrait toute la matinée, si elle l'envoyait au supermarché, muni d'une liste longue comme le bras. Les placards étaient presque vides ; elle devrait les remplir à ras bord si elle voulait nourrir trois adolescents pendant une semaine. Cela allait sérieusement écorner son budget de vacances, mais elle ne voyait pas de meilleur moyen de dépenser son argent.

10

Katherine ramassait des gueules-de-loup quand un petit garçon d'une huitaine d'années sortit du sentier ombragé d'eucalyptus.

— Salut! dit-elle avec un sourire.

— Salut.

Il semblait préoccupé. Elle s'accroupit, afin d'être à sa hauteur.

— Tu cherches quelqu'un?

— Mes amis habitaient ici. Mais ils sont morts.

Elle comprit mieux son air sérieux.

— Tu veux dire Joe et Maggie? demanda-t-elle gentiment.

— Oui. C'est vous qui vivez ici maintenant?

— Pendant un certain temps, oui.

— Vous avez des enfants?

— J'ai deux garçons, mais ils sont grands.

Elle ramassa un camélia rouge vif.

— Et toi? Où habites-tu?

— Avec ma sœur, nous sommes chez papa, dit-il en indiquant le cottage d'Andrew.

Katherine savait par Peter qu'Andrew avait loué son

cottage à un écrivain, mais elle n'avait encore jamais vu ce dernier.

— Je vais faire de la glace cet après-midi, dit-elle. Tu voudras venir en manger avec ta sœur?

— Quelle sorte de glace?

— Fraise.

— Je préfère la pêche Melba. Maggie en faisait.

Le cœur de Katherine se serra.

— Je veux bien essayer, mais je crains qu'elle ne soit pas aussi bonne que celle de Maggie.

— Ce n'est pas grave. De toute façon, ma sœur et moi devons rentrer chez maman aujourd'hui. Salut!

Le petit garçon agita sa menotte, puis longea l'allée. Elle le regarda s'éloigner. Il avait les yeux graves des enfants du divorce. Encore heureux qu'elle ait préservé l'enfance de Michael et de Paul, se dit-elle.

Songeuse, elle s'approcha du parterre de marguerites géantes, qui proliféraient près de la grille. De là, elle aperçut Peter à sa boîte aux lettres. Elle lui fit signe de la main, et il répondit de même avant de s'approcher. Le cœur de Katherine exécuta un étrange petit bond.

Se redressant, elle épousseta son pantalon, hantée par une pensée incongrue : ses cheveux étaient mal coiffés et elle n'avait pas mis de fond de teint. Tout doucement, durant les deux dernières semaines, elle en était venue à comprendre qu'elle avait toujours associé Peter aux vacances. Il faisait partie du mois d'août, tout comme les vagues et l'air salin.

— Je ne vous ai pas vue ces jours-ci, vous allez bien?

— Paul est arrivé avec deux copains. J'étais très occupée.

Elle se sentait toute bizarre, quand elle était avec Peter. Il savait l'écouter. Il semblait concerné par tout ce qu'elle lui racontait, même par les choses les plus banales.

— Et avant cela?

Elle hésita un instant. Leur amitié n'allait pas jusqu'aux confidences.

— Je ne me sentais pas très bien après le départ de Brandon.

— Vous auriez dû m'appeler. Mon bouillon de poulet est un véritable élixir de consolation.

— Je m'en souviendrai.

De crainte qu'il n'interprète mal ses paroles, elle se retint pour ne pas ajouter qu'elle adorait le bouillon au poulet et qu'elle dégusterait volontiers le sien.

— Où en est le portrait? demanda-t-elle.

— Il est terminé.

C'était à la fois excitant et un peu effrayant. Les amateurs d'art allaient bientôt la découvrir à travers les yeux de Peter. Katherine posa son bouquet sur le muret.

— Je peux le voir?

— Quand vous voulez.

— Tout de suite?

— Venez.

— Je vais me changer et j'arrive.

Il lui tint la grille.

— Vous êtes très bien comme ça.

— Mais...

Il lui prit la main.

— Ce n'est pas un vernissage, Katherine. Ce sera juste vous et moi.

Devant le cottage, elle s'aperçut qu'ils se tenaient encore par la main.

— Je ne peux pas rester longtemps. J'ai promis un bon déjeuner aux garçons quand ils remonteront de la plage.

— Jusqu'à quand restent-ils?

— Jusqu'à vendredi. Ils m'aideront à fermer la maison.

Peter se recula et regarda Katherine d'un air stupéfait.

— Pourquoi si tôt ? Il reste une semaine et demie avant le Labor Day.

Il avait haussé le ton. Katherine dégagea sa main.

— Je prépare ma rentrée. Je vais prendre quelques cours pédagogiques avant de commencer à enseigner à l'école élémentaire.

— Vous avez trouvé un poste d'institutrice ? Etre femme de pasteur n'est plus un job à plein temps ?

Ou elle avouait la vérité, et ils passaient le peu de temps qui leur restait en discussions interminables, ou elle édulcorait, et elle profitait de ces quelques jours de liberté.

— J'ai décidé d'étendre mes activités, répondit-elle simplement.

— Vous savez que Julia mettra bientôt le chalet en vente ?

Il se montrait mesquin mais c'était la seule façon d'inciter Katherine à prolonger un séjour qui risquait d'être le dernier. Il avait pensé qu'ils auraient plus de temps. Et il comptait là-dessus. Il n'était pas prêt à la voir sortir définitivement de sa vie.

— Non, mais ça ne m'étonne pas.

— Et alors ? Comment ferez-vous pour revenir ? L'été prochain, je veux dire.

— Oh, je ne prendrai probablement pas de vacances. Déjà, cette année, j'ai eu du mal à venir... toute seule. Chaque chose a une fin, Peter.

— Et si je vous disais que je suis sur le point de l'acheter ?

— Pourquoi ? Vous avez déjà un...

— C'est un bon investissement. Le mois d'août vous sera alors toujours réservé. Au même prix, naturellement.

— C'est idiot ! Vous pourriez obtenir le double, voire le triple du loyer que nous payons.

Attention ! le prévint la voix de sa conscience. S'il se

trahissait, elle saurait la raison pour laquelle il voulait acheter le chalet, et, pour le coup, elle n'y remettrait plus les pieds. Elle était même capable de boucler ses bagages sur-le-champ et de partir en courant.

— Je préfère les locataires qui prennent soin des lieux aux inconnus qui paient davantage et qui laissent une épave.

Ils étaient arrivés devant sa porte.

— J'ai tellement envie de dire oui, murmura-t-elle.

— Dites-moi au moins que vous y réfléchirez.

Il ouvrit la porte et s'effaça pour la laisser entrer.

Katherine lui sourit.

— D'accord. Je vous promets d'y réfléchir cet hiver, pendant que je déambulerai sur le campus.

Peter la suivit à l'intérieur.

— Que je puis-je vous offrir? Soda? Thé glacé?

— Peter, je vous l'ai dit. Je ne peux pas rester long-temps.

Une étrange nervosité gagnait Peter, qui craignait de montrer le portrait à son modèle. Voilà des années que l'approbation des autres ne le préoccupait plus. Il peignait pour son plaisir. Mais aujourd'hui, il avait peur. Peur du jugement de Katherine.

— Il est là.

Elle se dirigea vers l'atelier. Ayant recouvré tant bien que mal ses esprits, Peter lui emboîta le pas.

Katherine aperçut la peinture à partir de la porte. Au lieu d'entrer, elle demeura sur place, sans un mot. Enfin, comme attirée par un fil invisible, elle avança jusqu'au milieu de la pièce, puis s'arrêta net devant le chevalet.

— C'est ainsi que vous me voyez? murmura-t-elle.

Il ne pouvait qu'avouer la vérité.

— Oui.

— Mais vous m'avez faite si belle...

— Vous êtes belle.

Elle secoua la tête.

— Pas autant.

— Aimez-vous ce portrait? demanda-t-il, la sondant des yeux.

— Il me fait peur... J'ignore pourquoi... Comment saviez-vous à quoi je pensais? interrogea-t-elle en se rapprochant du tableau.

— J'ai peint ce que j'ai vu.

Soudain elle le scruta.

— Et comment voyez-vous ce que personne d'autre ne peut voir?

— Que voulez-vous savoir exactement?

— Je semble si seule... dit-elle, de nouveau tournée vers le tableau. J'ai l'air de regarder quelque chose... et d'en avoir envie. Mais quoi, Peter?

Il s'aperçut soudain qu'il l'avait imaginée en train de le regarder, lui.

— A vous de me le dire.

— Je ne sais pas.

Il aurait payé cher pour la tirer de sa confusion. Son intuition l'avertissait : il y avait des mots qu'elle avait besoin d'entendre, mais lesquels? Il n'en avait pas la moindre idée.

— Que voulez-vous que je fasse de ce tableau?

— Je ne sais pas.

— Il est peint sur du papier. Il est facile de le déchirer.

— Oh, non! Ne faites pas ça, s'écria-t-elle, la main sur le bras de Peter. Promettez-moi de ne pas le détruire, implora-t-elle, les larmes aux yeux.

— Je ne voulais pas vous faire de mal, Katherine, dit-il, stupéfait.

— Vous n'y êtes pour rien. C'est moi...

Une larme glissa sur sa joue : elle l'essuya prestement du revers de la main.

— Il faut que je parte.

— Que puis-je faire ?

— Rien.

Il la retint encore un instant.

— Il doit bien y avoir quelque chose...

— C'est mon problème. Je trouverai une solution.

— Laissez-moi vous aider.

Elle lui toucha la joue.

— J'aime ce portrait, dit-elle avec un sourire forcé. J'espère qu'il vous rapportera beaucoup d'argent.

— Il n'est pas à vendre. Le tableau est à moi, Katherine. A vous.

— Je ne... vous ne...

Une fois de plus, elle fixa le visage peint, illuminé par les derniers rayons du couchant. Après un long, un interminable instant, elle réussit à articuler :

— Gardez-le pour moi.

Leurs yeux se rencontrèrent dans une sorte de communion inattendue. Un cadeau. Une promesse. Une cage dorée dans laquelle Peter résiderait désormais.

— Oui, dit-il. Je le garderai. Aussi longtemps que vous le souhaiterez.

Le reste de la semaine passa à une vitesse hallucinante. Paul et ses copains accaparèrent toutes les journées de Katherine. Les trois garçons l'emmenaient partout. Elle fit avec eux le tour de la promenade, goûta à la barbe à papa, dévora des hot dogs brûlants et des pommes caramélisées.

Vendredi arriva trop vite. Dégagé du brouillard, l'océan brillait comme un miroir. Une brise légère tempérait la

355

chaleur, et sur le ciel d'un bleu irréel voguaient des cerfs-volants multicolores. Les trois garçons devaient profiter de cette merveilleuse journée, qui était aussi leur dernière. Katherine insista pour qu'ils aillent nager pendant qu'elle bouclait les valises. Après le déjeuner, ils défirent les lits, nettoyèrent les salles de bains, puis chargèrent les bagages dans le coffre de la voiture.

Paul offrit gentiment à sa mère de faire avec elle le chemin du retour. Elle refusa, sous prétexte qu'elle adorait conduire seule, dans le calme. Les garçons levèrent l'ancre à quatre heures de l'après-midi, car ils étaient invités à une fête le soir même. Debout dans l'allée, elle les regarda s'en aller, puis regagna le chalet.

Elle nettoya méthodiquement chaque pièce, épousseta, passa l'aspirateur. Ses pensées s'envolaient dans tous les sens. Mais inéluctablement, elles revenaient vers Peter. Pendant des jours, elle l'avait cherché des yeux chaque fois qu'elle était sortie. En vain. On eût dit qu'il l'évitait ; ils ne s'étaient pas revus depuis qu'il lui avait montré le portrait.

Le crépuscule lança ses lueurs rouges, tandis qu'elle passait la serpillière dans la cuisine. Après avoir jeté un dernier coup d'œil dans la maison, elle sortit sur la terrasse, d'où elle admira le ciel embrasé. Elle descendit dans le jardin, et son regard chercha la voiture de Peter.

Il était chez lui.

De crainte qu'il ne s'en aille entre-temps, elle ne prit pas le soin d'aller se doucher. Les cheveux épinglés sur le sommet de sa tête, vêtue d'un vieux tee-shirt sur un jean élimé, elle alla frapper à sa porte.

Il ouvrit presque aussitôt, comme s'il attendait de l'autre côté du battant.

— Bonsoir, dit-elle, soudain consciente qu'elle avait l'air d'une souillon.

— Je vous croyais déjà sur la route.

— Les garçons sont partis à quatre heures.

— Voulez-vous entrer?

— Je ne suis pas là pour vous rendre visite.

— Alors pourquoi venez-vous? demanda-t-il, après un silence.

Elle avait minutieusement répété la réponse pendant qu'elle faisait le ménage, mais voilà qu'elle avait tout oublié. Spontanément, elle s'approcha du peintre.

— A propos du portrait... je l'aime beaucoup, Peter. Il est important que vous le sachiez.

— Mais vous n'en voulez toujours pas.

Elle avait une bonne centaine de raisons de ne pas emporter le tableau, mais une seule comptait. Il dévoilait une facette de sa personnalité, une partie secrète de son âme que personne d'autre ne devait jamais connaître.

— Un jour peut-être... Pas maintenant.

— Merci d'être passée.

— Il faut que je parte. La route est longue.

Il la regarda sortir, sans un mot.

Chaque pas lui coûtait. Le chemin jusqu'au chalet lui parut incroyablement long. Elle entra, vérifia la fermeture des portes et des fenêtres. Bientôt, l'ultime rayon du couchant disparut dans la mer, et une lumière grise nimba la terrasse. Sa raison lui commandait de s'en aller, mais ses sentiments rendaient ce départ impossible. Ayant déjà tout perdu, elle avait du mal à renoncer à ses dernières illusions.

Le froid la décida enfin à bouger. Résistant à la tentation de passer une nouvelle fois la maison en revue, elle traversa le salon, sortit dans le jardin et donna un tour de clé dans la serrure.

Sa voiture dépassa lentement le cottage de Peter. Elle

espérait qu'il serait sur le seuil ou à la fenêtre, afin de lui adresser une dernière salutation de la main... Elle ne l'aperçut nulle part. Une sensation de perte l'envahit. Elle avait prévu de se sentir solitaire, mais la puissance de la sensation la surprit. La certitude d'être passée à côté de quelque chose d'important vint soudain la hanter.

Dix minutes plus tard, elle roulait sur l'autoroute. Le panneau de signalisation indiquait la sortie vers Santa Cruz. Encore deux kilomètres et elle s'engagerait sur la nationale 17, tournant le dos à l'océan.

Soudain, elle fit demi-tour. Elle ignorait pourquoi, mais elle devait coûte que coûte revoir Peter une dernière fois. Son pied écrasa l'accélérateur, la voiture fila tout droit dans l'obscurité.

Il ne répondit pas, quand elle frappa à sa porte. Elle recommença et attendit. Toujours pas de réponse.

Bizarrement, elle sut où elle devait le chercher. Elle se dirigea vers la falaise. Du haut de l'escalier, elle scruta la plage. Une lune de trois quarts se reflétait dans l'eau et, sur cet écran luminescent, se découpait une silhouette solitaire.

Peter leva les yeux. Quelqu'un venait dans sa direction, foulant le sable fin. Cela ne pouvait pas être Katherine. Elle ne serait pas revenue, non! Et pourtant, elle était maintenant si près qu'il pouvait la toucher.

Elle le regarda au fond des yeux avec intensité.

— Parlez-moi du portrait, dit-elle. Racontez-moi ce que vous y avez mis. Je veux l'entendre de votre bouche.

Le cœur de Peter cessa de battre, puis rebondit contre sa cage thoracique.

— Que voulez-vous savoir?

Les mots se dérobaient, mais elle parvint à reprendre :

— Vous m'avez peinte en train de regarder quelque chose avec une envie extraordinaire. De quoi s'agit-il, Peter?

— De moi, répondit-il.

Ce fut comme s'il avait enfin ouvert la porte d'une prison. Il se sentit libéré du secret qui, depuis tant d'années, lui pesait si lourdement sur le cœur. Il n'y avait plus moyen de faire marche arrière et tant pis si leur vieille amitié en prenait un coup fatal.

— Depuis quand... éprouvez-vous ces sentiments à mon égard? demanda-t-elle doucement.

Il lui adressa un coup d'œil malicieux.

— Je crois bien que tout a commencé la première fois que nous nous sommes rencontrés.

— Je l'ignorais. Je n'ai jamais rien soupçonné. Mais j'aurais dû! dit-elle, les sourcils froncés. Au fond, si vous n'aviez pas été là, je crois que j'aurais cessé de venir ici depuis très longtemps.

Il hocha la tête. Il ne savait pas comment il devait se sentir. Sa confession ne lui avait pas ouvert de portes, pas même une petite fenêtre. Cet aveu ne lui donnait aucun droit, ne résolvait aucun problème.

— C'est drôle comment les choses évoluent, murmura-t-il. Vous avez maintenant une bonne raison de ne plus remettre les pieds ici.

Elle se cantonna dans un très long silence, avant finalement de passer aux aveux.

— Brandon et moi, nous nous sommes quittés. Nous allons divorcer.

Il la regarda, stupéfait.

— Je vais voir un avocat dès que je rentre à Woodland, reprit-elle.

— Est-ce la raison pour laquelle vous êtes revenue? interrogea-t-il prudemment. Pour me le dire?

359

— Oui.

— Pourquoi maintenant?

— Je n'en sais rien. J'avais probablement peur que la vérité ne brise notre amitié.

— Et maintenant? demanda-t-il après une hésitation.

— Maintenant, je suis sûre que nous serons toujours amis. Quoi qu'il arrive.

Peter prit le visage de Katherine entre ses paumes. Lentement, il l'attira vers lui. Leurs lèvres s'unirent en un baiser incertain. Le second fut plus sûr. Leurs langues, leurs souffles se mêlèrent. Un profond soupir échappa à Katherine quand Peter la souleva dans ses bras; il la fit tournoyer en un cercle lent, une danse sensuelle.

Lorsqu'il la remit sur ses pieds, elle renversa la tête, afin de mieux le scruter.

— Tout arrive si vite! J'ai besoin de temps, Peter.

Il avait l'habitude de la laisser partir mais, à présent, cela exigeait un effort plus pénible.

— Je comprends, articula-t-il laborieusement.

Elle posa la tête sur son épaule.

— Je t'en prie, chuchota-t-elle. Attends-moi.

Il l'enlaça... Les vagues s'écrasaient violemment contre les rochers, un vent humide s'était levé.

— Je t'attendrai, promit-il. Je serai toujours là pour toi.

CINQUIÈME PARTIE

Septembre

1

Roulée en boule sur le manuscrit d'Eric, Josi émettait un ronronnement de bien-être. Soudain elle se leva, s'étirant de tout son long, et avec sa queue touffue fit tomber un stylo par terre. Eric se pencha pour le ramasser et le remit à sa place. Il gratta le menton de Josi, dont le ronronnement monta d'une octave. Ce matin, il n'avait rien fait de mieux, pensa-t-il, dépité.

Le livre prenait une tournure catastrophique. Depuis son retour de New York, il manquait d'inspiration. Les mots lui paraissaient creux ; il n'avait pas réussi à aligner trois phrases satisfaisantes. C'était comme si deux millions d'acompte avaient provoqué la fameuse crampe de l'écrivain. Avant la signature du contrat, il écrivait pour lui-même. Si un paragraphe ne lui plaisait pas, il n'hésitait pas à le supprimer. Désormais, il écrivait pour un éditeur, en s'efforçant de deviner ce qui avait pu le séduire dans la première partie du roman.

Il se renversa dans son fauteuil. Josi passa une patte derrière chaque oreille et, cette fois-ci, sa queue envoya valser la lettre de Charlie Stephens, reçue le matin même. Le champion olympique remerciait Eric de l'avoir mis en contact avec Chris Sadler. Le garçon faisait maintenant partie de l'équipe des lutteurs du Centre d'athlétisme de Los Angeles que Charlie dirigeait. Il venait s'exercer dès que ses obligations vis-à-vis du studio le lui permettaient... Charlie terminait sa missive par un aparté : il avait rencontré Margaret, la mère de Chris... et depuis quelque temps, ils sortaient souvent ensemble.

Comme toujours quand Eric laissait vagabonder son esprit, ses pensées allèrent vers Julia. Elle n'avait donné aucune nouvelle depuis qu'il avait récupéré Josi, un mois auparavant. Il avait souhaité l'appeler à plusieurs reprises, mais s'était toujours ravisé. La balle était dans son camp ; il le lui avait dit. Il ignorait cependant que ce serait aussi long. L'attente le mettait au supplice.

Il avait appris par Peter qu'elle se portait bien. Elle n'avait pas changé d'avis au sujet du chalet et, d'ailleurs, le peintre voulait l'acheter. Il comptait le louer l'été à différentes familles, du moins pendant un certain temps. La semaine précédente, la locataire du mois d'août était revenue pendant quelques jours. Eric l'avait rencontrée en compagnie de Peter sur la plage.

Abandonnant son ordinateur, il se rendit dans la cuisine où il se servit sa cinquième tasse de café de la matinée. Le breuvage avait un goût amer et brûlé. Eric vida la tasse dans l'évier, prit un soda dans le réfrigérateur, revint dans la salle de séjour en roulant des épaules pour soulager ses trapèzes endoloris, puis se rassit.

Une demi-heure plus tard, il fixait toujours le curseur clignotant en haut d'une page vide, quand Josi dressa une oreille. La chatte resta un instant immobile, la patte en l'air, aux aguets, puis ouvrit les yeux et releva la tête.

Eric attendit. Comme d'habitude, rien ne se produisit.

Lorsque Josi se mit en position assise, il se leva. Au fil des jours, la télépathie entre Josi et la camionnette de livraison du supermarché n'avait cessé de croître. Aussi fallut-il plusieurs secondes au cerveau d'Eric pour enregistrer que la personne sur son perron n'était pas le livreur, mais Julia. Elle portait une robe bleu marine et jaune, à fines bretelles. Ses cheveux flottaient librement sur ses épaules ; ils étaient un peu ébouriffés, comme si elle avait roulé avec la vitre baissée.

Elle n'était pas la Julia Huntington qu'il avait connue, mais il trouva les changements excitants. Et prometteurs.

— Toi ? s'enquit-il.

— Je m'étais imaginé toutes les façons possibles d'être accueillie, sauf celle-ci.

— Alors, je recommence.

Les bras croisés sur la poitrine, il s'appuya contre le chambranle, s'efforçant de masquer ses sentiments. Il enveloppa Julia d'un regard admiratif.

— Tu as l'air... incroyable !

Elle lui sourit, les yeux pétillants.

— Merci. Je me sens assez incroyable, en effet.

— Dois-je en conclure que tu as parcouru tous ces kilomètres uniquement pour me rendre visite ?

— J'espère que cela ne te pose pas de problème.

Il sourit à son tour.

— Je me demande seulement pourquoi tu as mis aussi longtemps.

— J'avais des choses à régler. Si tu me demandes lesquelles, je te raconterai.

Elle passa devant lui et entra dans le cottage. Une fragrance fleurie chatouilla agréablement les narines d'Eric. S'était-elle parfumée pour lui ?

— Comment va ta muse ? fit Julia en grattant affectueusement la tête de Josi.

— Si cette bête est ma muse, il est temps que j'en change.

Il n'en croyait pas ses yeux. Rien ne l'avait préparé à

l'arrivée inopinée de Julia. La matinée avait été tout à fait ordinaire. Le soleil n'était pas plus brillant que d'habitude, et l'océan avait toujours le même bleu.

Julia le fixa.

— Le roman n'avance pas?

— Plus tard. Toi d'abord.

— Je ne sais pas par où commencer.

Il leva la main.

— Attends. Ne commence pas...

Il lui prit les épaules pour la ramener vers lui, étudia un instant son petit visage, ses immenses yeux bleus où dansait allègrement une étincelle espiègle, ses lèvres entrouvertes. En se penchant, il lui donna un chaste baiser; mais cela ne lui suffit pas. Alors il l'embrassa, encore et encore.

Elle l'enlaça par la taille en soupirant.

— Oh là là! Exactement comme dans mon souvenir.

— Je t'aime, Julia.

La déclaration avait jailli spontanément. Inutile de la retirer, de la transformer.

— Je sais qu'il est trop tôt, se rattrapa-t-il. Je sais aussi que nous ne nous connaissons pas assez, et que les apparences sont contre moi. Mais rien cependant ne pourra changer mes sentiments...

— Tu as raison, Eric. Il est trop tôt; nous avons un tas de détails à apprendre l'un sur l'autre. Mais je crois que je t'aime aussi... Non, je ne crois pas. J'en suis sûre.

Elle le scruta, la tête penchée sur le côté.

— Que dirais-tu si j'emménageais pendant deux ou trois mois à côté? Cela nous aiderait à faire connaissance, non?

— Tu ne vends plus le chalet à Peter?

— Il m'a lâchée en pleine transaction. Il n'en veut plus, figure-toi. Katherine a accepté de vivre chez lui. Alors...

366

— Et le travail?

— Le mien? dit-elle innocemment.

— Oui, Julia. Le tien.

— C'est arrangé. J'ai mis la compagnie en vente il y a trois semaines. Je l'ai vendue au plus offrant deux jours plus tard. Il me reste une tonne de paperasses à remplir, mais le plus gros est fait.

Il la regarda, stupéfait.

— Julia, je ne comprends pas. Toi qui t'inquiétais tant du sort des employés si jamais tu vendais... Qu'est-ce qui t'a poussée à changer d'avis?

— J'ai fait en sorte que chacun soit à l'abri du besoin, qu'il ait perdu son emploi ou non.

— Et comment?

Un large sourire illumina les traits fins de la jeune femme.

— Je leur ai cédé la moitié de la somme que j'ai touchée. A eux de voir s'ils veulent continuer à travailler pour les nouveaux patrons, s'établir à leur compte ou partir en préretraite. Ils jouissent à peu près de la même liberté que moi.

Eric était bouche bée.

— Incroyable! s'exclama-t-il.

Elle eut un rire.

— C'était pourtant simple. Je ne sais pas pourquoi je n'y ai pas pensé plus tôt.

— As-tu conscience d'avoir démantelé l'empire de Ken? interrogea Eric, se faisant malgré lui l'avocat du diable.

— Tu ne vas pas t'y mettre, toi aussi! Tu n'as jamais vu Ken et tu en parles avec la même déférence que tous les autres. Comme s'il était encore en vie. Comme si ma culpabilité n'était pas assez lourde...

— Pardon, Julia! Je n'avais pas l'intention de te blesser. Je sais comme la perte de Ken t'a coûté... J'ai été maladroit, certes... Je voulais en fait te demander si tu avais vaincu tes vieux démons.

Les beaux yeux bleus se fixèrent sur le col de chemise d'Eric.

— Une partie de moi aimera toujours Ken... Peux-tu le comprendre ? Et vivre avec cette idée ?

— L'amour ne fonctionne pas avec un interrupteur, Julia. On ne peut pas l'allumer et l'éteindre. Tu n'oublieras jamais Ken, je le sais. Et ce n'est que justice.

— Ce n'est pas tout, murmura-t-elle.

Elle parut hésiter, puis prit une profonde inspiration, comme un nageur avant de se jeter à l'eau.

— Te rends-tu vraiment compte de la réaction de mes relations, de tous ceux qui ont connu Ken ?

— Si l'hostilité de Peter à mon endroit, depuis que toi et moi sommes devenus amis, est un indice, oui, je me rends parfaitement compte.

Elle lui adressa un sourire crispé.

— Justement, Peter commence à se montrer plus positif. La dernière fois que je l'ai vu, il a déclaré qu'il ne considérait pas comme impossible que je refasse ma vie avec un homme capable de me rendre heureuse.

— Très gentil de sa part !

— Son attitude témoigne précisément de ce que tu auras à affronter, Eric. Tu vas devenir la cible des anciens amis de Ken... Tous pensent que personne ne lui arrive à la cheville. Ils me pardonneront peut-être d'avoir été victime de ma solitude mais t'en voudront éternellement d'avoir osé te comparer à Ken.

Elle ne cherchait pas à le rassurer. Cela aurait été trop facile. Julia avait toujours prôné la vérité. Les amis de Ken constituaient un sérieux obstacle. Elle n'envisageait pas, cependant, de couper les ponts, car ils avaient été présents pendant la période la plus douloureuse de son existence.

— Je ferai face, Julia. Les gens qui t'aiment, moi y compris, veulent ton bonheur. Quand tes amis s'apercevront que tu es heureuse, ils m'accepteront.

— Je t'aime, dit-elle d'une voix fervente, la paume sur la joue d'Eric. Mon Dieu, je croyais que plus jamais je ne prononcerais ces mots.

— Quand comptes-tu emménager au chalet ?

— Mes bagages sont dans la voiture.

Eric eut le souffle coupé par la confiance que lui témoignait Julia. Il ne put s'empêcher de l'admirer. Elle avait quitté la seule vie qu'elle connaissait, son cocon protecteur, pour tenter sa chance avec lui.

— Oh, Julia, murmura-t-il. Je te promets que tu n'auras pas à revenir sur ta décision.

Elle le regarda longuement.

— Je suis là parce que je veux t'aimer. Pas parce que j'en ai besoin, tu comprends ?

— Oui. Tu m'aimes avec ton esprit et avec ton cœur.

Elle se blottit dans ses bras.

— Bien dit, monsieur l'écrivain ! Et maintenant que nous avons mis les choses au point, nous devrions fêter ça.

— En faisant quoi ? L'amour ?

— Cela aussi, dit-elle en souriant.

— Mais avant ?

— L'amour n'attend pas, murmura-t-elle d'une voix enrouée.

Cette fois-ci, leur étreinte fut tendre. Lentement, Eric explora le corps de Julia, comme pour mémoriser la douceur de sa peau, la souplesse de ses membres.

Lorsqu'il la pénétra, sa chaleur moite l'enveloppa. Elle souleva les hanches afin de mieux l'accueillir, et à chaque poussée, il se plongea plus loin. Les jambes de la jeune femme lui enlacèrent la taille, et il l'entendit crier son nom lorsque l'extase les submergea.

Plus tard, la main sur le ventre de Julia, qui avait niché sa tête au creux de son cou, il demanda :

— Sans vouloir te donner l'impression que nous avons fini de célébrer nos retrouvailles... à quoi d'autre as-tu pensé ?

— Je voudrais rencontrer Jason, Susie... et Shelly. J'espère qu'elle voudra bien nous envoyer les enfants pendant deux ou trois semaines.

Une minute plus tôt, il aurait juré que rien ne pourrait le rendre plus heureux. Il se trompait. Il venait de toucher le summum du bonheur.

— Je suis sûr que Shelly n'y verra aucun inconvénient, à condition que Jason soit en vacances.

— Crois-tu qu'ils vont m'aimer ?

Eric réfléchit un instant. Cette question ne méritait pas non plus une réponse facile.

— Susie n'aura pas de mal. Elle sympathise avec tout le monde et tout le monde l'adore. En revanche, Jason accorde difficilement sa confiance. Il a déjà perdu tellement de gens ! Mais il finira par t'aimer, j'en suis sûr. Et lorsque cela arrivera, vous serez un sacré tandem, tous les deux.

Julia se hissa sur un coude.

— Je veux que nous ayons des enfants, Eric. J'en ai assez des maisons vides.

— Est-ce ce projet que tu souhaites mettre à exécution tout de suite ?

Un rire échappa à Julia.

— Ça peut attendre. Mais pas longtemps.

Il l'attira à lui et l'embrassa tendrement. Il ignorait

encore combien de romans il écrirait, mais aucun n'aurait une fin aussi heureuse.

D'ailleurs leur histoire n'était pas finie. Elle venait tout juste de commencer.

Impression réalisée sur CAMERON par

BUSSIÈRE CAMEDAN IMPRIMERIES

GROUPE CPI

à Saint-Amand-Montrond (Cher)
en novembre 2001

N° d'édition : 6944. — N° d'impression : 15446-014310/1.
Dépôt légal : novembre 2001.

Imprimé en France